師任堂《サイムダン》の真紅の絹の包み

クオン・ジエ
キム・ミョンスン 訳

国書刊行会

日本の読者の皆様に

日本の読者の皆様、アンニョンハセヨ。

このたび「師任堂《サイムダン》の真紅の絹の包み」で日本の読者の皆様とお会いすることができ大変嬉しく思います。

韓国に旅行にいらしたことのある方なら、この本の主人公である申師任堂《シンサイムダン》の顔をご覧になった事があるのではないでしょうか。申師任堂《シンサイムダン》は韓国の最高額紙幣である五万ウォン札の肖像画の人物です。学者として有名な息子の李珥《イイ》の顔も五千ウォン札にありますから、母子そろって紙幣の肖像になったことになります。

二〇〇七年の春に韓国語に翻訳された日本の樋口一葉の短編小説を読み、彼女が日本の五千円札の肖像だという事実が非常に印象的でした。そして二十四歳という短い生涯の中で一家の家長として貧しい暮らしを支えながら、珠玉のような短編を書きあげていった日本の天才女流作家の人生と作品に大きな興味を覚えました。

その頃、韓国では新券紙幣の五万ウォン札の肖像画の選定をめぐり大きな論争が起きていました。有力な候補となっていた申師任堂《シンサイムダン》は息子である栗谷李珥《ユルゴクイイ》を育て上げた歴史的な人物として、何よりも韓国の良妻賢母の代名詞として偶像化された女性でした。しかし家父長的な歴史と社会が作りあげた「良妻賢母」というイメージからむしろ進歩的な女性界からは反感を買ってもいました。

しかし教科書に載せられた師任堂《サイムダン》の詩を読み、彼女が描いた繊細ながらも生命力にあふれた絵を見るたびに、私は彼女は良妻賢母ではあるが、内面に炎のような芸術魂を秘めた芸術家だと感じていました。

どんな時代であれ女流芸術家という存在は、運命的に「呪われた魂」の影から抜け出すことのできない存在だと思います。ましてや女流芸術家という名前さえなかった時代でした。私は芸術家としての一人の女性の人生と内面を小説に描こうと思いました。

そして彼女の詩の一つである「落句」を読み、恐れ多くも彼女の恋物語を想像したのです。

夜夜祈向月　　夜毎、月に向かい願うこの心
願得見生前　　生きている間に一度でも会えますように

彼女の詩は三編しか残っていませんが、すべて実家の母を思う「思親詩」だと言われています。しかし全文が伝わっておらず、二節だけが残っている「落句」という不完全な詩を見て最初に頭に浮かんだ想像を私はその後も拭い去ることができませんでした。この詩でこんなにも愛しく思っている人物が母親でないとしたら？　これがこの小説の種となり、小説の中で彼女が死ぬまで心に秘めて芸術に昇華させた俊瑞《ジュンソ》との恋という形になったのです。

しかし二〇〇八年に出版した時には、良妻賢母の偶像である申師任堂《シンサイムダン》を主人公に恋物語を描くことは時期尚早だという意見と憂慮の声が聞かれました。そのため結局彼女の名前を出さずに朝鮮王朝時代の女性芸術家の物語として、「真紅の絹の包み」というタイトルで出版しました。

その後、韓国社会は文化芸術界で「韓流」という名前の多様なコンテンツが開発され、自由で創意的な雰囲気が熟し、最近ではジェンダーに対する感受性も大きく変化しています。きちんとした名前で呼んであげられないことを申し訳なく思っていたこともあり、二〇一六

年に改訂版を出すにあたり「師任堂《サイムダン》の真紅の絹の包み」という本来のタイトルに戻すことにしました。

と言っても、この物語は申師任堂《シンサイムダン》の伝記ではありません。失恋の傷を胸に抱き、それを芸術に昇華させ、情熱を抱きながらも冷静に現実と向かい合って生きたこの物語の主人公は私の想像上の人物です。芸術家とは、どんな人生を生きようが結局はその作品だけが残る存在なのだと思います。彼女が生涯密かに守り通した、真紅の絹に包まれた作品こそが、本当の作者の魂なのです。もしかすると人間には秘密を包んだ、自分だけの絹の包みが誰にでもあるのかもしれません。

永い神話の中で剝製となった一人の偶像の血まみれの魂を、真紅の包みの結び目をほどくように自由にしてあげたいのです。日本の読者がこの小説をどのように読まれるのか大変気になります。自由にならない人生でも運命的な恋と芸術を守りぬき四十八歳の生涯を燃えつくした五百年前の一人の女流芸術家と出会っていただけたらと思います。感謝を込めて。

二〇一九年三月二十五日

日本の読者の皆様に

ソウル　北漢山下の書斎にて　　著者　クォン・ジエ

目次

本書中に登場する主な場所の位置

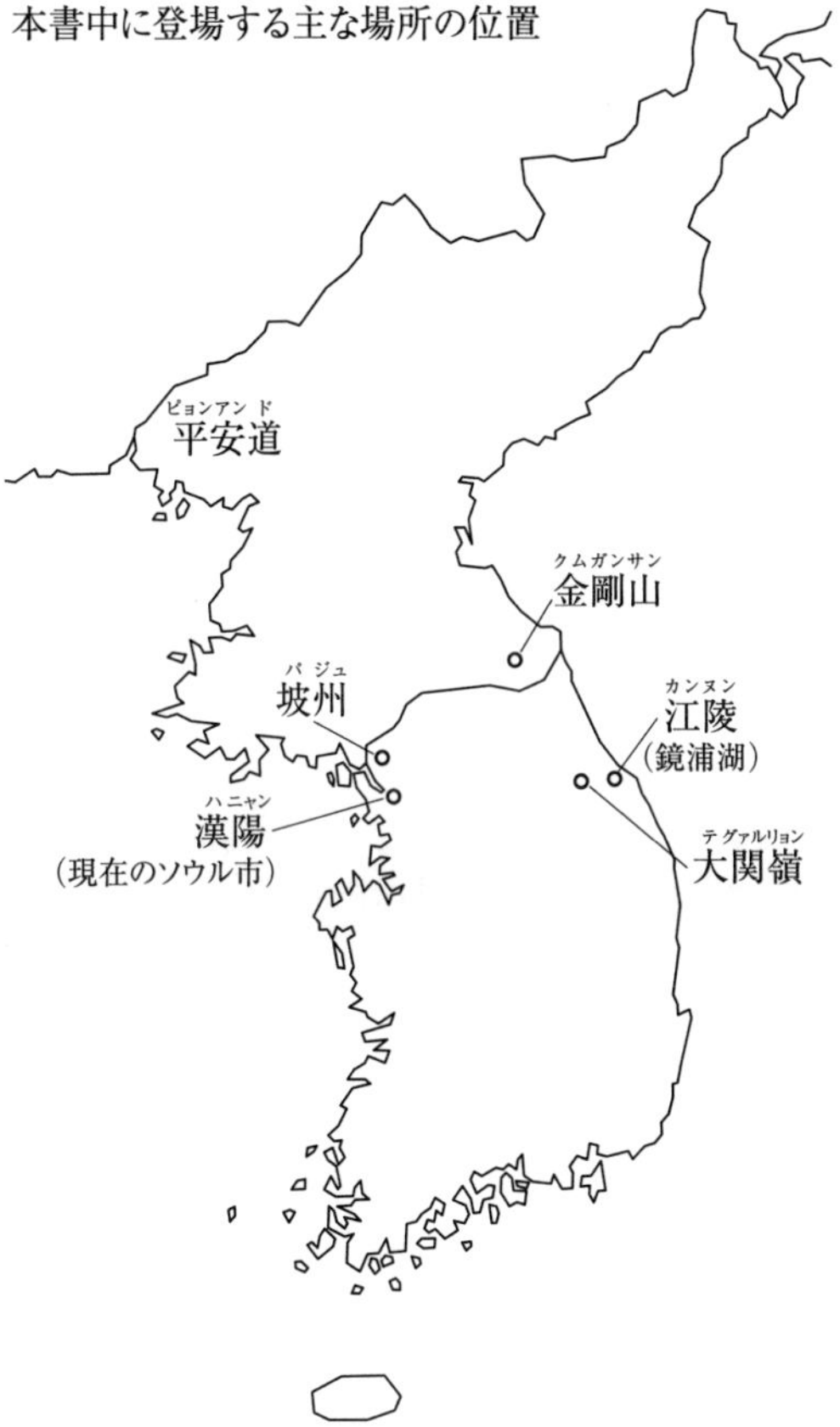

本文挿画、カバー、扉には、串師任堂の作品を使用。

第一章　招魂

水の上を流れていく木の葉？　風に乗り空を飛ぶ凧《たこ》？　ああ、体がなんて軽く感じられるのだろう？　このまま水に沈んでいくのだろうか。徐々に水の重さが感じられるようだ。同時に背中から伝わって来る規則的な振動に体が目覚める。揺り籠の中だろうか？

生臭い水の匂いがした。すると珥《イ》の意識が墨を吸い込んだ韓紙のように瞬間、はっきりする。船！　そうだ、ここは船の中だ。端午＊も過ぎ、旧暦五月半ばのさわやかな早朝の空気が肌にしみこむ。一ヵ月余りかかって平安道《ピョンアンド》から租税の穀物をのせて漢江《ハンガン》を下ってきた帆かけ

＊　陰暦の五月五日の節句。

船の中だ。しかし今日はなぜか特別な感じのする夜明けだ。

不透明でぼんやりとした夢からまだ完全に抜け出せずにいるが、東の空はすでに紅色に染まっていた。そして西の空もまだ薄明かりだった。早朝の光の中で珥《イ》はわずかに顔を赤らめた。家を離れ、母から離れ、水運判官を務める父について二十八歳の長兄とともに旅に出た十六歳の少年が見た水上での早朝の夢はいつも甘く、虚しく、恥ずかしかった。しかし今朝の夢はちょっと違っていた。ぼんやりとしていたが、胸が痛くなるほど悲しかった。あれは何だったのだろう？　特に不吉な兆しもないのに、わけも分からずに胸が痛むこの気分は何なのだろう。兄と父の姿が見えない。ふいに頭をよぎる言葉があった。昨日、父は早朝には船が西江《ソガン》の船着場に到着すると言っていた。ああ！　そうだ、ようやく漢陽《ハニャン》だ。家に帰れる。そして母上……ようやく胸が痛む気持ちの正体が長い間の母恋しさだったことに気づいた。顔には出せなかったが、それが少しずつ積もりに積もり、胸が押しつぶされそうになっていたということを。

生まれて初めて家を離れ、母の懐《ふところ》を離れて過ごした一ヵ月という時間は長かった。なぜか母は今度の租税の運搬に兄と珥《イ》を父に同行させた。机上の学問とは違う生きた生活の場を体験するようにという意味だったのだろうか。「お前ももう十六歳、幼い歳ではない」旅立つ前に母はただ一言こう言った。そして微笑を浮かべたまま珥《イ》をじっと見つめた。母には何か深い意図があったのだろうか。

途中で船をつけた礼成江《レソンガン》の港では人づてで母からの手紙が届いた。珥《イ》は内心期待したが、その手紙は父宛のものだった。父が手紙を広げると母特有の自由闊達で美しい草書体の文字が現れた。しかしところどころ墨がにじんでいた。あれは母の涙のあとに違いない。そうでなければ昇天する龍のような母の力みなぎる墨の字があのようににじむことはない。なぜか龍のような文字の行間に母の激烈な思いが潜んでいる気がした。珥《イ》は何か変だと思い父にたずねた。「父上、何かあったんですか」父は手紙を閉じると「何でもない」と答え空咳をした。その理由は分からなかったが、すべてが人と人との間の恋しさが生み出したことだとぼんやりと感じていた。長い日程の半分を残したその日、手紙を受け取った父の顔にも寂しそうな人恋しさが泡のように浮かんでいると珥《イ》は思った。

船着場に船をつける準備をしているのか、突然、船頭たちの声と陸地の騒音が少しずつ近づいてきた。珥《イ》は寝床を片付け外に出た。傾いた甲板の上から見る夜明けの西江《ソガン》船付き場の風景は、まるで一幅の絵のようだった。ちらっと見ただけでも数十隻にはなるであろう黄帆の帆かけ船がわれ先に停泊しようとしている。光を受けた黄布の帆は巨大な蝶の群れの羽ばたきのようだった。船の前方で帳簿を見ていた父と兄は寝不足なのか疲れた様子がありありだったが、顔は上気していた。朝日のせいだろうか。これで家に帰れると浮き浮きしているからかもしれない。

「ああ、起きたか。私は今から父上を助けて穀物を倉庫に運ぶので忙しい。お前は他の荷物をまとめて下船の準備をしてくれ」

長兄の璿《ソン》が言う。普段から粗雑でおおざっぱな性格の父は帳簿を見てはたて続けに空咳をした。これから任務遂行の最後をしめくくらなければならないと緊張しているのが見て取れた。晩年になって運良く手にした末端の官職ではあったが父は満足している様子だった。倉庫に問題なく税の穀物を運び入れさえすれば、父と二人の息子は家に帰ることができるのだ。家、長い間暮らした寿進坊《スジンバン》の家から少し大きな三清洞《サムチョンドン》＊の家に引っ越してからわずか一ヵ月足らずで、父と息子たちは今回の任務のために家を後にした。庭のある家に引っ越せたと家族の中で一番喜んでいたのは母と長姉の梅窓《メチャン》だった。花はもちろん虫までも愛する、この二人の女人は引っ越すとすぐに野菜の種をまき、花の苗を植えていた。花が育てば蜂や蝶が集まり、実がなれば地虫までがやってくる賑《にぎ》やかな庭で、母は江陵《カンヌン》の祖母の家でのように写生をするのだろう。瞬間、光に揺れる花の表情と虫の動きを一つ残らず見逃すまいと恐ろしいほどに集中している母の横顔が思い浮かんだ。ひどく蒼白な顔色と突き刺すようにぴんと立ったまつ毛、飛び上がるカモメの羽のような緊張した額ともう少し低くてもよいのではないかと思わせる足袋のつま先のようなすらりとした鼻、花のつぼみのように端正に結ばれた唇が目の前に見える気がした。自分の世界に没頭するときには常に断固として冷たい母ではあったが、自分が大門をくぐって家に足をふみ入れればきっと輝く笑顔で、おお、私の珥《イ》が帰ってきたと、幼い頃のようにぎゅっと抱きしめてくれるだろう。

珥《イ》はだんだんと自分にのしかかっていたわけの分からない悲しみが、母恋しさだったことに気づいて胸がしめつけられる気がした。母子の縁で結ばれた間柄、七人の子どもの母ではあるが、母が時にあからさまに、あるいは密かに自分に特別の愛情を注いでいることを幼い珥《イ》も気づいていた。母はだれが見ても佳人だが、十六歳の彼は、自分の生涯には母よりも美しい女人は絶対に現れないだろうと確信していた。

珥《イ》は一ヵ月間の船上生活で、汗に汚れ湿気で濡れた服と器をまとめた。船着場に停泊した船からはすでに人夫たちが穀物を倉庫に運び始めていた。穀物の数を数えていた兄は、珥《イ》を

＊　慶福官の東にある街。

一瞥《べつ》するとまた帳簿に視線を戻し、父はすでに下船して倉庫の官吏に会いに行っていた。いつの間にか東の空にはまぶしい熟柿のような真っ赤な太陽がのぼっていた。

＊

無事に任務を終え、父と二人の息子が急いで三清洞《サムチョンドン》の家に到着したのは巳の刻＊を少し過ぎた頃だった。一ヵ月あまりの間に家のまわりには初夏の緑があふれ三角山も木々の緑が旺盛に茂っていた。遠くに家が見えると三人は約束でもしたかのように足を速めた。

しかし家の前に着いたときに大門の前で三人を迎えたのは死者のための粗末な膳だった。膳の上には飯が三杯、醬油の入った小皿、銅銭三枚、草履《ぞうり》三足が置いてあった。何がなんだか分からない珥《イ》の隣で父が突然、アイゴーと叫ぶと膝を折った。

あわてて大門を押し開けると家の中は泣き声にあふれ、皆、髪をほどいて号泣していた。中庭で慟哭していた召使のパジュテク＊＊が一行を目にし口を開く。

「アイゴー、旦那様、お坊ちゃん。何とお気の毒な、もう少し、もう少し早く帰って来てたら間に合ったのに。今朝早く、東の空が明るくなる頃に息をひきとられました」

珥《イ》はパジュテクの話を聞くや髪の毛が総立ちになるような気がした。それは夜明けのあの胸をかきむしるほどの悲しみの正体がはっきりと分かったからだ。息が途切れる瞬間、母は珥《イ》の夢を訪れ、彼の名前を呼んだのだろうか。夜明けに……

三人を見ると、長姉の梅窓《メチャン》が裸足で飛び出してきて、庭に座り込んでいる父を支えた。

「何で知らせをよこさなかったんだ」

父は泣く代わりに肩をブルブルと震わせてたずねた。

「病の床についてわずか三日目に……一、二度、ほんのわずかに目を開けられましたが……そのまま……」

梅窓《メチャン》もそれ以上ことばが続かず、何とか息を整えると、

「母上は、まるで楽しい夢でも見ているようにみえたので、すぐに目覚めて起きあがると思っていました。こんなに早く亡くなられようとは夢にも……。でも静かに逝去されました」

梅窓《メチャン》の話を聞いて長兄の璿《ソン》が黄牛の遠吠えのような声で号泣しても珥《イ》はポカンとしたまま

＊　午前十時。
＊＊　人、特に女性を呼ぶ際、名前ではなく、居住地や故郷の地名で呼ぶ習慣がある。

まるで夢でも見ているようだった。梅窓《メチャン》が彼の手を摑むまで珥《イ》はぼうっと立ちつくしていた。庭の深紅の牡丹《ぼたん》の花は艶やかなスランチマ*のような花をつけて満開だった。珥《イ》は牡丹の花を長い間、じっと見つめていた。梅窓《メチャン》が立ち尽くしている彼の服の裾を摑《つか》んで慟哭し、その時になってようやく珥《イ》の真っ黒な瞳から涙があふれ頰を伝わり流れ落ちた。華麗に咲き誇る牡丹の花が目に突き刺さるようだった。牡丹の花は富貴を象徴する花だ。今度は牡丹を植えようと思う。ひっそりとした花に愛情を注ぐ母が牡丹を庭に植えた時には少し意外な気がした。ぱっと開いて金房のような雄しべと雌しべを惜しげもなく見せている花。「牡丹の花は少し開放的に見えはしませんか、母上」あのとき母はこう答えた。「私ももう齢をとったようだ。開放的なら、開放的なままで、気持ちを露わにして生きていくのもよいように思える。蝶や蜂をまねき寄せるのが花なら、花は花らしくなくては」

そういって母はさらに続けた。「牡丹の花というと、高麗時代の文人の李奎報《イギュボ》の作った詩の中に『折花行』という詩があります。こんな詩です」母は記憶をたどろうとしばし目を細めた。

牡丹含露真珠顆　　真珠の朝露を含んだ牡丹の花を

美人折得窓前過　　美人が折り、手にして窓の前を過ぎながら
含笑問檀郎　　かすかな笑みを浮かべて恋人に問う
花強妾貌強　　「花がきれい、私がきれい」
檀郎故相戯　　恋人はわずかに戯《たわむ》れ
強道花枝好　　「花が君よりも美しいよ」
美人妬花勝　　美人はその言葉を聞きねたんで
踏破花枝道　　花を踏みつけ、踏みつぶして言うには
花若勝於妾　　「花が私よりも美しければ
今宵花同宿　　　今宵は花を抱いてお眠りなさい」

「どうです。ずいぶん毒気のある詩だね。でもすねた可愛い女人の姿が思い浮かぶだろう」
その話をしたときの母はいたずらっ気にあふれた少女のようだった。しかし今、珥《イ》の目には五月の薫風に揺れるあでやかな牡丹の花が破顔一笑の女人の顔に見えた。

＊　裾に金箔を施した華やかなチマ。

母の亡骸《なきがら》は頭を東に向けて横たわっていた。白い芍薬《しゃくやく》の花のように、白い菊の花のように。人間の顔色ではない絶対的な白色。母は深い眠りにつき寂黙とした顔をしていた。珥《イ》は母の顔をなで、その手に触れてみた。しかしその手はすでに固くなっていて冷たかった。それは白磁の冷たさだった。母は自分の世界に入り込んでいるときにはすきを見せず、誰にもその世界を侵すことを許さなかった。今、この女人はひたすら自分だけの世界に没頭している。死という、彼女だけの運命的な世界だ。母は迫り来る死さえも完璧に受け止めたのだ。

そのときふいに母が隠しもっていた真紅の絹の包みのことが思い浮かんだ。母はあの絹に包んでいた品々をどうしたのだろうか。いつだったか、偶然、その存在を知ったとき、母の密かな人生を盗み見てしまったようで胸がどきどきしたものだ。今、彼が近寄れない世界に突然一人で逝ってしまった母の亡骸の前で、あの真紅の絹の包みのことがたまらなく気になった。死装束を端正に身につけた母は美しい白磁の壺のようだった。母は死んでもそんな染み一つない白磁のように自分の人生を完璧にしたかったのだろうか。それとも……真紅の絹の包みは母にとって牡丹の花のようなものだったのだろうか。母はいつかその包みを花びらが開くように開けて見せたかったのだろうか。珥《イ》は包みを開けてみたいという抑えがたい衝動にかられ、おもわず奥歯をぎゅっとかみ締めた。

＊

母が亡くなるとすぐに真紅の絹の包みを探したが、家の中のどこを探しても見つからなかった。珥《イ》の頭には、母がその包みを開きその中の絵と書を取り出してじっと魅せられたように眺めていた姿が刻印されている。たまたま本を読んでいて分からないことがあり、たずねようと母の部屋の戸を開けると、母がぼんやりと魂が抜けたようにその品々に見入っていた。石仏のように座っていた母の後姿はどこかおかしかった。細かく肩が震えていたのだ。そのときからその包みが母の密やかな悲しみと関係があると漠然と感じていた。

そんなふうに芽ぶいた好奇心からある日、母の壁の戸棚を開け、その包みを手にとった。包みはかなり重たかった。母は外出中だった。震える手で包みをほどくと、最初に目に飛び込んできたのは一度も見たことのない男の肖像画だった。顔だけが大きく描かれた肖像画が何点も出てきた。不思議なことにその顔はどこかで見たような気がした。かといって家中の誰かでもなかった。母は人物画、肖像画は一度も描いたことがない。宮廷の図画署*の画員でもないので、男の肖像画など両班《ヤンバン》**家の婦人が堂々と描けるような絵ではなかった。そしてその次の絵は二つの木がからまっている妙な山水画だった。慌ててその次の紙も広げてみた。次の絵は若い男女が一緒にクネに立って乗っている場面が描かれていた。珥《イ》の顔が瞬間、ぽっと赤くなった。市中の物書きの書く野話に書かれた挿絵のように二人の男女が一緒にクネに乗っている絵だなんて……珥《イ》の手が震える。しかし母が描いた絵ではないのかもしれない。そして紙の下には古びた玉色の布が見えた。広げてみると古いチマだった。チマの上にはぱっと開いた牡丹の花びらが描かれている。真紅であったと思われる絵の具は色が変色し黒褐色を帯びている。そのとき外から母を呼ぶ梅窓《メチャン》姉さんの声が聞こえてきたので慌てて包みを元にもどして部屋を出るほかなかった。その後、あの包みを開く機会は二度となかった。

　あの日に見た不思議な絵の記憶は頭から消え去ることはなかった。しかしあの真紅の絹の包みは二度と開いてはいけないものだったのだろう。主人と共に殉葬される奴婢《ぬひ》のように母と一緒に埋葬されるか、燃やして完全に無くしてしまうべきだろう。それだけが故人の意志と魂を犯さない道だ。珥《イ》は母が目を閉じたという、早朝に見た夢を思い出そうとしたが、何も思い出せなかった。母は最後に何かを伝えようと自分の夢の中に現れたのではないか……。母は女人として、妻として、母として完璧だった。ではあの真紅の絹の包みは何なのだろう。最近、夢の中でもよいから母に会いたいと願っていた。

梅窓《メチャン》姉さんの話によれば、母に頼まれてパジュテクと市場に行き、買い物をすませて家にもどると母が庭で倒れていたということだった。そのときにはすでに意識を失っており、三日後に眠るように亡くなったというのだった。三日間、意識はなかったものの、母の顔は夢でも見ているようにじつに多彩な表情をみせたという。ときどき寝言のようなことばや嘆声、うめき声をもらしたりもしたという。巻物を広げるようにこれまでの自分の人生を振り返っていたのだろうか。姉は母が正気を取り戻して目を覚まし、書画に作者が署名の落款《らっかん》でも押すように遺言のひとことを残すのではないかと思ったという。何かふっきれないものがあったが、あわただしい葬儀の最中に姉にくわしく尋ねることもできなかった。姉はまた父への手紙を書きながら母がひどく泣いていたという話もしていた。

突然、臨終も見とれずに母を失った家族は、天が崩れ落ちたような悲しみの中で葬儀を終えた。母の遺体は坡州《パジュ》の先祖代々の墓のある山に葬られた。棺が出た日は天も涙を流したの

＊　朝鮮王朝で儀式などを絵に描いて記録した部署。
＊＊　高麗、朝鮮王朝の支配階級。
＊＊＊　ブランコ。

か、一足はやい梅雨の雨が絶え間なく降り続いていた。墓に行ってきた後は、位牌を安置する霊所をきれいに整え母の位牌をおさめ供え物をして、食事を整え、朝夕の挨拶も欠かさずして、生きていた時と同様に礼を尽くした。散ったあとに強い香りが残る花があるとすれば、まさにそれが母だった。まだ何日もたっていないというのに、もう母が恋しい。そしてもしあの包みが誰かの目に触れることになったら……そんな考えに珥《イ》は落ち着かなくなり目の前が真っ暗になる。あれは絶対に探さなくては。

第二章　光と影

梅窓《メチャン》が忘れ草を描いている。母の絵を模写しているのだ。赤い忘れ草の花の上に蜂が二羽飛んでいる絵だった。か細く可憐な長い茎《くき》と長い葉が蜂に向かってからかうように円を描いている絵だ。絵を見ていると母の姿が自然に思い浮かんでくる。母が突然他界して、しばらくの間はどうしてよいか分からない心情だった。家の中のことは、長女である自分が、母の肩越しに覚えたとおりにすればよいことだったが、いつかは嫁に行く身だった。七人の兄弟姉妹はまだ誰一人結婚しておらず、そんなところに突然、葬儀をすることになり、家族全員が母犬からはぐれた子犬のように道に迷い、おろおろしていた。長兄の璿《ソン》が身を固めれば兄嫁が家内を取りまとめてくれることだろう。そんな間にも父はまた酒幕*に足を向け始めてい

た。悲しみを酒で紛らわせようとしているのだろうとは思うものの、前から酒幕の女主人との間が怪しかった。その女主人についてのよくない噂も耳にするので、そのたびにため息がもれるが、かといって父に問いただす勇気もなかった。そして何よりも彼女は弟の珥《イ》のことが心配だった。珥《イ》の顔は日に日に影が深くなっていた。母は生前、息子の中で誰よりも珥《イ》を愛していた。彼もそれを知らないはずがない。しかし珥《イ》の影は母を無くした虚しさよりは、何か混乱の火種をかくしているのが原因のようだった。

昨夜、真夜中過ぎに珥《イ》が梅窓《メチャン》のところにやって来た。そして長い間ためらっていてから。

「姉さんは母上がどんな方だったと思う」とたずねた。

「二人といない立派な人だったわ。才能と徳を兼ね備えた知恵深い人だったと思うわ」

「母上は人々にどんな人だったと記憶してもらいたいのかなあ。普段から体は少し弱いほうだったけれど、何であんなに急に逝ってしまったのだろう」

「でも、母上は自分の生命が長くないことに気づいていたみたい」

「それなのに何の遺言も遺品も残さなかったの」

珥《イ》の問いに梅窓《メチャン》がそっとため息をつく。珥《イ》は独り言のようにつぶやいた。

「人の人生は死ぬことで完成するのだろうか。だとしたら……何と虚しいことだろう」

梅窓《メチャン》も力なくつぶやく。

「母上は人生は一夜の夢、流れる水のごとく、吹く風のごとく、中味のないものだと言っていた」

「それならあんなに大切にしていた書画は何だったんだ。どうしたの。姉さんもしかして何か知ってるの?」

梅窓《メチャン》はすっと立ち上がると壁の戸棚をあける。そして青い布に包まれた紙函を手にして戻ってきた。

「亡くなる十日前に母上に呼ばれたの。一介の女人の画業など、どれもつまらない物だけど、とおっしゃり、これを私に託していかれた。私が絵の勉強をしているからだと思う。そして、もしお前が持っていられなくなれば、そのときには珥《イ》と相談しなさいとおっしゃった。これから私はこの絵を見ながら母上とお話するわ」

珥《イ》はいそいでその青い函を開けてみた。そこには生前、母が熱心に描いていた草虫図、花鳥図、そして花草魚竹、書、刺繍をした絹の布が収められていた。

＊　酒場と宿を兼ね備えた場所。

「これで……全部？」

珥《イ》が疑いを浮かべた視線を送る。梅窓《メチャン》はうなずいた。

珥《イ》が部屋を出て行ってからも彼女は母の絵を長い間見つめていた。母の絵には繊細で、華やかでありながらも煩雑ではない節制の美が感じられた。母の性格にそっくりだ。絵は正直なものだ。明日から再び絵の勉強を始めなくては。母が残した絵は彼女にとっては師匠も同然だった。母は自分の才能と性格をそっくり受け継いだ梅窓《メチャン》を、愛おしくも哀しそうに見守っていた。それでも彼女が絵を描くのを反対したり、怒ったことは一度もなかった。梅窓《メチャン》が自然に才能を受け止めるようにすすめたのも母だった。繕い物と餅を売って得た金を息子たちの学費に当てるような苦しい生活の中でも、彼女のために密かに高価な道具を買い揃えてくれたのも母だった。

今日は青い絹の包みから絵を取り出し、忘れ草を描いてみることにした。絵を見ていると、ふいにある日のことが思い出された。母と一緒に忘れ草を描いていた日のことだった。母は、「この花を乾燥させて香袋に入れて持ち歩くと息子が生まれるという言い伝えがある。でも俗説は俗説。お前の外祖母《おばあ》さまもしてみなかったわけがない。女は息子を産むことでその存在価値を認めてもらう世の中だから、女人の絵の才能は息子を生むことよりつまらないもの。

でもおのれの喜びと慰めのためには使うことができる」

母の言葉尻には悲しみがにじんでいた。

「母上、絵を描くというのはひたすら自分のためですか？」

「もちろん、男でもない女人の絵がどうやって世の中を変えると言うの？」

母が薄い微笑を浮かべて続けた
「それでも自分の心を支えることができるのであれば、ありがたいことと思わなくては」

「それなら絵とはいったい何なんです。母上はお分かりになりますよね？」

「お前は何だと思う。お前の考えを聞かせておくれ」

母が顔を上げて、梅窓《メチャン》の瞳を見つめた。母の瞳が梅窓《メチャン》よりも一段と好奇心に輝いていた。

「野に咲く忘れ草と絵に画かれた忘れ草は同じ花ではありません」

「どう違う？」

「朝見た花と夕方見た花も同じではありません」

「そう、そうとも言えるわね。蓮の花は朝にはぱっと開き、昼にはしぼんでしまうけど、おしろい花は午後になって咲き始める。月見草は月夜の晩に咲くもの。忘れ草も瞬間、瞬間で違うでしょう。それがまさに描く人がいつ描くのかによって決まってしまう花の運命というもの。だから紙や布の上に花を創造するのはあくまでも画家の心、だからそのときは画家が造物主ということ」

陽の光によって花が違って見えるのは事実だった。梅窓《メチャン》はうなずいた。雨が降る日の花、曇った日の花、晴れた日の花……

「それから、花は描くのになぜ花の影は描かないのでしょう?」

母が笑いながらうなずいた。

「まあ、やはりお前は私の娘だわ。私もいつもそのことが気になっていた。私も絵を最初に習ったときにはひたすら事物をそのまま写実することに気をそそいでいた。それで影を描いたこともあった。しかし私たちの見る世の中の事物はすべて時々刻々と変化している。だからそれらは刹那《せつな》の瞬間に心にとどまった虚像。もとから虚像を描くのだから影を描く必要もない。絵それ自体が事物の影なのだから」

「それではそのような虚像をなぜあんなに必死に描くのですか?」

母は筆をおいた。そしてチョゴリの胸にそっと右手をおく。

「梅窓《メチャン》。この歳になって悟ったことだけど、絵というのは心に映ったものを描くということ、他の言葉で言えば心を描くということ。しかし人の心は誰も見た者がいない。自分の胸の中にそっと秘めたままで死ぬだけ。それでも心には目があるから心が見た虚像を表現すれば、それが心を描くことになる」

　母が古い画帳を持ち出してきた。

「この絵を見てごらん。梅の古木にとまった二羽の雀を。どこかおかしくないかい？」

「……あっ。影もないし、雀がなんでこんなに大きいんですか？」

「そう。画家は新春に仲の良い雀のつがいを描きたかったのでしょう。梅の花は春だという時間を暗示したかった。それが大切なこと」

「ああ、つまり描く人が描きたいものを大きく、華やかに描くということですね」

　母はうなずいて笑顔を見せた。

「絵とは心の表れ。お前も模写を勉強すれば、その後自分の心を独創的に表現できるようになるでしょう。そうなれば同じ忘れ草を描いてもお前の描いた花と私が描いたものでは明らかに違った忘れ草になる。忘れ草は描く人の絵の中で毎回生まれ変わる。だから真の芸術の喜びを知る人ならば息子を産むことよりも絵の世界で自らの心を表現する喜びのほうが大きいのではないかしら」

「それでは絵を描くことはひたすら楽しいものなのでしょうか？」

「影はなぜできるの。光があるから生まれるもの。万物の中でひたすら喜びだけのことなどありません。山高ければ谷深し……。息子を産む喜びも産みの苦しみを経たあとにようやくやって来るもの。梅窓《メチャン》も嫁に行き、子どもを産めば分かるだろうよ」

「それなら母上。もう一つだけお聞きします」

「まあ、うちの梅窓《メチャン》は賢いねえ。こんなに深く考えることが好きだなんて……」

「母上はどちらの喜びが大きかったですか。女人としての本分を全うする生き方と芸を極める生き方」

「……そうねえ……」

母はそれ以上は何も言わずに描いていた忘れ草に再び集中した。

母がまだ生きていたならばもう一度尋ねたかった。しかし母はそんな機会を与えてはくれなかった。才能を持って生まれた女人として、母上のように生きるべきなのか、そうでなければすべてをあきらめて一介の両班《ヤンバン》家の女人としての生き方をまっとうすべきなのか、婚期を迎えた梅窓《メチャン》はときどき考え込んでしまう。母は二つの生き方の両方に忠実だったと思う。しかしもしかするとそれは母にとって両刃《もろは》の刀となり胸を引き裂くような苦痛だったのかもしれない。

ある日、梅窓《メチャン》が描いた草花図を見てつぶやいた母の一言がしきりに思い出される。美しいことは美しいけれど……絵というのは欲して描くもの。お腹を空かせた人が食べ物を欲しいと思うように、心が虚しくて何かを欲しくて欲しくてたまらずに描くのが絵なのかもしれない。お前の心をよくのぞき込んでごらん。お前が強く欲しているものは何なのか……。それで真紅の絹の包みを見て、梅窓《メチャン》が連想したのは鮮血のような生々しい悲痛だった。

梅窓《メチャン》がその真紅の絹の包みを見たのは母が倒れた日だった。梅窓《メチャン》は母の人生の影を見たと思ったが、そのことを誰にも話さなかった。黙っていることにしたのだ。嘘をつくよりは口を閉ざすほうが遥かに耐えやすかったからだ。しかし依然として疑惑が残っていた。父と二人の兄弟が公務で平安道《ピョンアンド》に発ってしばらくたったある日、母は誰にも告げずにどこかに外出した。そんなことはこれまでに一度もなかったので心配したが、幸い深夜遅くに帰ってきた。とくに変わった様子は見られなかったが、その日から目に見えて気力が衰えていき、しばらくすると病床についてしまった。このことはまだ誰にも話していない。珥《イ》には申し訳ないが仕方がなかった。

母が意識を失って倒れた日から梅窓《メチャン》は母の枕元を離れなかった。母は正気を取り戻すことなく、夢の中をさ迷っているようだった。赤ん坊の笑みのような純真無垢な表情が時々刻々と顔に浮かんでは消えた。そして目を覚まさないままぐずつく赤ん坊のように寝言のようなことばを何度も口にした。夢の中で一生を振り返っていたのかもしれない。三日三晩、母の一生が夢の中で流れていると梅窓《メチャン》は感じた。母の傍らに横たわっていると、まるでその夢を一緒に見ているような気さえしたものだ。

息を引き取ったその日も梅窓《メチャン》は母の閉じた目を悲しげに見つめていたが、夜を明かすこともう三日目、とうとう我慢できずにしばし浅い眠りについた。するとどこからか母の辛そうな息づかいが聞こえ目を覚ました。母は苦しそうな表情を浮かべ、喀血するように一言吐いた。そのことばがどんなことばだったのか何度も思い出そうとしたが未だに思い出せない。ただそのことばを吐いた母はすべての重荷を下ろした人のように、何かを悟った禅僧のように瞬間、顔色が温和になり、そのまま静かにそっと息を吐き出した。梅窓《メチャン》はそのとき、母が永眠したことを知った。

ああ、目を開けることができない。私の体はなぜこんなに軽いの。蝶になったのかしら。まあ、まるで荘周の蝶になったようだ。目の前に大きな真紅の花びらが燃え上がる炎のようにゆらめいている。牡丹の花かしら。巨大な真紅の花が見える。何枚にも重なったチマの裾のように開いて私に迫ってくる。そして私を飲み込もうとしている。吸い込まれそうだ。めまいがする……谷底に落ちていく。真紅の花の中なのか。なぜこんなに目がかすんで見えるのだろう……近づいてくる、どんどんと……しかし紅く開いたそこには黄色の雄しべと雌しべの代わりに燃え残った灰が積もっていた。灰が舞い上がりゴホンゴホンと咳《せき》が出る。咳《せき》をするたびに私の体が浮かび上がる。高く飛び上がっていく。突然、炎のような赤い気運が消え去り、周りが真っ白になる。広げた真っ白な紙の上を私は飛んでいるのだろうか。白い紙の上に黒い墨の線が斜めに太く引かれ、その先には青々とした竹の葉が見える。烏竹《からすたけ》の林だ。そのとき瓦屋根の向こうからお祖母《ばあ》さまの声がかすかに聞こえてきた。あっ！　ずいぶん久しぶりに聞くお祖母《ばあ》さまの声だ。

「開男《ケナム》！　開男《ケナム》！　起きなさい。白い雪が積もったよ」

開男《ケナム》……　ああ、なんて久しぶりに聞く子どもの頃の名前だろう。思わず口元に笑みが、でも、おかしなことに胸は突き刺されるように痛い。ああ、あの頃は……九歳くらいだったろうか。四十年の時間をあっという間に飛んできたなんて。私は明かり窓から部屋の中に入り込むと、寝ている幼い開男《ケナム》を見た。夢を見ているのか薄いまぶたの下の瞳がそろそろと動いている。

第三章　カササギ爪

庭を帚《ほうき》で掃く音が聞こえてきた。早朝の寒気に私は頭の上まで布団を引っ張りあげるとその中にもぐりこむ。そのとき、お祖母《ばあ》さまが外から扉の手をつかんで揺らした。起きなさいという合図だ。今日は何でお祖母《ばあ》さまがこんなに朝早くからうるさいのだろう。

「みんな。起きなさい。外はすっかり雪が積もったよ」

雪だという声にぱっと目が覚める。冬の間中待ちこがれていた雪だった。今年の冬は初雪が降ってからというもの鏡浦湖《キョンポホ》*が凍るくらいの厳しい冬だった。寒さに身を縮めて、部屋から出られない冬が早く過ぎてくれればと思っていた。花と虫を描くことができずつまらなかったからだ。それでもそのおかげでたくさん本を読むことができた。

わくわくしながら障子に近寄り窓を開ける。裏庭の烏竹《からすたけ》を見たかった。窓の外では葉という葉はすべて雪をかぶっており、力いっぱいに伸びている黒い幹が真っ白い雪を背景によりいっそうさわやかに迫ってきた。早く起きて顔を洗い、墨をすって絵を描きはじめなくては。濃い墨ですっきりと描いた水墨画の構図がもう頭を占領している。

そのとき、どこからかカササギの鳴き声が聞こえてきた。おかしなことに昨日からカササギが鳴き続けている。母上はうれしそうにカササギの声に耳をすませていた。カササギが鳴くと大切な客人が来るということわざがあるのを知っている。母上はカササギが鳴くたびに、ああ、父上が来られるのだわ、と嬉しそうな顔をしたものだった。しかし夜が更け娘たちの床の準備をするために部屋に入ってきたときには、がっかりした顔をしていた。

「母上、父上は寒くて来られず、その代わりにきっと母上のお腹の赤ちゃんがわが家にくるのですよ。赤ちゃんのお客様」

「本当にそうね。漢陽《ハニャン》のお父上がこの厳しい寒さの中を来るというのも無理ですよね。大関《テグァル》嶺《リョン》**の峠を越える際に足でも滑らせたら大変」

臨月の母は息が苦しいのか、肩で息をしていた。そしてその息がまるで大きなため息のように聞こえた。一緒に暮らせない父上と母上、同じように私にとっても父は恋しい人だった。

それに父は高価な絵の道具を買ってきてくれるので、私はいつも首を長くして待っていた。

　カササギの鳴き声が近づいてくると、一羽が竹の上にそっととまった。そのせいで竹はくすぐったそうに身をくねらせる。餅にまぶした白いきな粉のような雪がサーッと、滑り落ちる。烏竹《からすたけ》の節《ふし》のように固くすらりと長い黒い尾をピンと持ち上げたカササギが一声鳴く。雪におおわれた黒い竹の上のカササギ。白黒の調和が鮮明で優雅だ。そんな絵を描くと考えただけで胸が膨らむ。

「仁紅《インホン》、開男《ケナム》！　さあ起きなさい。仁紅《インホン》は起きたら私と一緒に玉男《オクナム》の面倒を見て、開男《ケナム》は仁男《インナム》を起こして。今日はみんな忙しいんだから。まあマンドク父さん！***　庭を掃き終わったら、かまどの火をみて、マンドク母さんはさっさとお湯を沸かして！　そうだ、マンドクを村のオッケ婆さんのところに行かせたかい？」

「はい大奥様、急ぎだといって寝ているのをたたき起こして行かせましたから、もう到着する頃です。雪道なので年寄りの足だと少し時間がかかっているのでしょう」

　オッケ婆さんというのは村の産婆のことだ。赤ん坊が生まれようとしているようだ。どうしよう、こんなあわただしい日に一人静かに絵に没頭するのはとうてい無理だ。けさカササギが鳴いたのは間違いなく、可愛らしい赤ちゃんがやって来るという意味だ。それでお祖母《ばあ》様があわてて早朝から大声で赤ん坊の生まれる準備をしているのだ。

「仁紅《インホン》！　開男《ケナム》！」

家の中をあちこち忙しそうに動き回っていたお祖母《ばあ》様が再び一番上と二番目の孫娘の名前を呼んで催促する。

ぐっすり寝込んでいる姉の仁紅《インホン》を揺り起こす。

「姉さん、起きて。母上が、赤ちゃんが生まれるみたい」

「もう！　昨日の晩、遅くまで刺繍をしていて床に入ったのが遅かったの。もう少しだけ寝かせて」

「お祖母《ばあ》様が姉さんは玉男《オクナム》を、私には仁男《インナム》を見るようにって……ねえ、悪いんだけど姉さん、お願い一つだけきいてくれない？　今日、一日だけ私のこと、助けて。玉男《オクナム》の面倒をみるついでに、仁男《インナム》も見てくれない……」

＊　江陵《カンヌン》の海岸近くにある湖。

＊＊　漢陽《ハニャン》（現在のソウル）方面から山間部を行き、東海岸の江陵《カンヌン》に降りる直前にある峠。

＊＊＊　人を呼ぶのにその人の子どもの名前に「―父さん」「―母さん」などと付けて呼ぶ習慣がある。

「そしたら？」

仁紅《インホン》姉さんがツンとした表情になる。

「姉さんの願いを一つだけきいてあげる」

「そういうお前は今日、何をするの」

「ウーン……雪が久しぶりに降ったでしょう。長い間、待ってたの。雪が溶ける前に雪をかぶった烏竹《からすたけ》を描きたくて……」

姉の顔色をうかがう。

「姉さん、烏竹、烏竹をどうしても描きたいの、お願い」

「イヤよ。公平じゃないわ。それでなくても誉められるのはいつもお前ばかり、そんなお前のために家のことまで代わってあげるなんて。いくら男女の差別、身分の差別があるといっても、お前と私は同じ血を分けた姉妹、それに私は一番上の姉さんなのよ」

いつからか姉は私に嫉妬するようになり、今ではときどき意地悪までする。そして何かと言えば自分はこの家の長女だと意地を張る。たぶん一緒にお祖父《じい》様から千字文を習い始めたときからのことだ。長女とはいえ、三歳下の私の聡明さに対抗するには力不足であることを十二歳の姉が悟ってからのことだったと憶測するのだが。「生まれついての才能にはかなわないもの」お祖母《ばあ》様は姉の嫉妬を見るとよくこんな独り言を言っていた。姉は学業には身が入らず何かといえば「私は才能がないから、才能のあるお前がやりなさい」と言っては怠けていた。それに率直な性格のお祖父《じい》様は家にやってくる友人たちに私の賢さを自慢するのを楽しみにしていた。よく書けた習字を見せたり、私を呼んで「四字小学」*や「論語」を暗唱させたりした。するとお祖父《じい》様の友人たちは九歳の幼い私を「アイゴー！　女中君子殿！」**と言ってほめはやした。そうでなければ私が七歳のときに描いた、有名な山水画家、安堅《アンギョン》***の模写を見せては自慢するのだ。そしてそのたびに姉はこう皮肉った。

「フン！　いくらそんなことをしてもお前が科挙を受けるというの？　官職につくの？　お父上を見てごらん。一生、学問に励んでも出世できないじゃない。女の運命はユウガオと同じ、主人次第よ」

＊　朱子の「小学」を子ども向けに四字一句で表現した本。

＊＊　淑徳の高い婦女のこと。

＊＊＊　朝鮮王朝時代の十五世紀を代表する山水画家。王室の行事を絵で記録する図画署に所属していた。桃源郷の絵が有名。

姉がそんなことを言うたびに腹が立ち、言い返しはするものの、いつだったか母上がそっと私に言い聞かせた。

「仁紅《インホン》は姉さんだけど、お前が我慢しなさい。お前は生まれついたものが多いのだから。君子の徳について習ったのなら、そのとおりにしてごらん。分かったね。どちらにしてもお前はできが悪くて寂しい思いをすることはないだろうから」

姉に腹がたつときには母上のそのことばを思いだしてかみしめた。

「分かった。姉さん、ごめんなさい」

今日も先にあやまった。そして先にあやまる理由を考えだす。絵は明日描けばいい。いや、明日がだめなら、また雪が降るまで待てばよい。今年描けなければ、来年描けばいい。世の中のすべての雪が全部溶けてしまわない限り、そして私が死んでしまわない限り。私はまだ九歳だ。一歳の誕生日と同じようにまだ多くの日々が待ち構えているのだもの。そんなふうにおおらかな気持ちで考えると、心もすっと落ち着いた。今日は仕方がない。起き出す前にもう一度烏竹《からすたけ》を眺めておこう。そしてしっかりと目の奥に閉じ込めなくては。ちょうど夜通しカチカチに凍った水辺の澄んだ氷のように心の器をその風景でいっぱいにしなくては。窓を開けて冷たい空気を吸いながら瞬きもせずに雪に覆われた黒い竹の林を凝視した。

姉と私は仁男《インナム》と玉男《オクナム》の二人の妹に朝食を食べさせた。六歳の仁男《インナム》と四歳の玉男《オクナム》は今日は特に母を探してぐずっている。部屋の中からは母のうめき声が聞こえてきた。雪は止み、外はそんなには寒くなかった。祖母とお産婆さんが母に何か言う声が聞こえてくる。マンドク母さんはお湯を沸かしたり、ワカメ汁を作ったり忙しそうにしていた。家の中の女たちがあわただしくしている間も、祖父の部屋からは本を読む声が聞こえてくる。間、間に空咳をする声も混じって聞こえてきた。

家の中には奇妙な緊張感が漂っていた。赤ん坊は男の子だろうか。今度こそは男だったらよいのに。母は一人娘で、そんな母が結婚して娘四人を立て続けに産んだ。仁紅《インホン》姉さんが十二歳、私が九歳、仁男《インナム》が六歳、玉男《オクナム》が四歳。赤ん坊が生まれたら末っ子の玉男《オクナム》とは三歳違いになる。ときどきお祖父《じい》様とお祖母《ばあ》様は私を見て、お前が男だったらどんなによかっただろう、と舌打ちをした。

末っ子の玉男《オクナム》と遊んでいた姉は、玉男《オクナム》が眠るとその隣で一緒に寝てしまった。仁男《インナム》は火鉢の灰で遊んでいたが、飽きてきたのか私にせがむ。

「姉さん、つまらない。湖に行ってコマ回しをしよう」

男の子のように元気いっぱいの仁男《インナム》が遊びに行こうとぐずる。去年までは私もカチカチに凍りついた鏡浦湖《キョンポホ》の上でコマを回したり、氷の上を滑ったりしていた。江陵《カンヌン》で代々続いてきた家柄の外祖母の実家は親戚が多く、幼い頃には近くの親戚の男の子たちと一緒になって遊んだものだった。しかし今年からは父の視線が鋭くなった。男女が七歳になれば部屋の横木に服も一緒にかけてはいけない。ましてや……。祖父の口からそんなことばが飛び出すと私は口をとがらせた。

まだ六歳の仁男《インナム》は男の子の遊びをしたがり、凧《たこ》を作ってくれとせがんだりもした。旧正月に私は仁男《インナム》のためにカササギ凧と盾凧をきれいに彩色して作ってあげた。しかし男の子たちがするようにその凧を手に鏡浦湖《キョンポホ》や海に出て凧揚げをすることはできなかった。どこにもチマを着た女児の姿などいくら目をこらしても見えなかったからだ。旧正月の元日から女のくせに表に出て行くなんてと祖母と母が目をむいた。それで仕方なく何とか許してもらい家の庭で凧揚げをすることにした。果てしなく広い青空を思いのままに飛び回る凧。しかし私と仁男《インナム》、二人の女の子の手に握られた凧は家の塀の中だけにとどまっていた。召使のマンドクの凧でさえも門の外まで飛んでいくというのに。漠然と女に生まれた自分の存在がまるでその手に握った凧の身の上のように思われてきた。男なら果てしない空に凧を飛ばすように、自分の思いを無限の世界や天地に示すことができるのに。

「今日は大人しくしてるほうがいいわ。湖に行ったら怒られるから……そうだ、こうしましょう。井戸端に行って遊ぼう」

私のことばに仁男《インナム》は手を叩いて喜んだ。綿の入ったチョゴリ*を羽織って部屋を出る。板間《マル》の端に立って背伸びをすれば向こうには鏡浦湖《キョンポホ》が見える。板間《マル》の下からコマを二つ取り出して井戸に行った。村でも井戸のある家は何軒もなかった。今は都で官職に付いている人はいないものの外祖母の家門は「参判《チャムパン》」という高い官職についたのはもちろん、学識と徳望で世間から尊敬された家門だった。外祖母が外祖父と結婚してから建てられたというこの家は非常に豊かというほどではないにしても家の蔵にはそれなりに十分な穀物があり、つつましくはあるが満ち足りた暮らしをしていた。

井戸端に行くには裏庭の烏竹の林を通って行かなくてはならなかった。仁男《インナム》の手を握り、雪の積もった庭を歩いて行く。ズボッ、ズボッ。雪を踏むたびに音がした。白い雪の上に足跡ができ仁男《インナム》がうれしそうに踏みしめていく。私は妹の手を握ったまま立ち止まり青い葉に雪をかぶった烏竹の黒い幹を眺める。仁男《インナム》が早く行こうと手を引っ張る。

＊　上着。

井戸端にはすでに十一歳のマンドクがいてコマを回していた。冬の間に井戸の横にたまった下水が凍りついていた。マンドクが黄色い鼻水を袖口でさっと拭いてニヤッと笑う。綿も入っていない木綿のチョゴリの袖口はもともとの色が分からないほどに真っ黒になって垢《あか》でテカテカしていた。こんなに氷が張るほど寒くても、深い井戸の水は白い蒸気が漂うだけで凍ってはいないのが不思議だった。

コマを手渡すと仁男《インナム》はマンドクに負けじとコマを回し始める。私もコマを回したが、面白くはなかった。私の視線は黒い竹林にばかり行っている。幸い、雪は溶けていなかった。明日も雪が溶けなければ雪をそっとかぶったこの清潔な竹林を描こう。そのとき、トビなのかカササギなのか、空の上を何かが飛んでいった。しかし少しすると、フラフラしたと思ったら一番大きな竹の梢《こずえ》に頭を突っ込んでしまった。ばたばたとするたびに竹の葉に積もった雪がぶるっと身震いをするようにして落ちてしまう。よく見るとそれは鳥ではなく凧《たこ》だった。大きなカササギ凧だった。竹林の向こうの村で誰かが凧を揚げていて、その凧が烏竹《からすたけ》にひっかかったに違いない。カササギ凧の持ち主が凧糸をほどこうと何度も糸を引っ張るたびに竹林も何度もたわんでいる。そしてそのたびに竹が身を震わせ雪の粉が落ちる。いったい誰があんなことを。明日にでも雪竹を描こうと考えていた私は素材を台無しにした邪魔者に腹を立てた。それで竹林に行き竹を掻き分けて隙間から外をのぞいて見た。すると私と同じくらいの年頃の男の子が一人、凧の糸車をゆるめたり、引っ張ったりしながら竹の梢に頭を突っ込んでいた。

見慣れないその男の子は、こざっぱりとした身なりから見て両班《ヤンバン》の家の子どものようだった。瞬間目があった。男の子は竹林の隙間から見える私の小さな顔が信じられないのか目を丸くしたと思ったら、にこっと笑った。乳歯が生え変わる時期なのか、犬歯の抜けた白く整った前歯四本が白玉のようにきれいに並んでいた。

「わあ、もしかして、お前、この家の子かい」

私はうなずくと、そっと後ずさりした。マンドクが遠くからこの光景を見ていたのか長い棒を持って近寄ってくる。棒を振り回してもグルグル巻きにからまってしまった凧は解けなかった。むしろそのせいで凧糸さえも切れてしまったようだ。

「あっ、凧糸が切れてる」

マンドクが竹の間から叫んだ。竹林の外からは男の子の声が聞こえてきた。

「あいつはここが好きなようだ。それならここに置いてやろう。もう降りてくるなよ」

悔しそうに梢を眺めていた男の子が強い口調で言った。そしてふり返りもせずに去っていった。竹の間から眺めていたマンドクはフンと言うと肩をすくめた。その態度が少し生意気に感じられたので、どうしたのかと振り返ると、マンドクは尋ねもしないのに答えた。

「この秋に漢陽《ハニャン》からやってきた鄭大監《チョンデカム》の家の坊ちゃんだそうです。歳は俺と同い年。でも妾《めかけ》の子どもだとか。両班《ヤンバン》でもないくせに、ああしろ、こうしろだと。うちの母ちゃんの話だと妓生《キーセン》だとかなんとか……」

両班《ヤンバン》と庶民の身分の違いだけでなく、庶子とその子孫に対する差別もまた過酷だということを祖父から聞いていた。世の中が、生まれた時からすでにすべてが決められているというのが幸いなのか不幸なのか、私としてはよく分からなかったが、なぜか胸が痛んだ。

仁男《インナム》が鼻水をたらしていた。風邪をひくのではと心配になりあわててマンドクと家の中に戻った。中庭に入るとマンドク母さんがマンドクを見て声を張り上げる。

「このガキが！　どこをうろうろしているんだ。今すぐに納屋に行ってきれいなワラ縄を取っておいで」

「どうして。わらじを編むの？」

「間抜けなことを。しめ縄を作るんだよ」

とうとう母上が赤ん坊を産んだようだ。男の子だろうか。瞬間、マンドク母さんの顔をちらっと盗み見ると、マンドクが割って入り尋ねる。

「父ちゃん、どっちだい。えっ。股の間に付けて出てきたかい？」

マンドク父さんが息子の頭を拳で小突いた。

「この野郎、なんだその口の利き方は。納屋にしまってある炭と、裏に回ってきれいな松の枝をちょっと折って持って来い」

膝の力が抜けた。ああ、かわいそうなお母上。そしてお祖母様《ばあ》。母上と生まれたばかりの妹に会いたかったが、二十一日間は用もないのに勝手に母の部屋に入ってはならない。そのとき、裏庭に出てきたお祖母様《ばあ》の顔がひどく疲れて見えた。

「母上は休まなくてはならないから、お前たちはうるさくしないで、お祖父様《じい》の部屋に行きましょう」

仁男《インナム》がお祖母様《ばあ》を見て、母上また女の子を産んだの？　とたずねる。お祖母様《ばあ》は無言のまま孫娘の手をとり祖父の部屋に向かいながら大きく溜息をついた。お祖父様《じい》はすでに聞いているのか無表情で紙の上に生まれたばかりの赤ん坊の生年月日と時間を筆で一文字一文字、丁寧に書いていった。そしてしばらく考えてから筆を動かす。

「この娘の名前はこうしよう」

紙の上に端正な楷書で二文字を書き下ろした。
最後の「末」に、女の「姫」、末姫《マルヒ》と。

恒我《ハンア》、自分でつけた私の名前。
この名前で呼ばれていた時があった。
しかし女人の生涯は名前を捨てることでようやく始まる
この名前をつけた日の風景が思い浮かぶ。
ふふふ……私はじつに不らちな娘だった。

第四章　私は、恒我《ハンア》

祖父が赤ん坊に末姫《マルヒ》という名前をつけたのには明らかな意味があった。一人娘の母に男児がたくさん生まれることを願ったものの、母は娘ばかり五人も産んだ。長女の仁紅《インホン》姉さんくらいまではこれで家の中の働き手ができたと言われて、仁紅《インホン》という名前をつけ、そのような姉をもつ弟の誕生を願った。しかしその次に生まれた私には仁善《インソン》という名前をつけて普段は男児の誕生を願う気持ちをこめて開男《ケナム》という品のない児名で呼んでいた。しかもその後も女児ばかり立て続けに生まれたので三番目の女の子にも「男」という字をいれて仁男《インナム》とつけた。そして四番目も娘だと分かると一貫した頑固さで玉男《オクナム》と名づけた。五番目の子に末姫《マルヒ》という名前をつけたのはたぶん長い間の男児誕生の願いを断念することを意味しているのだろうと

私なりに理解していた。病弱な母はすでに三十代も半ばを過ぎていた。私なりに固く決心してのことだった。祖父は「論語」の句節を筆で書きおろしていた。筆から目を離さずに語りかける。

末姫《マルヒ》が産まれて七日が過ぎた日、私は祖父の部屋に向かった。

「おお、開男《ケナム》」

わざと返事をせずにふくれた顔をして立っていた。返事がないので祖父は眉をピクリとさせて私を見つめた。

「これからは私のことを開男《ケナム》と呼ばないでください」

「いったい何の話だ。開男《ケナム》を開男《ケナム》と呼ばないで何と呼ぶのだ」

「その名前が嫌いです。本当にイヤなんです。我慢するだけ我慢し、努力するだけ努力しました。お祖父《じい》様。生まれてこのかた、その名前で呼ばれるのをジッと我慢してきました。私の名前には家族みんなの願いが込められていることを知っていたからです。でも開男《ケナム》という名前にあまり霊験がないこともお祖父《じい》様はご存知のはずです。そんな名前をつけても弟は生まれませんでした。もうお祖父《じい》様も末姫《マルヒ》が最後になることを願っていられるのでしょう。ですから私の名前も変えてください」

祖父は何だこいつは、という目つきで筆をおいた。

「改名をしたいだと」

「はい」

「お前には仁善《インソン》という名前があるではないか」

「それよりももっと呼びやすい名前があります」

「女人の名前はどちらにしても重要ではない」

「ですから家族だけでも私の望む名前で呼んでくださいということです。嫁に行くまででも」

「まったく、何とおかしなことを。それで何と呼んでほしいのだ」

「ハンア」

「ほう、お前がその名前を知っているのか。月の国の美しい姫君の名前を。月宮姮娥《ハンア》という……女子ならその名前に惹《ひ》かれるだろう」

私は首をふった。

「姮娥《ハンア》公主、＊その名前ではありません」

「それなら……」

私は唾をごくんと飲み込んだ。どうしても意志を通したかった。男児を授かるために呼ばれた開男《ケナム》という名前をもうこれ以上聞きたくなかった。

「これからはもう開男《ケナム》ではありません。月の女神の姮娥《ハンア》でもありません。私はつねに自分でいたいんです」

祖父が好奇心に満ちた顔で紙と筆を差し出した。

「ではお前が考えたお前の名前を書いてみなさい」

大きく深呼吸して筆に墨をたっぷりつけると一気に書き下ろした。

常にの「恒」の字と、己の「我」の字。恒我《ハンア》。

祖父の顔に困ったような表情が浮かんだ。

「このハンアの字を使うだと。ウーン、なんと」

「はい！」

自分でも力強い元気な声だと思った。

「私は常に自分でいたいんです」

「それでなくても男のような四柱《サジュ》**で産まれてきたというのに、その名前は女子には強過ぎる。

＊　中国の神話に登場する月の女神。
**　四柱推命でいう生まれついての運命。

それにおのれを主張するような名前はどうも気に入らないが……」

祖父は私をじっと見つめていたが、最後には首を縦にふった。

「お祖父《じい》様　ありがとうございます」

ニコッと笑い、深く頭をたれた。

「科挙を受けるわけでもないし、男のように名前を残すわけでもない、お前の願いがそんなに強いのなら家族の間ではそんなふうに呼ぶことにしよう」

「はい。それでは家の一番の長であるお祖父《じい》様が家族みんなに言ってください」

うれしさ一杯で席を立つと、祖父が呼び止めた。

「開男《ケナム》、まだ話がある、座りなさい」

「……」

聞こえないふりをして、返事もしないでじっとしていた。

「隣に座って墨でもすりながら、開男《ケナム》や。勉強した『四字小学』でも久しぶりに暗誦してごらん」

「まあ、お祖父《じい》様。開男《ケナム》って誰です。私は知りませんよ。お忘れになりましたか。私の名前は……」

ようやく祖父は呼びなおした。

「アイゴー、そうだ。ハンア……ハンア……」

祖父がぎこちなく呼んだ。祖父の忘れん坊が面白いので私は手で口を隠しながら笑うと祖父の横に座り、ゆっくり丁寧に墨をすった。祖父はそんな私を複雑な表情で見つめていた。祖父の心のささやきが聞こえてくる。この子が男だったら。しばらく後で祖父が家族たちに私の名前を告げると姉さんも妹たちもゲラゲラと笑った。

「ハンアですって。ハンアリ（壺）じゃなくて？」

姉がからかう。そのときから妹たちはハンア、ハンア、ハンアリ姉さん！　と私のことを呼んだ。依然として祖母と母、そして祖父さえも開男《ケナム》と呼んでからあわてて小さな声で恒我《ハンア》と呼ぶ。私は開男《ケナム》の声にも、ハンアリとからかう声にも一切返事をしなかった。大人たちはアイゴー、この意地っ張りが、と言いながらも徐々に私がつけた名前で呼び始めた。

幼い九歳の女の子だった私は産まれて初めて何かが無性に欲しかった。あれは何だったのだろう。あの時の私はそれを空腹のような欠乏だと感じていたが、今、人生を終えようとしている今、あれは……私の中の充たすことのできない恋しさではなかったか、恋しさとは水に映った月影のように虚しい、ひたすら虚しい欲望だ。自分の影をつかもうとグルグルと回っている小さな子犬のように。今にも壊れてしまいそうに危うい私の中の影だった。影だけを抱いて生きるのは嫌だと、それで光を追いかけた。しかし明るければ明るいほど、私の中に猛烈に浸《し》みこんで来る影……そんな魅惑さえもなかったら……私は何のためにあんな虚しさにとりつかれていたのだろう。それでなおさら完璧な人生を生きようとしたのだろうか。

第五章　月影

カササギがやけにけたたましく鳴いていた雪の日、「末の妹」の末姫《マルヒ》がお客様のようにやってきた日以来、心の中に妙な思いがわきおこっていた。それはおかしなことにかすかなひもじさに似た感情だった。しかしこれまで食べ物を前にしても猛烈な空腹を感じたことなどなかった。それは胸の中が竹の幹のように空洞になっている感じとでも言おうか。そこに虚しい寒気が染みこんできたようだった。

そしてそれは竹林を眺めるたびにさらに強くなっていった。竹の梢《こずえ》には大きなカササギが一羽住みついていた。油に浸した紙で作られたカササギ凧。青空を飛んできてわが家の竹林にすみついたカササギ凧は年が明けてもまだそのままだった。凧は竹の梢に糸をからめたままぱたぱたと揺れていた。それを見るたびに私の胸も鳥の胸のようにふるえた。真っ白な歯を見せた笑顔の少年。そのままここに置いてやろう、もう降りてくるな、と強い口調で大人のような口を利いていた少年。整った顔だちも口調も近所のいたずら小僧たちとは違って気品があるように見えた少年。でもマンドクの話によれば、母はもと妓生《キーセン》の妾《めかけ》だとか。マンドクと同い年だというから私よりも二歳上。ああ、あんな兄さんがいたらどれほど心丈夫で楽しいだろうか。娘だけ五人の女ばかりの家に兄がいたら……さやの中にぎっしりつまった豆のように似たような顔立ちの娘たちとは違い、そんな息子が一人いたならお祖父《じい》様や、お祖《ば》母《あ》様、そして母上や父上もどれほど心強く頼もしく思うだろうか。母が男だったら、父と別れて暮らさなくてもお祖父《じい》さまやお祖母《ばあ》さまの面倒をみることができたはずだ。無男独女*、一人娘の母は両親の面倒をみるために夫と一緒に暮らせないでいた。息子は産めなかったが娘は五人も産んだ。しかし娘たちはいつかは男のもとへと嫁いでいくだろう。そうなればこの先、両親は、とくにこの世に兄弟の一人もいない母は誰に頼って生きて行けばよいのか。女は必ず嫁に行かなくてはならないのだろうか。両親の面倒を見ながらおのれのしたいことをして生きていくことはできないのだろうか。

では妾《めかけ》の子でも男に生まれる方が、私のように女に生まれるよりもよいのだろうか。なぜかカササギ凧の少年が可哀相に感じられた。噂のように母親が妓生《キーセン》なら、彼の前途もまた明るい日々ではないだろう。去年、母方の還暦宴にきていた妓生《キーセン》のことが思い出された。綺麗な白粉を顔に塗り、華やかな絹のチマチョゴリを身につけ、伽耶琴《カヤグム》を弾いたり、歌と踊りを披露していた女たち。彼女たちは艶やかで見とれてしまった。姉と二人で声をひそめて思わず感嘆の声をあげていたほどだ。姉と私はどの妓生《キーセン》が一番きれいかを言い合い、互いに自分の気に入った妓生《キーセン》のほうがきれいだと主張した。着ている服や容貌、姿、形が普通の家の女たちとは全然違っており、宴の後で私たちは祖母にどうすれば妓生《キーセン》になれるのかとたずねた。すると祖母は一言、「卑しい女たち！」と言い捨てた。でも姉は、そんな卑しい女たちが皮の履物に、あんなに美しい絹の服までまとい、金銀宝飾の胸飾りまでなぜ身につけられるんですかとたずねた。すると祖母は、そうはいっても所詮は路上の徒花《あだばな》の身の上だと答えた。私たちは首をかしげた。道端や塀の外に咲く花は他人の手にいつも触れられるもの。とにかく男たちの骨を抜く、悪い女たちだよ。私は男の骨を抜くと言うことばの意味が分からなかった。骨を抜く？　そんなに力がありそうには見えないのに……むしろ妓生《キーセン》たちの演技が終

＊　男の子がおらず、女の子だけ一人いること。

わると、酒に悪酔いした男たちが先を争うようにきれいな妓生《キーセン》を自分のものにしようとしていた。そんな妓生《キーセン》が子どもを産んだのなら、その子もああいう才能にめぐまれているのだろうか。

　そんなある日、あの少年と再び出会った。テボルム、旧正月のあとの最初の十五夜の夜で村中の人々が月見をしに出てきた。この日だけは老若男女、身分の違いに関係なく、滅多に外に出ることのない女たちも夕食を食べ終えると外に出てきた。生まれたばかりの末姫《マルヒ》をのぞいた姉妹四人も幼い妹たちの手を引いたり、負《お》ぶったりしてタリパルギ*の行事が開かれる南大川に出かけていった。農楽隊について踊っている人々の後についていき、鏡浦湖《キョンポホ》の傍らを通る頃には明るく大きな満月が銅鏡のような夜の湖水に浮かんでいた。

「わあ、月が二つだ」

　まだ四歳の玉男《オクナム》が舌足らずに叫んだ。南大川《ナムテチョン》の三兄弟橋まで行く間、野原では子どもたちがチップルノリ**や、ワラで作ったタルチプ***を燃やしており、そのせいか煙とともにきな臭いにおいも漂ってきた。野火から飛び散る火花が流れ星のように夜空を彩っている。

　風習のとおりに南大川にかかった橋を齢の数だけ渡ると足が痛くなってきて妹たちまでぐずりだし、仕方なく姉と私は妹たちを負《お》ぶう。人々が集まって川に紙船を浮かべていた。漁師たちが豊漁を祈っているのだという。旧正月、最初の十五夜は福を迎えて厄を防ぐ日だった。再び橋を渡ろうとしても足が痛くてたまらなかった。

「開男《ケナム》、じゃなくて恒我《ハンア》、ちょっと休んでいこう」

そのことばが本当にうれしかった。大人たちは人々で混みあう大きな橋を渡って戻る代わりに近道になる飛び石の橋を渡って行く、しかし幼い妹たちを負ぶって滑りやすい飛び石を渡るのは無理だった。それに妹たちは背中ですっかり寝ついてしまっている。姉と私は妹たちを負ぶったままで大きな橋のそばに座って休んだ。ひときわ明るい十五夜のせいか周囲は明るく、南大川《ナムテチョン》の川面にも月光が銀色に輝いていた。人々の顔も昼間よりももっと優しく見えた。陽の光は明るいが月の光は優しい。私は月光に酔い、夢でも見ているように川面を眺めていた。実際に空の月よりも銀色の川の流れに揺れている月影のほうがもっと美しかった。

＊　橋渡り、旧暦の一月十五日の夜に橋を渡る風俗。この日に橋を渡ると脚の病気にかからないという。

＊＊　鼠火遊び、野原や田畑に火をつけて害虫を殺す行事。

＊＊＊　月家、旧暦一月十五夜の晩に火をつけて燃やすワラで作った家。

そのとき少年のろうろうとした声が聞こえてきた。

胡孫投江月　川の中の月を杖でポンと突くと
波動影凌乱　波にゆれて月の影が砕けて揺れている

飜疑月破砕　ああ、月が全部、砕けてしまったのだろうか
引臂聊戯玩　腕を伸ばして月のかけらに触ろうとした

水月性本空　水に映った月はもともと空っぽの月
笑爾起幻観　おかしなやつ　お前は今　幻想を見ているのだ

波定月應図　波がしずまれば月は再び丸くなるだろう
爾亦疑思断　抱いた疑いも自然と消えるだろう

長嘯天宇寛　一声の口笛の音色に天はあんなに広く

松偃老龍幹　松の老いた背がそっと横たわる

思わず声のする方に目を向けた。すると両班《ヤンバン》の少年が私と同じくらいの年頃の女の子の手を取り川面を眺めながら詩を詠っていた。少年は全体をそらんじてから少女に一節、一節、繰り返して聞かせていた。そして少女は一句、一句、そらんじている。その詩を聞いた瞬間ドキンとし、胸にその一言一言が突き刺さってくる気がした。今の風景と私の心情をなんと見事に切り取って表現しているのだろう。あの少年の作った詩だろうか。声がだんだんと近づいてきた。

「水月性……えーと、その次は何だっけ？」

「まったく、草籠《チョロン》、お前はその名前がもったいないよ。改名するべきだよ。水月性本空！水に映った月はもともと空っぽの月」

私はその詩に完全に魅せられ、自然と心の中で少年の朗読について口ずさんでいた。そして詩は頭の中にしっかり刻みこまれた。これを暗記してお祖父《じい》様に聞かせたら作者を知ることができるだろうか。しかしまだ幼い少年が十五夜を見て、詩をそらんじることができるというのはなんと識見と才智にあふれているのだろう。その詩を文字にして枕元に貼っておきたい。最近は万物には何か神秘にみちた調和があるという気がする。

少年と草籠《チョロン》と呼ばれる少女が近づいてきた。おかしなことに胸がどきどきしてとまらない。恥ずかしくてもかまわない、その少年の顔をどうしても見たかった。私が二人を見つめているのを通り過ぎようとした少女が先に気づいた。少女は私に視線を向ける。しなやかな体の、奇妙に人の心を引きつける何とも美しい少女だった。つんと取り澄ましているような眼差しが普通の子どもとは違っていた。少年は少女の手をしっかり握って少しうつむきながら詩をそらんじるのに没頭していた。

彼の顔が雲の中から現れた十五夜の月のように突然明るく輝きだした。ああ、あの顔は。それは黒い竹の間から一度だけ見たカササギ凧の少年だった。あのとき、あの刹那の記憶がどうしてこんなに深く刻まれていたのだろう。月明かりの中で、それもうなじをたれた顔を見た瞬間に気づくなんて。二人は私の前を通り過ぎていった。少女だけが後ろを振り返り私の顔を穴のあくほどじっと見つめている。少女と私の視線がしっかりと絡まる。少しすると少年も後ろを振り返った。数歩、離れてはいたものの彼の目の瞳孔が開くのが見えるようだった。月光のせいだろうか。少年の目は光を発しているように見えた。突然恥ずかしくなった。男子の前でもいつも毅然としていた私だったのに。今、玉男《オクナム》を負ぶって中腰でたたずんでいる自分の姿に自信がなかった。草籠《チョロン》という女の子の着ているセクトンチョゴリも、朱色の花模様の革靴も私のものよりも可愛らしく見えた。私はさっと顔をそむけると玉男《オクナム》をあやしながら歩き始めた。

少年と草籠《チョロン》は川辺に下りて飛び石を渡り始めた。草籠《チョロン》の足が痛いとダダをこねて甘える声が聞こえてきた。少年は草籠《チョロン》を負ぶって川を渡っていく。私は黙々と大きな橋を渡っていった。

「恒我《ハンア》、お前は何をお願いしたの。私はね……」

後ろからついてくる姉が何を言っているのか、よく聞こえない。

「恒我《ハンア》、恒我《ハンア》。なに怒ってるの。どうしたの」

姉は後から追いつくと、しつこく何度も尋ねてきた。水の上の月がゆらゆら揺れながら私の後を追いかけてきた。

父上、あなたはご存知だったのですね、私がこの世に生まれた瞬間から。私の中の渇き、泉のようにあふれ出るものの決して私を充たすことはできないその渇きを。ああ、私にも今は分かります。私に筆を与えてくださった理由を……一時、父上を理解することも、許すこともできなかった時がありました。父上も目を閉じる瞬間まで心の重荷を下ろすことができなかっただろうと存じます。どうか私を許してください。父上。

第六章　紅梅花

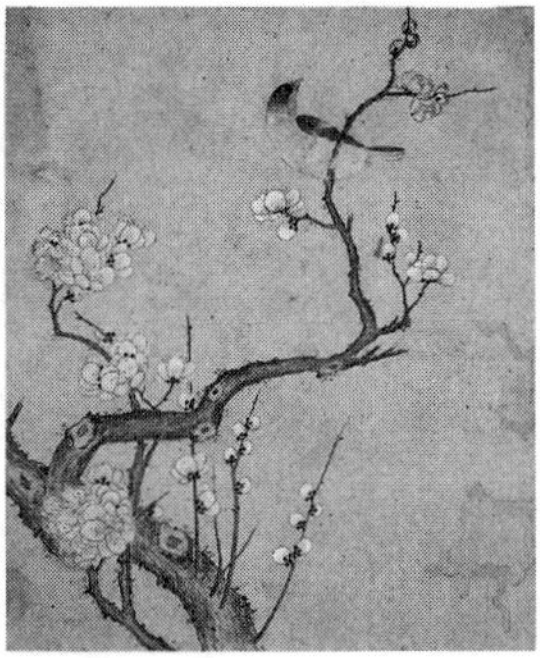

裏庭の梅の古木から伸びた枝に紅い梅の花が咲き始めた。そして野山に春の土の匂いがたちこめ、真昼の湖にはかげろうが揺れていた。揺れるかげろうのせいで少しめまいがするほどだった。裏庭に出て思いっきり背伸びをすると梅の花の一輪一輪に目をとめていく。荒れた古木の切り株にこんなにも繊細な花が隠れていて、春になると必ず顔を出すのだ、何と不思議なことか。うっすらと赤みがさす紅梅は、外祖父がこの地に屋敷を建てる前からあった木だと言う。細かく観察してから紙に丁寧に下絵を描いていった。四君子*の中でも梅と竹を

＊　松竹梅蘭。

描くのが一番面白かった。

花をじっと見ていると、花の表情が感じられる。木が体なら、花は木の顔だ。春風に吹かれて揺れる梅の花の長い花弁はかすかに微笑む乙女の震えるまつげのようだ。そのとき誰かが後ろから手で私の目を隠した。触ってみると厚くて温かかった。男の人の手だ。あっ！　瞬間、嬉しさがこみ上げてくる。父上だ！　しかし嬉しさをちょっと抑えてこう言う。

「漢陽《ハニャン》で学識と徳望が高いと有名な申進士《シンジンサ》さまではありませんか」

私は「申進士《シンジンサ》」という言葉に力を入れる。父は手を放すとハハハと笑った。父が科挙試験の進士《ジンサ》の初試に合格したという知らせをしばらく前に受け取り、家中が喜びに包まれて父の帰りを待っていたのだ。こんなふうにでも喜びの気持ちを表現して父上の嬉しそうな顔を見たかった。後ろを振り返ると、父は道袍《ドポ》*やカッ**もまだ脱がない旅支度のままで満面の笑顔で私を見つめていた。

「どうだ、絵は面白いかい」

「はい。打ち込んでいる間は世の中の苦労をすべて忘れてしまうようです」

「お前に世の中の苦労が分かるはずもないが、喜ばしいことだ。全身の神経を花に集中して夢中になっているお前の姿は遠くから見るとまるで絵のようだった。さあ、中に入ろう。今回は絵の具と画帳をたくさん買って来たぞ」

曲がりくねった九十九曲がりの峠、大関嶺《テグァルリョン》を越えて休むことなく歩き続けても九日はかかるという漢陽《ハニャン》からやってきた父。山が険しくテグルテグル転がってこなくてはならないと言われるほどのテグル峠。テグル峠というのは江陵《カンヌン》の人々が溜息と笑いをこめて呼ぶ大関《テグァル》嶺《リョン》の別名だ。その険しい峠を父は一年に二度ずつ、真夏と真冬を避けて家族に会うためにやってくる。そして来るときには必ず妻の両親への土産と、娘たちへの土産を持ってきた。主に娘たちにはきれいな花模様の革靴や艶やかに染色されたリボンや髪の毛を留めるピンのようなものを買ってきたが、私にだけは絵の具と画帳と筆をくれた。それは私への父の格別な愛情だった。

祖母がすでに鶏を絞めるように言ったのか、雌鳥を捕まえそこねたマンドク父さんが出刃包丁を手に鶏を追いかけている。ばたばたと逃げ回る鶏はなかなか捕まらなかった。その光景を見てみんな腹を抱えて大笑いをしている。母も前掛けをして台所に立っていたが、口元

＊　外套、服の上に羽織る道中服。
＊＊　笠。

をそっと隠して笑っている。年老いた男が一人に女だけ七人の家に父の登場は春風のように家中を浮き浮きとさせる。まず母の顔が紅梅のように華やかになる。十年以上も漢陽《ハニャン》と江陵《カンヌン》を行き交いながら暮らしている両親。愛情深く口数の少ない母は普段はひどく厳格だが、父が来ると優しく温和になる。父は六歳になる末っ子の末姫《マルヒ》を抱いて、首にしがみついた幼い妹たちの頬と頭をなでている。それから父は表のサラン棟に行った。

夕飯の膳をもって行き部屋の扉を開けようとした私の耳に外祖父と父との会話が聞こえてきた。

「それで、進士《ジンサ》の初試に合格してこれから何をしていく計画なんだ」

「不穏な時代です。官職につくことはあまり望んでおりません。よりいっそう学問に邁進する考えです。漢陽《ハニャン》の母の健康も大丈夫なようなので、今度はこちらで本を読みながら子どもたちとも一緒に過ごしたいと存じます。仁紅《インホン》ももう十七歳、年頃となり嫁がせる前に一緒に過ごしたいと思いますし、仁善《インソン》が十四歳、日に日に大きくなる子どもたちを傍らで少し見守りたいと考えております」

「仁紅《インホン》には良い縁を早く見つけてやろう。仁紅《インホン》は他のことはともかく料理の腕と家事はきちんとできる娘だからな。それにしても仁善《インソン》は才能がずば抜けており、もう私が教えることもないほどだ。男児であったなら書堂に送って、良い師をつければ一を聞いて十を知るだろうしあの才能も生かせるだろうが。それでなくとも書堂に送って欲しいとしきりにせがんでおったが、最近は少し大人しくなったようじゃ。一人で独学で四書*をすべて読み、最近は三経**に心酔しておる。なかでも『詩経』を覚えることが好きなようじゃ。絵に関してはすでにこの近隣では噂になっているほどじゃ。それにしっかりとしており心根も深い。男だったらよかったのに。見れば見るほどもったいないものじゃ。しかし女の身であのように才能がずば抜けているとこの先、生きていくのが大変じゃろう」

「女も学識がないよりはあったほうが良いでしょう。おのれのしたいことをする道が他の人とは違うだけです。良い妻、賢い母が夫や子どもにとっては人生で最初にめぐり合う素晴らしい師ではありませんか」

「あの子が生まれたときに見た四柱が気になるのじゃ……」

「まったく、お義父上も……」

＊　儒教の教えを問いた書物。論語、大学、中庸、孟子を指す。
＊＊　易経、書経、詩経のこと。

「しかしだな。この江陵《カンヌン》の地に仁善《インソン》に負けないような子がもう一人いるそうだ、お前は知らないだろう。その子は詩文にすぐれておるという。神童だという噂もある。三代にわたり判書の官職についている青松《チョンソル》の沈《シム》氏の家の娘だという。あの家も、わが家も江陵《カンヌン》の地ではよく知られた名門の家柄だが、わが家は官職には興味がなく、あの家は代々官職についている家なので家中の事情も少し違うようじゃ。家に師を招いて娘にも学問をさせておるとか。仁《イン》善《ソン》がその話を聞いて自分も書堂に送ってくれと言っていたというのだ。もともと学びたくて仕方がない子だからのう、お前が来たことだし、この際あの子の心の傷を癒して、私の代わりに足りない学問も見てやっておくれ」

夕食の膳を持って立ちつくしていた私はようやく音を立て、それに合わせて二人は話をやめた。膳の上の汁碗と飯碗の蓋を開け、「どうぞ、お召し上がりください」と挨拶をすると父が低い声で言った。

「明日から仁善《インソン》の師はこの父じゃ」

草籠《チョロン》の身体をどれほど嫉妬したことか。いやどれほど軽蔑したことか、憐憫とごちゃまぜになった嫉妬は私を混乱させた。今だから告白するが、軽蔑せずには憐憫せずには私は自分のわずかな自尊心を守ることができなかったのだ。「踊りを踊っているときだけ自分が、自分の体が喜悦にあふれて生きているように感じる」そんなことを言ってはいけなかった。あなたの体の中にも私と全く同じ渇きがあるなんて。私はそれを認めたくなかった。あなたの渇きなど、男の愛情を求める浮気心だと言いたいのを抑えぐっと我慢したことがあったことをあなたは知らないでしょう。あなたが恋していると言ったときには何も言えなかった。恋をどうやって断ち切るの。ああ、私の中のそんな二重性……あなたの知っている私と私の知っている私は同じ人間だろうか。それでもあなたのことが大好きだった、確かなことはあなたの方が私よりもはるかに自由だったということ。もしかすると一番嫉妬したのは、あなたの細い腰ではなく、そのことだったのかもしれない。

第七章　草籠《チョロン》

端午の節句も過ぎ季節は夏至を目前にしていた。庭に植えた花の種が日に日に大きくなっていき、庭の端にはアジサイと忘れ草が咲き、鳳仙花、松葉ボタンが一つ二つ顔を出して一足早い季節の花を咲かせ始めていた。山盛りのご飯のような白い手毬花と炎のような芍薬《しゃくやく》が満開の花を咲かせて散った後のことだった。真昼の日差しが激しく照りつけ、妹たちは涼しい板間《マル》で昼食の後に昼寝をしていた。草で姉様人形を作ったり、おはじきをして遊んでやっていた私もその頃になると眠気に襲われた。祖母と母の暮らすアン棟では婚期を迎えた姉さんが母上から「内訓」*を学んでいた。私もたまに肩越しに学びはしたものの、なぜかいつかは嫁に行くということが現実として感じられなかった。他家に嫁ぎ自らを殺さないと生き

ていけない新しい人生。一度選択したらもう後戻りはできない人生。私は人倫の一大事である結婚というものが、どこか人間の本性にあったものだとは考えられなかった。姉は「内訓」は適当に聞き流し、暇さえあれば屏風や衣服覆い、枕覆い、座布団に刺繡をして婚礼の準備をしていた。物欲の強い姉のことを理解できないわけではなかったが、宿題のように私にも手伝いを割り当ててくるので最近では絵も全く描けずにいた。絵を描く代わりに姉の婚礼用品に刺繡の下絵を描き、刺繡をすることで満足するほかなかった。姉の婚礼準備に追われて、最近、父上から学んでいる書道の魅力に浸ることができないのも残念でたまらなかった。父上は私が勉強した本を試験するとして、暗記させる代わりに文字に書くようにさせた。それとともに筆遣いや書体も一緒に教えてくれた。楷書から始めたが、私が惹かれるのは柔らかに流れるような草書だった。どれほど書き込めば、名筆と言われる王羲之や安平大君のように書けるのだろう。父は字を書くことは技芸ではなく道を修練するものだとおっしゃった。それで書道というのだろう。

父上がいらっしゃるパッカッ棟から書物を読む声が聞こえてくると、もう一方の棟からは

＊　朝鮮王朝時代に儒教的女性観で書かれた女性教育書。

お祖父様のやはり書物を読む声が聞こえてきた。家の中で男性二人の朗々とした声が聞こえるとなぜか安心する。父上がもっと長くいて下さればよいのに……。普通は気候が蒸し暑くなり始める初伏*前には上京される。父がもうすぐまた行ってしまうと思うと悲しくなってくる。単調な調子で続く二人の書物を読む声を聞いていると、末っ子の末姫《マルヒ》の胸を叩きながら子守唄を歌っていた私のまぶたも重くなってきた。

誰かがそっと首をくすぐっている気がして目が覚めた。目を開けると草籠《チョロン》が猫柳を手にしてくすくす笑っていた。

「わあ、どうしたの。お父上が来てるから家にじっとしているほかないと言ってたじゃない」

「本当にそう。久しぶりにいらっしゃってきびしくされるものだから息もつけないわ。味方になってくださる母上もいないし」

草籠《チョロン》が目をふせてそっと溜息をつく。しかし次の瞬間にはさっと顔をあげて目を光らせた。

「ところで私、今日は特別に使臣の資格で来たの」

「使臣？　あなたのお父様がうちの父上と一杯なさりたいとおっしゃるの」

「違う、今日はそうじゃなくて。もしかして知ってる？　ここの家にも知らせは来たはずよ」

「何の？」

「あさって沈判書《シムパンサ》のお宅で祝宴が開かれるんですって。ほら、父子がみんな判書を務めたという江陵《カンヌン》一の名家のことよ。父上の方を大きな判書《パンサ》、息子のほうを小さな判書《パンサ》と呼んでいるあの家。その父上のほうが官職は退いたものの還暦を迎えて盛大に祝宴を開くんですって。うちの父上からあなたのお父上も行かれるのか伺ってくるようにと言われて。うちの父上とおたくの父上は友人同士じゃない？　俊瑞《ジュンソ》兄さんがそう言っていた。お二人は進取的で理想主義の性向を備えておられるところが似ていると。だから思想や考えも同じ派なんでしょ。兄上も人間的には父上のことが気に入らなくても父上の考え方には賛成するんですって」

私も甲子士禍**や、その前の戊午士禍***のような中央の政権争いについては聞いて知っていた。学問の正道を歩き国を治めるのに個人の欲望を振り回しさえしなければ、そんな血が血を呼

＊　一年で昼間が一番長い夏至から三番目の庚の日を初伏。四番目の庚の日を中伏、立秋を過ぎて最初の庚の日を末伏という。
＊＊　朝鮮王朝時代の第一〇代王の燕山君の独裁政治の中で起きた粛清事件。
＊＊＊　燕山君の時に最初に起きた士林派に対する政治的な迫害事件。

ぶような粛清が起きるだろうか。父上が官職につかないでおられるのは本当に幸いだ。何派、何派と……群れをつくり、派閥を作り、互いの足の引っ張り合いをして……。そもそも度量の大きいという殿方が集まって互いにいがみ合い殺しあうのは情けないことだと思えた。草籠《チョロン》の父上、鄭大監《チョンデカム》は父上と考えは同じだが漢陽《ハニャン》で官職についている。彼は草籠《チョロン》の母のキム氏を側室にして故郷の江陵《カンヌン》に住まわせ、二人の庶子である俊瑞《ジュンソ》と草籠《チョロン》を育て、たびたびやって来てはいた。しかし草籠《チョロン》の母が去年、病で亡くなってからはだんだんとその足も遠のいていた。

数年前の十五夜の夜に草籠《チョロン》と出会ったのもやはり縁があったからのようだ。後で知ったことだが草籠《チョロン》の父の鄭大監《チョンデカム》は漢陽《ハニャン》でうちの父上と知合いだった。草籠《チョロン》の父の鄭大監は正室の夫人ユン氏と共に、父の漢陽《ハニャン》の本家である南山村《ナムサン》、父の近所で暮らしていた。

草籠《チョロン》と俊瑞《ジュンソ》を初めて見たときから、おかしなことに二人のことが忘れられなかった。最初は草籠《チョロン》が妹だとは思いもしなかった。どうしてだろう。草籠《チョロン》の仕草や素振りを見ていると、兄と妹ではなく何か不安な間柄に見えたのだ。不安とは……私はあの時のことを思い出すとなぜか恥ずかしくなってくる。初めて見た少女に唐突に嫉妬を感じたのだろうか。俊瑞《ジュンソ》。ただその少年の隣にいたという理由だけで。私はあの日の夜、月明かりの下で見た俊瑞《ジュンソ》と草籠《チョロン》の仲の良い姿を忘れることができなかった。草籠《チョロン》の柳の枝のようにか細く今にも折れそうな姿態と歩き方がわけもなくたびたび思い浮かんだ。それが翌年の春に父上と鏡浦湖《キョンポホ》を散歩していてまた出会ったのだ。偶然と言えば偶然だった。二人の父は機嫌よく挨拶を交わし鄭大《チョンデ》監《カン》の隣には草籠《チョロン》がいた。あの時の驚きといったら。そしてカササギ凧の少年の妹だということを知ってからは気持ちもすっきりした。親同士の縁を知ってからというものなぜか深い縁を感じずにはいられなかった。その後、草籠《チョロン》とはよく会った。草籠《チョロン》は私と同い年で性格や気性が全然違うからだろうか互いに引かれる魅力を感じていた。双方の父親同士の暗黙の同意のもとで自然に友人になり過ごすようにはなったが、私は草籠《チョロン》が愛らしく可愛かった。同い年ではあったが草籠《チョロン》は姉さんにするように私に愛嬌をふりまき、駄々をこねたりした。

「でも沈判書《シムパンサ》は私たちのお父上たちとは性向もお考えも違うでしょう。私なんかに分かるはずもないけど、兄上が言っていたの。どうしてみんなあんなふうに派閥を作り互いにいがみ合っているのだろうって。二組に別れて争うユンノリの遊びでもないのに。『ああでもない、こうでもない、万寿山《マンス》のつたが絡みついたようだ』って。女子《おなご》どもには関係ないこと。同じ故郷の両班《ヤンバン》どうし還暦の宴にうかがうのが道理だから、あなたのお父上に伺い、答えを聞いてくるように言われたの。これがうちの父上の手紙。持っていってお返事をもらってきてくれる？　ところでその孫娘が神童だっていう話を聞いたの。名前は佳然《カヨン》とか。その孫娘を自慢したくて祝宴を開くという話もあるほど。とにかく私たちも父上にせがんで宴に連れて行ってもらわないと。どんな顔をしているのか、どれほど素晴らしい文を書くのか、一度見てみましょうよ。仁善《インソン》に比べたらたいしたことないわ。絶対に行こう仁善《インソン》、ねえ」

草籠《チョロン》は私の手を握り肩を揺らして愛嬌を振りまいた。たぶん草籠《チョロン》は佳然《カヨン》を見たいのではない。宴会に出てくる妓生《キーセン》を見たいのだ。草籠《チョロン》は妓生《キーセン》たちの踊りをよく真似していた。そんな時の草籠《チョロン》の体は初春の水を吸い上げた柳の木が春風にさらさらと揺れているようだった。私は胸が躍った。佳然《カヨン》というその少女にぜひ会ってみたかった。父上が許してくれればよいが。

「あの家は柱と柱の間が九十九間《けん》もある大邸宅だそうよ。どれほど大きいのかどうしてもこの目で見たい。昔、うちの父上が幼い頃、あの家に行って佳然《カヨン》の父上と一緒に学問をしたり遊んだりしたという話。今頃、あの家の蓮池の花がちょうど満開だろうって。蓮池の中には素敵な東屋《あずまや》もあるんですって。村で風流だといわれているソンビ*たちはその蓮池に集まって宴を楽しんだそうよ。その佳然《カヨン》という娘はいいわよね。上に兄さんが二人だけで娘は一人だとか。そんなにお金持ちで、地位も高い家の娘だから何も羨ましいことなんかないはず。私はなんでこんな星の下に生まれたのかしら……」

草籠《チョロン》の表情が曇った。庶子である身の上を悲観する草籠《チョロン》の悲しみを私は骨に染みるほどに深く理解することはできない。しかし漢陽《ハニャン》の本家の奥様の憎しみを避けて母と子が知る人もいない江陵《カンヌン》の地に移り住み、何年もたたずに母まで逝ってしまったのだ。母を失うということは、想像するだけでも胸が痛くなる。私も婚礼をすませて家を離れれば母と別れることになる。出家外人、女は嫁に行き実家をでれば、それこそ母を失うのだ。いつか五人の娘が皆、嫁げば母は一人残ることになる、想像するだけでも母が可哀相でたまらない。母が亡くなれば…… いつも凜としていて心根の深い母が心強く大好きだった。言葉少ないが常にその眼差しで私を信じていると言ってくださる母上、その信頼でいつも満たされていた。母を亡くし漢陽《ハニャン》の本家に戻って暮らすこともできない草籠《チョロン》兄妹が可哀相だった。それで草籠《チョロン》が愚痴をこぼすときには姉のように黙って聞いてあげていた。何かを言って慰めるよりも、心が痛むときにはむしろ草籠《チョロン》の手をぎゅっと握りしめてあげた。

妹たちが順々に起き出してきた。

＊ 朝鮮王朝時代の、学識にすぐれ高潔な人格をもった階層。

「あっ、草籠《チョロン》姉さん」

妹たちは草籠《チョロン》のことが大好きだった。それもそのはず、妹たちが集まれば私はかならず本を持ってきて学問を教えるか、一人で絵に没頭するのだが、草籠《チョロン》は妹たちの髪をきれいに梳《と》かして編んであげたり、遊んでくれたからだ。

「オンニ、踊りを踊って。ねえ」

末っ子の末姫《マルヒ》が舌足らずの口調でせがむ。すると妹たちがみんなで手を叩く。いつだったか草籠《チョロン》がピンク色の花が満開の百日紅《さるすべり》の木の下で踊りを踊ったことがあった。白く光る百日紅の木の幹と優雅な曲線を描いて伸びる枝の下でひらひらと踊る草籠《チョロン》の手先は蝶のように軽やかでありながら、白鷺の羽ばたきのように優雅でもあった。

「まあ、嫌よ」

草籠《チョロン》が末姫《マルヒ》の頬をつねりながら上着の紐を口にくわえてしばし肩を震わせて嫌々をした。まあ、なんという嬌態。妹たちはその姿を見て笑い転げていた。私はそっとにらみつけた。それでも床の上においてあった木綿の手拭を草籠《チョロン》の手にさっと握らせた。草籠《チョロン》が仕方がないというふうに木綿の手拭を手にして立ち上がる。表情もさっとすまし顔に変わる。目をわずかに閉じると澄ました口元でしばし息を整え、手拭を握った手を徐々に持ち上げていく。真っ白な絹の布にも負けない優雅さで手の先でそっと握った木綿の手拭をさっと振り上げる。その手を下げたり、肩の上で回したり、草籠《チョロン》の踊りはだんだんと頂点に達していく。サルプリ舞というのだろうか。ぼうっと口を開けて見つめている妹たちの視線がその手拭の先を追っている。しんとした中で木綿の手拭が夏至の空気をそっとくすぐるような、空気を切る音だけが聞こえてくる。私はしなやかに踊る草籠《チョロン》の体に惹かれながらも心は切り裂かれるようだった。草籠《チョロン》のことが可哀相で仕方がなかった。いつだったか私は草籠《チョロン》にたずねたことがあった。「踊りを踊るのがそんなにいいの？」草籠《チョロン》が夢見るようにいった。「うん」そして付け加えた。「踊りを踊っているときだけ自分が、自分の体が喜びに溢れて生きているように感じるの」その答えを聞いた私は胸がきゅっと塞がる思いがした。その一言は私にとっても真実だったからだ。絵を描くときの私がそうだった。

草籠《チョロン》が踊りを踊る別堂《ピョルダン》*の板間《マル》から目を放して私は庭を眺めた。日差しもだいぶ和らいできた。庭に植えた草花もいつの間にか目を覚まして踊る草籠《チョロン》と幼い妹たちを見つめている。すでに申の刻**を過ぎたのだろうか。大切な手紙を持ってきた使臣が踊りに夢中になっている。

＊　朝鮮王朝時代の家屋で一番奥にあった離れ、主に婦女子が暮らした建物。

＊＊　午後四時ごろ。

日が落ちる前に父上の返事をもって家に帰らなければならないだろうに。私は床に置かれたままの鄭大監《チョンデカム》の手紙を手に急いで父上のところに行った。

今も思い出す。鮮明に思い出せる。佳然《カヨン》の眼差し。彼岸を眺めているような……

あなたは黄金の鳥かごに閉じ込められた鳥。私には右に草籠《チョロン》の肉体があり、左に佳然《カヨン》の精神があった。佳然《カヨン》と私の人生が違ったとすれば、それは人生の知恵の問題だろうか。均衡の問題だろうか。

私が地に足をつけて周囲の小さき物たちに目を向けたのだとしたら、佳然《カヨン》は遠い空に視線を向けて想像の鳥を夢見た罪で、翼を広げたこの地から追放される運命だったのだろうか。

第八章　佳然《カヨン》

沈判書《シムパンサ》の家の還暦宴は江陵《カンヌン》の村全体を巻き込んでの宴だった。牛が一頭、豚が五頭、餅米が二十俵使われたという噂が広がったほどだ。当日の宴の料理はもちろん、村の家々にまで餅を配り、旅の僧侶や乞食まで招き入れて食べさせたという。多少の誇張はあるだろうが、それにしても宴会の規模を見ればうなずくほかなかった。

その日、私は父のお供をして沈判書《シムパンサ》の家に行くことになった。草籠《チョロン》の父の鄭大監《チョンデカム》も出席するということだから、草籠《チョロン》とは沈判書《シムパンサ》の家で会うはずだった。佳然《カヨン》という娘に負けないように今年の旧正月に揃えたばかりの絹地の緑のチョゴリと紅色のチマを着て行った。初夏の気候には少々暑い服だったが、夏服は色あせた古い木綿の服だけなので仕方がなかった。鏡台

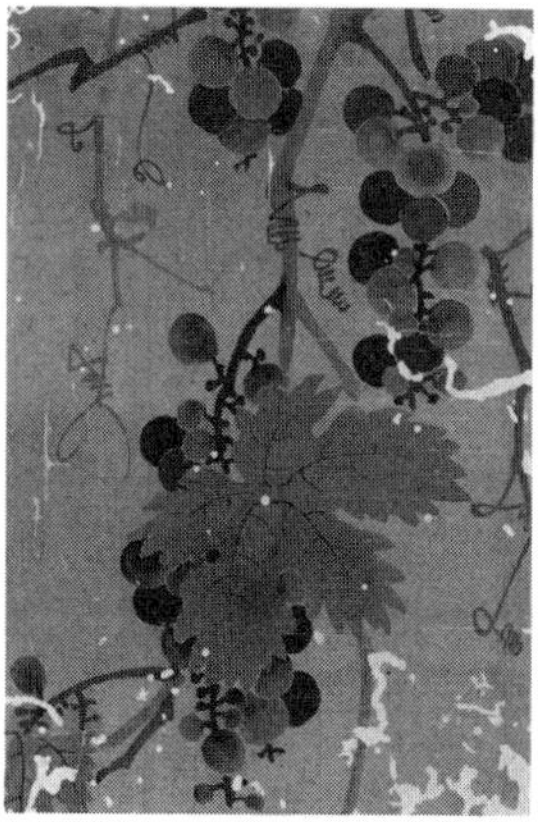

の前であちこち鏡に映して見た。文才に富んでいるという佳然という娘が美貌まで備えていたら胸がもっと痛むだろうが、天はそんなに不公平ではないだろう。そんな風に思うと少し安心できた。

佳然《カヨン》の家は大きな赤松に囲まれていた。果たして噂どおりに九十九間《けん》あるような、遠くから見ただけでも大きく豪華な家だった。大きな屋根付きの大門からが違っていた。その日、大門は大きく開け放たれていた。そしてその向こうには優雅な曲線の八尺屋根が見えた。大門の前には遠くからきた客人たちの乗ってきた馬と輿《こし》がいくつも止まっていた。笠《カッ》をかぶり道袍《ドポ》を羽織った両班《ヤンバン》階級の男たちと、色とりどりの華やかなチマチョゴリを身にまとった両《ヤン》班《バン》家の女たちが後から後からやってきた。

行廊棟*を過ぎ、家の中に足を踏み入れるとサラン棟の前庭で草籠《チョロン》と鄭大監《チョンデカム》が待ってましたとばかりに二人を出迎えた。草籠《チョロン》もやはり旧正月に着たであろう袖のところだけ多色のセクトンチョゴリを着ていた。母が去年亡くなって以降、今年の旧正月にも新しい服を揃えてもらえなかったのか服は少し小さいようだった。そのせいかむしろ草籠《チョロン》のか細い体がさらにす

＊ 大門に接して設けられた使用人の部屋。

らりと見えた。草籠《チョロン》が華やかに笑いながら手招きをする。父たちも髯《ひげ》をさすりながら笑顔で挨拶をかわす。

執事に見える宕巾《タンゴン》*を頭にかぶった中年の男の召使いが父と鄭大監《チョンデカム》をサラン棟に案内する。

「お嬢様たちは別堂《ピョルダン》に行かれますように。まず思う存分美味しいものを召し上がって下さい。そして、音楽が聞こえてきたら蓮池の前にいらして下さい。東屋で楽しい宴会が開かれます」

草籠《チョロン》が私の手を握ると怒ったようにしゃべりだす。

「来ないつもりだったの。着てくる服もないし。このセクトンチョゴリはもう三年も着てるのよ。悲しくて泣いてしまったわ。兄さんに代わりに行ってと言ったの。でも兄さんの性格で来るわけもないし、あなたとの約束もあったからそれで来たの。それにしても今日は本当にきれいね。そんなふうに緑に紅色を合わせて着ていると、嫁入り間近の娘らしさに溢れているわ。嫁にいってもいいわね。それに比べて、この服、子どもみたいでしょう?」

本当に泣けてきたのか草籠《チョロン》の目が少し腫れていた。

「そんなことないわ、可愛いわよ。色とりどりの松葉牡丹のよう」

「ふん、たかが松葉牡丹」

「松葉牡丹は美しいわよ。五色玲瓏としている松葉牡丹。それなら芥子《からし》の花にする」

日差しが眩《まぶ》しいのか潤んだ瞳で草籠《チョロン》がきっとにらむ。別堂《ピョルダン》に行こうとして中門の中を覗き込んでみると、中庭には牡丹の花が満開に咲き誇っていた。草籠《チョロン》と私は同時に、わあ！と嘆声をあげる。初夏の日差しの中にわきたつ緑色の葉の上に、咲き誇る牡丹の花々は眩しいほどで、華やかさの極致だった。その原色の華やかさと家の大きさに私たちはすっかり気後れしてしまった。草籠《チョロン》が牡丹の花と私を交互に見ながら言う。

「仁善《インソン》、今日のあなたは牡丹の花のようだわ。そんなふうに緑衣紅裳を着ているからなおさらそう見える。一度もあなたのことを牡丹のようだと思ったことはなかったのに。なぜか梅の花のようだった。それも雪の中の梅の花。でもこんな華やかな一面もあったのね」

別堂《ピョルダン》に行くと幼い女の召使が案内してくれた。私と同じくらいの年頃の少女たちと若い娘たち、また親戚の女たちも集まっているようだった。雰囲気はまだ盛り上がっていなかったが、それぞれ三々五々集まりヒソヒソと雑談を交わしていた。並べられた大きな膳の上にはありとあらゆる餅とプチンゲ、**ナムルが置かれていた。手間がかかることで有名なチャン

＊　官帽の一種。
＊＊　野菜や魚の白身などを小麦粉と卵でくるんで焼いた料理。

麺もきれいな白磁の器に盛られて置かれていた。きれいなツツジ色の五味子《オミジャ》の汁に緑豆の粉で作られた麺が千切りにされて浮かんでいる様子は爽やかで美しかった。ぽつんぽつんと乳白色の松の実を浮かせたチャン麺はひとくち、口に含むと、冷たく爽やかな味のする一品だった。皿の一つ一つに、それぞれ違った色とりどりの餅が並んでおり、真鍮《しんちゅう》の飯碗には山盛りに盛られたつやつやの真っ白なご飯が輝いていた。焼きたての豚肉料理のノビアニも美味しそうだった。東海《トンヘ》の海で獲れた魚の蒸し煮には五色の食材が飾りとしてのっており、見るも華やかだった。それこそ文字どおりの山海の珍味だ。女の召使たちが肉汁を運びながら汗をタラタラと流していた。草籠《チョロン》と私も汗を流しながら料理に手を伸ばす。美味しい料理につられてあちこちから肉汁、シッケ、*チャン麺のお代わりの注文が後を絶たなかった。

そのとき年配の婦人が一人の少女を連れて板間《マル》に上がってきた。

「あっ、佳然《カヨン》お嬢様」

誰かがささやいた。婦人は客らに向かい宴に来てくれたことに礼を言い、どうぞ心ゆくまでたくさん召し上がってくださいと挨拶をした。客たちは一勢に婦人に頭をさげて挨拶をした。佳然《カヨン》の母らしいその婦人と佳然《カヨン》は客たちに微笑を含んだ目礼をし、親戚にはいちいち近況を尋ねて挨拶を交わしていた。優しく大人しそうに見える母の傍に立つ佳然《カヨン》はとても恥ずかしそうにしていた。ずっと下を向き、何か話しかけられると顔を真っ赤にしていた。多くの人々の前に立つのが苦手な様子だった。そしてずば抜けた美人というわけでもなかった。しかし佳然《カヨン》の身につけた服は高価そうだった。蝶の羽のような、今にも飛んでいけそうな黄色の紗のチョゴリに濃い紺色のチマを合わせた姿は艶やかだったが、顔は何か深い思いに沈んでいるような表情をしていた。かわいく華やかで人目を引くというよりは、むしろじっと見ていると静かな気品の感じられるような姿だった。佳然《カヨン》の母も襟と袖先、脇の下の色の違うサムファジャンの紗色のチョゴリに薄い玉色のチマを合わせて落ち着いた高尚な雰囲気を漂わせていた。

草籠《チョロン》がクッと口を塞いで笑った。

「あの子、美人じゃないわね。それに頭がなんであんなに大きいの？　前にも後ろにもとびだし、あれなら前後あわせて三千里だわ。頭が重くて下を向いてしまうのよ、ほら見て」

誰かに聞こえるのではないかと、私は草籠《チョロン》のわき腹を突いた。佳然《カヨン》がそっと顔をあげて周囲の客を見渡した。その瞬間ちょっとだけ私と目があった。私は佳然《カヨン》をじっと見つめた。肉の

＊　麦芽の粉と米で作った甘い飲み物。

ついた丸い顔に、額が広く、まるまると穏やかに見える鼻、口数が多そうには見えないギュッと閉じられた唇。繊細に見える顔ではないが、それでも深みのある目元が聡明に見え、その眼差しには人を射抜くような鋭さが感じられた。私は心の中であっ！　と叫んだ。私の目を貫いて私には見えないその後ろの世界までも見つめているようなあの眼差し。ただならぬ眼差しだった。しかし私も負けじと目をそらさずに佳然《カヨン》をじっと見つめた。しばし二人の眼差しが交差し火花を散らせた。

そのとき誰かが場違いな悲鳴を上げた。

「まあ、どうしましょう。なんてことを。私のチマがすっかり台なしだわ」

佳然《カヨン》の近くでご飯を食べていた娘が泣き声交じりの声でそう言ったかと思うと、そのまま大声で泣き出してしまった。その横では幼い女の召使が、どうしてよいか分からずに布巾《ふきん》で必死にそのチマの汚れを拭いていた。

「アイゴー、どうしよう。うちの姉さんが今度嫁に行くときに着る服なのに、姉さんに黙って着てきたのに……どうしよう、大変だわ」

「そんなに濡れてはいないわよ。それに幸い、チャン麺がかかっただけだから。もし肉汁をこぼしていたら足に火傷をしていたところだわ」

佳然《カヨン》の母はなんとか慰めようとしたが、その娘は大声で泣きわめくばかりだった。

「この役立たずが。チャン麺のお盆一つ、きちんと運べずに新しい絹のチマにこぼしてしまうなんて。出ておいき。そんな濡れた布巾で拭いたらもっと広がってしまうでしょ」

その娘はなかなか性格がきついものと見えて、泣きながらも震えている召使を怒鳴りつけるのを忘れなかった。最後にはくやしまぎれに立ち上がり足をばたばたさせている。そのせいで召使の方も何も言えずに首をすくめたまま唇をかみ締めて泣いていた。

「大変だわ。この娘の家はそんなに余裕があるわけでもなく、母と姉の気性も人並みはずれて荒いから、一度も手を通したことのない新品の絹のチマをこんなふうにされたとなれば……」

娘の横で食事をしていた若い女が娘をかばった。その場には陰険な空気がたちこめ女たちはほそぼそと話し始めやかましくなっていった。佳然《カヨン》と佳然《カヨン》の母の表情もゆがんできた。私は顔を上げてただをこねているその娘のチマを眺めた。薄いツツジ色の美しい絹のチマに五味子《オミジャ》の汁がところどころ飛び散っていた。乾いたら黒く変色するだろう。私の目に突然、ツツジ色の絹が画帳に見え、五味子《オミジャ》の汁の濃淡が葡萄の実に変わった。葡萄の実と葉でシミを隠して、つるを描けば……

草籠《チョロン》も同じことを考えたのか、

「仁善《インソン》、あのチマ、捨ててしまうよりはあなたが絵を描いてあげたらどう？」

見つめる草籠《チョロン》の瞳がきらっと光る。止める暇もなかった。

「僭越ですが、一言申し上げます。このお宅の佳然《カヨン》お嬢様は江陵《カンヌン》の地で神童とほまれ高い才媛でいらっしゃるとお聞きしましたが、それに負けない絵の神童がこの席におります。その才能を一度ご覧になれば……」

気の早い草籠《チョロン》がさっと立ち上がり口を開いたもののすぐに恥ずかしくなったのか、また座ってしまった。まったく、仮面劇の道化のようにでしゃばって……座中は突然何の話かというようにさらにうるさくなる。仕方がない。私は立ち上がった。

「神童という言葉はめっそうもなく恥ずかしゅうございます。ただ絵を描くのが好きで墨と筆を手に取り絵を描く真似事をしている程度です。大切な絹のチマを捨ててしまうお考えなら、むしろ私に墨と筆を貸してくださいませんか。いたらない私ですが、チマの上に力の限りを尽くして絵を描いて差し上げたいと思います。絵がお気に入らなければそのときに捨てられても遅くないと存じますが」

すぐに筆と墨がそろえられた。私は心を落ち着かせようとゆっくりと墨をすり、そんな私を草籠《チョロン》が隣で助けてくれた。草籠《チョロン》がチマをピンと広げる。最初の一筆までが大変なだけで構図が決まれば私の筆先は一瞬の迷いもなく絹布の上で自由に踊った。ツツジ色の絹のチマの上にはあっという間にみずみずしい葡萄の実が現れた。

女たちの賞賛の声が続いた。まあなんと素晴らしい。私のチマにも描いて。女たちは先を争うようにチマの紐を解き始めた。まあ、あのお嬢さんが深窓の奥様方のチマの紐を解かせてるわ。アイゴ、どうしましょう、夜、主人の前でだけ解くチマの紐だというのに。女たちはそう口にすると何が可笑しいのかくすくすと笑っていた。宴の雰囲気は再び和気あいあいとなっていった。何よりも泣いていた娘の口元がほころんでいた。

佳然《カヨン》の母がたずねた。

「どこのお宅のお嬢さんかしら。お名前は？」

「私の名前は仁善《インソン》と申します。北平村《ブッピョン》に住んでおります」

「ああ、それなら母方のお祖母様が崔参判《チェチャンパン》宅の方では？」

「はい」

「そうだったの。年がうちの佳然《カヨン》と同じくらいよね？」

「今年で十四歳になりました」

「あっ。私も同じ」

佳然《カヨン》が隣で嬉しそうに言ってから顔を赤らめた。

「これからはときどき遊びにいらっしゃい。うちの佳然《カヨン》の良いお友達になりそうね」

「私も同い年です」

草籠《チョロン》も話に割り込んできた。佳然《カヨン》が草籠《チョロン》を見て笑った。

「あなたはどなた？」

「草籠《チョロン》です」

「どちらのお宅のお嬢さんかしら？」

「私は、私は……」

草籠《チョロン》が口ごもった。たぶん自分が庶子だと話すのが嫌なのだろう。

「漢陽《ハニャン》で左参官の地位にいらっしゃる鄭運教《チョンウンキョ》大監がお父様です」

私が代わりに言ってあげた。

「ああ……」

佳然《カヨン》の母は何度もうなずき、幸いそれ以上はたずねなかった。代わりに女の召使を呼んで茶果の膳を佳然《カヨン》の部屋に別に整えるようにと命じた。そして私たちは佳然《カヨン》の部屋に通された。

佳然《カヨン》の部屋には本がずらりと並んでいた。そして佳然《カヨン》が書いたのか、文章を書きとめた文集も何冊もあった。家庭教師が来ているが、佳然《カヨン》は詩や道家の物語、そして大国から持ってきた物語の本を読むのが好きでよく一人で読んでいるという。学問の水準は独学している私と似たり寄ったりのようだった。

「道家の話なら『荘子』の……」

「うん。『荘子』の『逍遥遊』編に出てくる鵬《ほう》という名前の巨大な鳥の話は何度読んでも不思議だわ。北の海にすむ鯤《こん》という大きな魚が九万里を飛ぶ鵬鳥となって南の海に飛んでいく話、あなたも聞いたことあるでしょ。そして神仙の話も大好き。あの天の物語……」

そんな物語を読んでいるせいか、その眼差しはどこか遠くをみつめているようだった。そして草籠《チョロン》を見てたずねた。

「草籠《チョロン》、あなたは何が面白い？」

草籠《チョロン》が恥ずかしそうに答える。

「佳然《カヨン》は文才にたけ、仁善《インソン》は絵の才能を生まれついた、そうね、私が生まれついたものと言えば、この美貌くらいかしら」

その一言で佳然《カヨン》が吹き出した。

「私は才能と言っても体でするものしかないわ」

「体を使わない人なんかいないわよ。文も絵も手を使うもの」

「私は体全体を使うの」

「いったい、なに？」

佳然《カヨン》が好奇心に満ちてたずねる。

「私は踊りを踊るのが好きなの。それで尋ねたいんだけど、今日は踊りを踊る妓生《キーセン》はたくさん来るの？」

「そのはず。うちのお祖父様《じぃ》はもともとそういうの好きだから。芸妓をたくさん呼んだそうよ。舞妓もいるはずよ」

「わあ。楽しみ。あとで一番前で見なくちゃ」

私は佳然《カヨン》の部屋にある書籍がうらやましかった。佳然《カヨン》は中国から直接持ってきたという物語の本も見せてくれた。これまで草籠《チョロン》を見てはおのれの身の上と比べて安堵したものだが、裕福な身の上の佳然《カヨン》にはうらやましさを感じた。そして心に穴があくように影ができた。佳《カ》然《ヨン》は同じくらいの年頃の子どもたちとは遊んだことがほとんどなく、家の中で大切に育てられたお嬢さんで内気だった。しかしそんな子は頑固でもある。決しておとなしいだけの子どもではないだろうと思った。しかし佳然《カヨン》は恥ずかしがりながらも、私と草籠《チョロン》に対しては興味深深の様子だった。

「あなたたち仲が良いのね。いったい何して遊んでいるの？」

「私は仁善《インソン》の家にたびたび遊びに行くの。仁善《インソン》の家は娘が五人。仁善《インソン》が絵を描くのを見たり、妹たちと遊んだり、仁紅《インホン》姉さんと料理をしたり。楽しいわよ。仁善《インソン》の家は男の人がいないの。お祖父《じい》様だけ。女だけでいるから、それもまた気楽でね。仁善《インソン》のお母上もお優しいし」

「いいわね。私もたまに遊びに行ってはいけない？　うちでは家の外に滅多に出させてくれないの。お父様やお祖父《じい》様が厳しくて。それに歳のはなれたお兄様たちは、みんな結婚もされているので気も使うし。だから私が夢中になれるのは本しかないの、分かるでしょう？」

「かわいそうに。私たちはそれでもやりたいことは何でもしてるわよ。そうじゃなきゃ病気になってしまう。私もこの子も。仁善《インソン》もちょっと見ると箱入り娘で大人しそうに見えるけど男みたいなところもあるのよ。仁善《インソン》の家では息子のようなもの。あなたもその気があれば私たちの仲間に入れてあげるわよ」

草籠《チョロン》は恩に着せるように言った。

「そのうち家に遊びに来て。外に出て自由に遊ぶことはできないけれど春になれば野にでて山菜採りをしたり、山に行きツツジの花を摘んで花煎《ファジョン》＊を作ったり、端午節にはブランコに乗り、秋夕と十五夜には月見もできる、外が気になるときには塀の下に木板を持って行き板跳びをしたりするの。そうすれば塀の外の見たいものも全部見えるわ。そして真夏の土用の丑《うし》の夜には菖蒲湯で髪の毛を洗うのよ。女だけが行く秘密の沼があるの。私も勉強するのが嫌いではないけど、でも家の中にじっとしているのは大嫌い。私たちのような女たちは学問を通じて天下を知ることもできないし、世の中に出て行くこともできない。生きていても世を知ることもできない。それが本当に嫌になる。それでも自分の行きたいように、やりたいように生きていけるのは両親の懐の中にいる間だけだから、その間だけでも楽しまなきゃ」

大人しかった私が一気にしゃべり終えると、佳然《カヨン》は私のことを羨ましいというふうに見つめた。

「あなたはそれでも楽しく生きているのね」

「あなたも文章を書くには、世の中を知らなければならないでしょう？」

「文章を書くといっても何の意味があるの。そんなものはお嫁に行けばすべておしまいでしょう？　そういえば結婚の話は？」

草籠《チョロン》と私は首をふった。佳然《カヨン》は溜息をついた。

「お祖父《じい》様と両親は年老いて生まれた末娘だからもっとそばにおいておきたいと言うのだけれど、兄さんたちがうるさいの。漢陽《ハニャン》の権勢のある家門に早くお嫁に行かせろとせかすの。私は少なくても十八歳まではこのままでいたいのに」

「そうね。十八歳までがんばりましょう。わたしたち同盟を結びましょう。十八歳前にはお嫁に行かないと」

草籠《チョロン》が手を差し出した。

「思いどおりになるかしら？」

佳然《カヨン》が自信のない表情を浮かべた。

「わたしはそうする」

草籠《チョロン》が固くうなずいて言った。

「そうね、そうしましょう」私と佳然《カヨン》が同時に答え、思わず一緒に吹き出した。

「そして娘時代を楽しく、意味のあるものにするのよ。あと四年」

私が草籠《チョロン》の手を握った。そして佳然《カヨン》も私たち二人の手をぎゅっと握りしめる。軽い興奮で

＊　季節の花を上に飾った焼き餅。

佳然《カヨン》の声が震える。

「そうね、そうしましょう。わたしたち三人、尊い友となりましょう。お嫁に行ってても死んでも友情は変わらないのよ」

「だれが一番先にお嫁に行くかしら？」

私の言葉に二人の少女は、自分じゃないと互いに首を振り、目が合うとおかしそうに吹き出した。

ちょうどそのとき宴会を知らせる楽隊のにぎやかな演奏が聞こえてきた。

還暦の宴が開かれる蓮池の東屋《あずまや》の上には祝いの膳がしつらえてあった。池はさほど大きくはなかったが美しかった。紅玉楼という額のかかった東屋は質のよい、江陵《カンヌン》の紅松で建てられているのでそんな名前がついているという。生い茂った葉の間からは朝開き、今はわずかにしぼみかかった蓮の花が夏の真昼の日差しを浴びて、ぼんやりともった提灯のように浮かんでいた。池の後ろには烏竹《からすたけ》の林も見えた。祝いの膳を並べた東屋には楽隊も座っている。主人公の佳然《カヨン》の祖父は苧麻《からむし》の端正な服を着ており、その姿は一羽の鶴を思わせた。蓮池には橋がかかり東屋と石畳の敷かれた後苑へとつながっていた。東屋と池を眺めるように池の端に日除けを立てて客たちが席を占めた。

「さすがに今をときめく権勢家の祝宴らしいな。今日はあの有名な蓮華酒《ヨンファチュ》が飲めるぞ」

「そんな貴重な酒が俺たちの口にまで回ってくるかよ」

人々は蓮池を指さした。言われてみれば丸くくるまった蓮の葉の塊がところどころに見えた。酒を醸造するために蒸した白米と麴《こうじ》を混ぜて蓮の葉で包んで自然に発酵させたのが蓮葉酒《ヨンファチュ》だ。風と日の光が自然に蓮の葉の中の米飯を酒にしてくれる。酒を抱いている蓮。私はそれを珍しいものでも見るように眺めた。ていねいに包まれた蓮の葉をほどいて酒杯に注いで飲めばその味は天下一品だという。男たちが舌なめずりをしているのもなるほどと思えた。

沈判書《シムパンサ》夫婦は北のほうに作られた十長生図*屏風で囲まれた祝いの膳の中央に座っていた。屏風の南側には高齢の男性が、西側には高齢の女性が席を占めた。長男である佳然《カヨン》の父が指図をしながら寿宴礼が進められていく。息子や家族が還暦を迎える父に酒をささげる献寿をしながら男たちは二拝、女たちは三拝した。子沢山で次から次へと酒をつがれた沈判書《シムパンサ》の顔はいつの間にか真っ赤になっていた。礼式が終わると客たちに酒の膳が出され宴会が始まった。

＊　長寿を象徴する十の品、太陽、水、松、鶴、亀、鹿、不老草など。

風楽が鳴り響き蓮葉酒《ヨンファチュ》が何回か回ると華やかな唐衣《タンィ》*と花冠をつけた妓生《キーセン》たちが現れ踊りを踊る。五色の玉であでやかに飾られた花の冠をかぶった舞姫たちが汗衫《ハンサム》**を空中に揺れ動かしながら踊るのを草籠《チョロン》が魂を奪われたようにじっと見つめていた。その後ろで今度は妓生《キーセン》たちが伽耶琴《カヤグム》を弾き、歌を歌う。剣舞を舞う妓生やサルプリを舞う妓生《キーセン》も出てきた。

宴も興も頂点に達したとき、誰かが硯《すずり》と筆を持ってくるようにと言った。賀客の中の何人かが即席で還暦を祝う詩を作り沈判書《シムパンサ》に差しだす。沈判書《シムパンサ》は満面に喜悦の笑みを浮かべて、その客らに酒を注いでまわる。そのとき、誰かが言った。

「子孫と賀客の祝賀を受ける沈判書《シムパンサ》様の万寿無康を祈願する意味で沈判書《シムパンサ》様が一番愛されている孫娘さまから慶祝文をいただくというのはどうでしょう。孫娘どのは幼い頃から自ら詩を作る聡明さで、近隣ではその名がひろく知られておりまする」

人々が手を叩いた。蓮の花のように真っ赤な顔になった沈判書《シムパンサ》はひたすら満足そうな笑みをうかべてうなずいている。佳然《カヨン》の顔も蓮の花のように赤くなった。そして佳然《カヨン》は下を向いてしまい、しばらく顔もあげずにそのまま沈黙している。すると雰囲気がしらけてきた。それを見ている私もあせってきた。いくら神童だといってもこんな風に大勢の人々の前でその才能を示せといわれるのは一介の道化扱いにされるのとどこが違うというのか。妓生《キーセン》と同じではないか。酒に酔った大人たちが佳然《カヨン》を煽る。佳然《カヨン》は決心したように東屋にいく。そして紙と筆の置かれた机の前に座った。その顔は怒っているようにも見えた。そして筆を手にして紙の上に一息で一気に書き下ろすと、そのまま後ろを振り返りもせずに東屋を後にした。酔った沈判書《シムパンサ》が、かわいい佳然《カヨン》こちらにおいで。お祖父《じい》様が抱きしめてあげよう。と佳然《カヨン》に向かって大げさに腕を伸ばしたがそんな祖父には目もくれずに行ってしまう。私はそのそっけなさに内心驚いた。内気で恥ずかしがりや。しかしなんと頑固なこと。五人姉妹の中で喧嘩しながら和解と譲り合いが自然に身につき育った私の目からすれば、下手をすると礼儀知らずのようにも見えるその行動がなぜか、たまらなくかわいそうに思われた。佳然《カヨン》はどんな些細なことにも傷ついてしまうか弱い女の子だった。

ソンビの一人がぎこちなくなった雰囲気を何とかしようと佳然《カヨン》が書いた紙を広げて読んでいく。まず、漢詩***を詠み、次に意味を述べていく。

＊　女性の礼服。
＊＊　伝統舞踊で使われる白い筒状の長い布。
＊＊＊　金誠一「鶴峯集」第一巻　清渓亭から引用。佳然が書いた詩として借用した。（著者）

天上老人星*　天上に老人星が輝いている
光亡照南極　星の光が南極の空に輝き
人間武夷君**　人間には武夷君がおり
虹橋開寿席　虹橋で寿宴の祭りが開かれた
子孫満四座　子孫が四方いっぱいに座を満たし
郡仙同宴息　神仙たちも安息にその宴に連なり
侑以王母桃***　以王母の桃を召し上がり
酌以瓊霞液　神仙の酒と神仙の朝露を杯に注ぎ
一千年一醒　一千年に一度酒から目覚め
三千年一熟　三千年に一度桃が熟する
維南長不崩　あの老人星は永いこと落ちることもあるまい
坐看東海涸　東海《トンヘ》の海が干上がるのを座って見ることだろう

人々の間から感嘆の声と拍手が巻き起こった。私は佳然《カヨン》の姿を探した。背を向けた佳然《カヨン》はなぜか泣いているように思われた。佳然《カヨン》はチョゴリの紐を目元にもっていったかと思うと別堂《ピョルダン》のほうに消えてしまった。私も知らず知らずのうちに席から立ち上がり追いかけて行くと、思ったとおり佳然《カヨン》は裏の板の間に座っていた。私が近づいても佳然《カヨン》は深い思いに沈んでいるようにぼうっとしている。しばらくそうしていてから目を閉じると紺色のチマに涙が落ちた。涙の滴が絹の布に染み込み、あっという間に青葡萄の実のように広がった。佳然《カヨン》がゆっくりと口を開いた。

「あの神童ということば、死ぬほど嫌なの。鳥になってしまいたい。そしてどこか遠くにさっと飛んで行ってしまいたい」

＊　南極にある星で長寿を象徴する。

＊＊　伝説に表れる神仙で武夷山に暮らすという。

＊＊＊　神仙である西王母が植えた桃でこれを食べるとあらゆる疲労がとれるという。

ああ、あの頃は幸せだった。
文と踊りと絵の才能を備えた佳然《カヨン》、草籠《チョロン》、そして私。
当時も女の才能は美徳ではなかった。後にそれが
呪われた運命だと思ったこともあった。しかし、あの頃は
足が三つの釜のように、三人一緒にいれば私たちの関係は
完璧だった。その足がそれぞれの運命にむけて歩き始めるまでは。
結局、運命のとおりに生きる他ないのか。どんなに胸を押さえても
奪われてしまう心は奪われてしまうように……。

第九章　紅花

佳然《カヨン》の家ではじめて出会った三人は、その後もたびたび会った。主にわが家でだった。家族の少ない草籠《チョロン》の家も、また厳格な佳然《カヨン》の家も適当ではなかった。同じ村に暮らす草籠《チョロン》はいつでもわが家に立ち寄ることができたが、佳然《カヨン》は遠いというほどではないが隣に行くというような距離でもなかった。佳然《カヨン》は母上に許しをもらって輿《こし》に乗ってやってきた。輿に乗ってくるときには輿かきが外で待っているのだが、しばらくすると佳然《カヨン》も一人で歩いて来るようになった。たぶん、そんな時には家の人の許しも得ずに来ているのに違いなかった。

初伏が過ぎても父上は漢陽《ハニャン》に旅立たず初暑の頃まで江陵《カンヌン》にとどまるという話だった。私は心の中で快哉を叫んでいた。しかし父上が家にいてうれしいものの、三人の少女が自由気ま

まに家の中で過ごすのに都合がよいわけではなかった。
うだるような暑さの日でも三人の少女たちは別堂《ピョルダン》の扉をピタッと閉めておしゃべりに興じた。どこで聞いてくるのか面白い野話は草籠《チョロン》が、佳然《カヨン》は不思議で怪奇な仙界の話をしてくれた。十四歳の少女たちは本からは学ぶことのできない男女間の話をしては好奇心をかきたてもした。万物の理致からして世の中に陰陽の調和でないものはなかった。互いに恋の詩を教えあって覚え口ずさんだものだ。私は主に詩を口ずさんだ。「詩経」を見れば名もない人々が恋人を想いながら詠った詩が多かったが、まだその恋心を十分に理解することはできなかった。ただ、その愛するという心を身近な美しい物や自然を通じて表現するのが面白かった。世の中の万物を見つめていると、人生史のすべての秘密が込められているような気がした。私は世の中を知りたかった。

草虫

喓喓草蟲　　ヨウヨウ草虫
趯趯阜螽　　テキテキイナゴ

第九章　紅花

未見君子　わが君と会えず
憂心忡忡　心はチュウチュウ憂う
亦既見止　君と出会い
亦既覯止　君と過ごし
我心則降　わが心は晴れる

陟彼南山　あの南山に上り
言采其蕨　蕨《わらび》を採る
未見君子　わが君と会えず
憂心惙惙　わが心は乱れるばかり
亦既見止　君と出会い
亦既覯止　君と過ごし
我心則説　わが心は悦ぶ

陟彼南山　あの南山にのぼり

言采其薇　薇《ぜんまい》を採る
未見君子　君と会えない
我心傷悲　わが心は悲しい
亦既見止　君と出会い
亦既覯止　君と過ごし
我心則夷　わが心は安らかになる

少女たちは面白い歌を歌うように一節、一節代わりがわるに詩を詠んだ。

ヨウヨウたる草虫がテキテキたる皐螽《イナゴ》だという。まだ見ぬ君にわが心チュウチュウだという……。

佳然《カヨン》は中国の宋の国の禅詩の中に出てくる鸞鳥《らんちょう》の話をした。

「昔、中国に一人の王様が一羽の鸞鳥を捕まえて黄金の鳥かごに入れて大切に餌をやりながら育てていたの。鸞鳥は中国の伝説に出てくる想像上の鳥よ。五色の美しい色の羽をもち、鳴く時には五つの声を出すという鳥なの。でも三年が過ぎても全く鳴こうとしない。見かねた王妃が言ったの。鳥の前に鏡を置けば友だちが来たと思って鳴くのではないですか。そこで王様は鏡を置いてみた。すると本当に鏡に映った自分の姿を見て哀しそうに鳴くの。そして突然、鏡に気が狂ったように飛びかかり頭をぶつけて死んでしまった。鏡にその血がすっと流れてそれがノウゼンカズラの花になったという話」

佳然《カヨン》はなんであんなにいろいろなことを知っているのだろう。佳然《カヨン》の家にあった本もうらやましく、彼女に先生がいることも羨ましかった。そのたびに同じ両班《ヤンバン》とはいえ豊かな佳然《カヨン》の身の上がねたましかった。それでも佳然《カヨン》に本を貸して欲しいという話は一度もしなかった。そんなことで佳然《カヨン》に負い目を感じるのは嫌だった。草籠《チョロン》のような娘もいるではないか。もしかすると佳然《カヨン》こそ鸞鳥のようにかわいそうな身の上かもしれない。いくら学識豊かで文章を自由自在に書くと言っても何になるのだ。黄金の鳥籠の中の鸞鳥ではないか。それに比べれば私は空を飛ぶカササギ程度にはなるのではないか。閉じ込められるよりは自由がいいと必死に自分を慰めた。

ある日、佳然《カヨン》が美しい詩を詠んだ。

東にカササギの群れが飛び
西にはツバメが飛んでいく

彦星と織姫は時が来れば会えるのに
一人のお嬢さんが向かいの家に住んでいる
花のような顔が村中を華やかに照らし
南と北の窓門には明るい鏡がかかり
美しい絹の垂絹の中は紅と白粉の香りで一杯だ
お嬢さんの年は十五、六歳
二人といない優美な姿、玉のような顔
春三月もすでに過ぎ　花々も風に飛び散る
ただただ家にいる愛らしい美貌は誰と共にするのか*

その詩を聞いて私がたずねた。

「その詩は何という本で読んだの?」

聞いているとまるで私たちの話のようだった。

「愛らしい美貌は誰と共にするのか。なんて、ピッタリ、私の話だわ。この作者はだれ?

私たち乙女の心をどうしてこんなによく分かるのかしら?」

草籠《チョロン》も相槌をうつ。

「うん……作者が誰かと言えば……わたし」

佳然《カヨン》が顔を紅《あか》くして言う。さすが佳然《カヨン》だ。私の胸がちくっと痛んだ。佳然《カヨン》の才能に嫉妬したのだ。春の終わりを悲しむ乙女の心のひだをなんと繊細に表現しているのだろう。文才はやはり佳然《カヨン》にはかなわない。佳然《カヨン》が生まれついての細筆ならば、私は太筆のように粗野だ。

「うん、ただ真似事をしてみただけ。中国の艶情詩を」

そんな三人の娘たちの気ままで危険な会合を母上が心配したのか、当分の間、別堂《ピョルダン》ではなくアン棟に来て「内訓」を覚えるようにというのだった。仁紅《インホン》姉さんと一緒に三人の娘が母上の指導で「内訓」を学ぶことになった。母上は三人の娘たちの陰陽の調和に対する旺盛な好奇心を「内訓」の夫婦章で静めようとした。

「夫婦の道は陰陽が合わさり、神明に到達し、真実は天地の大きな意志であり、人倫の大事だ。……陰陽の性質は違い、それで男と女の行動が違うので陽は剛直なものを徳とし、陰は温柔なものを徳とする。人格の修養には恭啓より尊いものはなく、強いものを避けるには順

＊「玉台新詠　三」から引用。ここでは佳然《カヨン》が詠んだものと設定した。（著者）

なものより良いものはない……世のすべては婦人から生じることが多く、嫉妬をして毒気にみちた性質を現わせば、大きくはその家を滅ぼし、小さくは自らの体を毒す。ひたすら大きな心で仁慈をもてば家の中は自然と平和になるだろう」

「内訓」の講読を終えるとようやく私たちは自由になれた。ちょうど真夏の後苑には、ありとあらゆる夏の花々が争うように咲き誇っていた。別堂《ピョルダン》の塀には百日間、花が咲くという樹齢百年の百日紅《さるすべり》の紅い花が満開だった。その横では紅花が黄色と紅の花をいっぱいに咲かせていた。最初は明るい黄色をしていてだんだんと紅色に変わっていく様子は本当に不思議だ。紅花《べにばな》は臙脂《えんじ》*の材料にもなるので臙脂の花とも呼ばれた。嫁に行く年頃の娘のいる家では娘の結婚に備えて紅花を植えた。紅花は結婚式に花嫁の頬に塗るコンジの習慣に使われるのだ。それに私は絵を描くためにも紅い絵の具用として母が求めてきたものを植えていた。鳳仙花もびっしりと赤い花を咲かせていた。鳳仙花の隣にはオシロイバナの小さな花が長い茎を伸ばして花の咲くのを待っている。庭の端では背の低い松葉ボタンがあちこちに仲良く集まって顔をのぞかせ五色玲瓏のおしゃべりをしていた。

「ねえ。爪を鳳仙花の色で染めようか。初雪が降るまで消えなければ素敵な殿方と出会えるんですって」

草籠《チョロン》が言った。

「あっ。私はだめ。爪が伸びるのが凄く早いから」

佳然《カヨン》が両手を広げて見せると残念というように続ける。

「まあ、若い娘のお嫁に行かないという話は全部嘘だというけど。佳然《カヨン》も素敵な殿方には会いたいみたいね。そんなんで十八歳までどうやってがまんするの？」

私が舌を打つ真似をした。

「それならあなたは本気でお嫁に行かない気なの？」

佳然《カヨン》が本当に気になるというふうにたずねる。

「この子は息子だからお嫁に行かないのよ」

草籠《チョロン》の言葉に私も調子に乗って付け加える。

「そうよ。私はお嫁に行かない。婿殿に来させるのよ」

すると草籠《チョロン》がふくれたような顔で言う。

「それにしても新郎の顔も知らずに結婚するなんて。私はなんだかんだ言っても美男の殿方

＊　化粧に用いる紅色の顔料。

がいいわ」

「美男の殿方を嫌いな娘がどこにいるの？　餅だって見た目がいいのが美味しいものよ」

私がそういうと佳然《カヨン》がきっぱりと答えた。

「私は自分で新郎の顔を見てから決める」

「私も新郎は自分で選ぶ」

私も調子づいて相槌をうつ。

「アイゴー、それがそんなに簡単だと思うの。この朝鮮の空の下、妻が新郎を選ぶなんて。いいわ、だれが一番素敵な新郎と一緒になったか後で比べましょう」

草籠《チョロン》が鼻で笑った。

私はしゃがんで鳳仙花の花を摘もうとしたが思わず手をとめた。よく見ると鳳仙花の咲く土の上にショウリョウバッタ二匹がいたのだ。一匹がもう一匹の背中の上にのっていた。佳《カ》然《ヨン》が花を摘みながら静かにたずねる。

「その虫たち何してるの」

「二人で愛し合ってるのよ」

私は人差し指を口にあててささやいた。不思議なものだ。ありとあらゆる虫や小さきものたちが自分と同じ存在を作るためにこのようなことをするのだろう。この小さきものたちはそれをどうやって知ったのだろう。そして人間もそれをどうして知っているのだろう。時がくれば自然に体の理致を悟るようになるのだろうか。誰も教えてくれないのに。

「ねえ、花はこのくらいでいいんじゃない？」

草籠《チョロン》が何も知らずに花を摘み飽きて鳳仙花の花の前に座り込んだ。その拍子に上にいたショウリョウバッタが驚いてさっと跳び出した。残った一匹も右往左往している。

「もう、気をつけなくちゃ、邪魔しちゃったじゃない」

佳然《カヨン》が草籠《チョロン》を怒った。草籠《チョロン》は怒られてしょぼんとしている。私は草籠《チョロン》を慰めるように言った。

「本当に不思議じゃない。世の中の万物が。ほら、どの花にとまろうかと悩んでいるあの蝶を見て。まあ、トンボも出てきた。花のあるところにはいつも飛ぶ虫がいる。そういうものがいなければ花は何もできないから。一人で生きていけるものはこの世には何一つないのね」

「それで男女、陰陽があるんじゃない？」

気分がよくなったのか草籠《チョロン》が明るく答えた。私はバッタをそっと持ち上げて、掌の上に乗せ、詳細に眺める。

「ねえ、それ雄、それとも雌？」

「まあ仁善《インソン》、気持ち悪くないの」

草籠《チョロン》と佳然《カヨン》が同時にたずねたが私はバッタに没頭していて答えない。

「かわいい」

バッタを放してからようやく私は二人に答えた。

「この小さきものたちが動くのをじっと見ていると本当に不思議だし可愛いのよ。じっと見つめていると心が通じる気がする。よく覚えておいて絵に描こうと思って」

「仁善はこの前、台所に野ねずみが現れたときにも驚きもせずに捕まえて、殺そうともせずにじっと見つめていたのよ。本当に変わってるわ」

草籠《チョロン》の話に私は首をかしげて答える。

「ほんとうに可愛いのに」

鳳仙花の花をたくさん集めると私が持ってきた小さな石臼で鳳仙花の花を潰した。うちの家財道具も自分の家のもののようによく知っている草籠《チョロン》が台所に行き明礬《みょうばん》をもらってきた。指を包む葉と糸も準備する。私たちは交代で一本一本互いの指に鳳仙花の花をのせて葉を巻いて糸で縛っていった。

もともと鳳仙花の花は一晩包んで寝ないときちんと色がつかない。昼間が過ぎ紅花がその花を咲かせる頃に仁紅姉《インホン》さんが三人のところにやって来た。

「まあ、あなたたちまだいたの。もう夕飯時よ。草籠《チョロン》、あなたは夕飯に帰らなくていいの。あなたの家の下働きのアジュマ、子どもを産んだんでしょう。それに佳然《カヨン》はもうすぐ日が暮れるわよ、こんなことしてて大丈夫、怒られるんじゃない？」

三人が楽しそうに遊んでいるのを見て嫉妬した姉さんが騒ぎ立てた。

「仁紅姉《インホン》さん分かったわ。もう帰るところ。ところでどうしてそんなに肌が白玉のように白いの？　何か秘法でもあるの？」

頭の回転の速い草籠《チョロン》が姉さんの機嫌をとる。姉の顔にはすぐに悦びの微笑が広がる。

「そんな秘法なんてないわよ。生まれつきよ。ほら、仁善《インソン》も肌理《きめ》が細かいじゃない。血色の悪いのが難だけどね」

「私はお姉さんが毎日お白粉《しろい》をつけているのかと思ったわ」

「まあ。お白粉なんてどこにあるの」

「お白粉、少しあげましょうか。知らないの？　この紅花の種を干すと、中からきれいな白い粉が出てくるの。私はそれをおとしから筒にためているの。嫁入りのときに使おうと思ってね。私は少し色が黒いでしょう、それが嫌で」

「あんたは本当に何でも知ってるのね」

姉が賞嘆した。

姉は草籠《チョロン》を邪険にして内心嫌っていた。草籠《チョロン》が両班《ヤンバン》家の娘たちとは違い色気にあふれ軽薄だと悪口を言っていた。私が草籠《チョロン》と仲良くするのを母にたびたび言いつけてもいた。母は草籠《チョロン》のことを特に歓迎していたわけではなかったが、かといって嫌った様子を見せることもなかった。そして草籠《チョロン》も気にしなかった。私は草籠《チョロン》の堂々としたところが羨ましくもあった。私なら、誰かが自分を嫌っている様子が見えればそれだけで自尊心が傷つき落ち込んでしまい、その人に近づこうともしないだろうに……。草籠《チョロン》はむしろ人の心を摑《つか》む方法を生まれたときから身につけてきたようだった。

どちらにしても日が暮れれば巣に帰らなければならない森の鳥たちのように娘たちも帰らなければならなかった。急いでぎゅうぎゅうに縛り上げた鳳仙花の葉を指先からはずし井戸端に行きよく手を洗う。そして三人そろって両手を前にかざした。六本の花水に染まった手が夏の夕陽に映えて黄金の花のようにくっきりと浮かんでいた。濃くはないものの当分は見栄えよく染まっているだろう。色の白い私の指が一番紅く見えた。

「アイゴー、仁善《インソン》だけ素敵な殿方に会えそうね。私たちのは薄くてぼんやりしてるから初雪までもちそうにないわ」

草籠《チョロン》が羨ましそうに言う。東の空に顔をだした三日月がにこっと笑っていた。

　そんなある日、馬に乗った若いソンビが父と祖父に会いにわが家を訪れた。後で聞いたところ、それは佳然《カヨン》の長兄だったという。父が佳然《カヨン》を呼び、その後、佳然《カヨン》のわが家への出入りが途切れた。以後、佳然《カヨン》は外出禁止になったという。佳然《カヨン》が来ないと草籠《チョロン》の足もだんだんと遠のいていった。

私は再び絵と書を書く日々に戻っていった。書を書くために墨をすり心を静める時間も好きだが、事物の色をだすために彩色に神経を集中させる彩色画の魅力が私を幸福にしてくれた。完全に没頭するその瞬間が幸せだった。そうでないと虚しくてたまらず、哀しかった。

*

暑い昼間をさけるために朝から別堂《ピョルダン》の板間《マル》で気持ちを集中させて書を書いていると母が上がってきた。母は私の書を見てから、静かに私の顔をじっと見つめた。

「紅花を摘んで絵の具を作らなくてはね……」

「もう摘むのですか。もう少ししてから早朝、朝露ができる頃に摘むほうがいいのではありませんか？」

「そうね……きょう、紅花の花畑を見た？」

「いいえ」

母が小さく溜息をついた。

「どうかしたのですか？」

「誰かが紅花を全部摘《つ》んでいってしまったのです。夜の間に誰かが……」

「絵の具を作るのに盗んだのでしょうか？」

「それならばよいのですが……」

母はなぜか困ったような顔をした。

「お前はもしかして、誰か心にとめている殿方がいるのかい？」

母の突然の問いに顔が赤くなった。そして答えることもできずに首をふった。

「誰にも紅花を盗まれたと言ってはいけないよ」

母はそういい含めた。

「俗説に嫁に行く娘のいる家の紅花を摘めば、その娘の心を奪えるという話がある。それは俗説だとして無視することもできるが、紅花が盗まれたことが噂になればよいことはない。また殿方が口を開けば普通は結局、そこに嫁に行くほかない。それで娘の心を摘むことになるの。仁紅《インホン》ではないようだし。なぜかお前のことが不安で……。お前ももう子どもではないのだから万事に気をつけるように。女の幸福はほかでもない。よい殿方と結ばれ、一生その方の懐《ふところ》を世のすべてだと思ってその中で生きて死ぬこと、それこそ幸福なのです。花を摘むには少し早いけれど、お前の絵の具を作るために摘んだことにしましょう」

母は小さな声で落ち着いて話してはいるものの、どこか切迫しているように聞こえた。私は唇をぎゅっとかみ締めてうなずいた。だれが紅花を摘んだのだろう。万一、俗説のとおりなら私の心はもう盗まれてしまったのだろうか。私の心はここにあるのに……私はまるで心を奪われまいとするかのように右手で上着の紐をギュッと押さえた。心臓がドキドキして口から飛び出してきそうで、さらに、ぎゅっと胸を押さえた。

心の目で見れば心が見えるのだろうか。そして心を描くことができるのだろうか。心は空に浮かんだ雲のようなものだ。この宇宙の中で雨となって飛び散り、雲となって集まり……あるようで、ないようなもの。変わるといえば変わるものだし、変わらないといえば変わらないもの。この高いところから私の人生が雲のように流れ過ぎていくのを見ていると、運命によって行きつくべきところに達し、そこで戯れていただけだったような気がする。過ぎてみて分かるのは生きている間の執着だった。あの日はずっと雨が降っていた。雨粒が砕いた庭の土の香りと湿った空気、その空気に染み渡る玄琴《コムンゴ》の音色の余韻が私の心琴を打つ。そして私の人生の一コマ一コマに落款のように押された彼の眼差し……

第十章　俊瑞《ジュンソ》

末伏は過ぎたもののまだ残暑は厳しかった。それで早朝に起きだして本を読んだり、暑さが落ち着く頃を見計らって絵を描いたり書を書いたりしていた。友人たちの足もいつの間にか遠のいた。しかし静寂と孤独がむしろ心地よかった。心が落ち着き、見るものがよりいっそうはっきり見えた。友がいなくても、兄弟がいなくても、一人で文や書を書き絵を描くことさえできれば、それ以上望むことはない気がした。一生一人で生きてもおのれを柱としてこの世を生きていければ、誰もいない東屋《あずまや》のようにひそやかでありながら自由で充たされているのではないか。姉と一緒に刺繍をすることも悪くはなかった。それは自分だけではなく他人との暮らしに潤いを与えるものだった。小さな胸飾りや匂袋、煙草入れのようなものに

刺繍をして贈り物にすれば誰もが喜んでくれた。二つの喜びの中でどちらがより楽しいかをときに考えてみる。一人で楽しみ充実感を得ることと、私を取り巻く周りの人々を喜ばすために犠牲と奉仕をすること、おのれがひどく利己的な人間だと思う。いや、おのれを誰よりも愛している、大切にしているのだと思う。ただ人々が考えたり、期待するおのれの姿をよく知っているだけだ。生まれついての才能に、心根も深く他人のことをよく思いやり、女だけの家の中で息子の役割を果たしている頼もしい娘。周囲の人々を失望させたくはない。だから人々の期待に反するような自分の姿を見せたくないという欲望も結局は利己的なものなのかもしれない。この環境と他人の視線から決して自由にはなれない。そんなことを考えていると人間には自分だけの柵があり、そこから簡単には抜け出すことはできないのだとぼんやり感じていた。

この暑さに草籠《チョロン》が足を痛めて床に伏せっていると召使が伝えにきた。どうりで、あのじっとしていられない草籠《チョロン》のことだ。怪我でもしなければ、もう何度も遊びにきていただろう。退屈でたまらないので家に遊びに来て欲しいと懇願してきた。これまで草籠《チョロン》の家に行ったのは二度だけだった。三年前に草籠《チョロン》の父上に会いに行くという父について行ったとき、そして草籠《チョロン》の母上が亡くなったとき。

久しぶりに一人で草籠《チョロン》の家に行くのがなんだか恥ずかしかった。採れたばかりのカボチャとナスを傷まないように大きなカボチャの葉に包んで籠に入れた。そしてもう一方の手で幼い末姫《マルヒ》の手をにぎって家を出た。末姫《マルヒ》はとうもろこしで作った人形を抱いて嬉しそうに私についてきた。真夏の暑さでとうもろこしの人形からは酸っぱい匂いがするほどだった。末姫《マルヒ》に古布でかわいい人形を作ってあげなくては。

真昼の村はセミの鳴き声がうるさく聞こえるだけで人影も見えない。少し歩いただけで息が切れたので湖のそばの道に入っていく。湖水の水は器に入れた熱い漢方薬のようにどろっとしていた。一雨くれば涼しいだろうに。そしてすぐに後悔した。本当に突然夕立が降り始めたのだ。私は迷った。家に帰ろうかこのまま進もうか。結局末姫《マルヒ》をおぶって駆け出す。あわてて駆け出したものだから家とは反対の方角の草籠《チョロン》の家に向かっていた。体中、夕立でびっしょり濡れてしまい目の前に見える草葺きの家の軒下に飛び込み雨を避ける。シワ一つなく整えて着てきた服がびしょびしょに濡れて体にぴったりと張り付いた。こんな姿でどうやって他人の家を訪ねるというのか。

正直、草籠《チョロン》の家を訪れるというので嬉しくもあり心配でもあった。もしかして俊瑞《ジュンソ》と会うことになるかもしれないと思うとそれが嬉しくもあり心配でもあった。しかし踏んだり蹴ったりとはまさにこのこと、突然の夕立に会うなんて。こんな姿で草籠《チョロン》の家で俊瑞《ジュンソ》と顔でも合わせたらと思うと慌ててしまう。きれいに梳かしてきた髪も雨でからみ、服もだらっと体に張り付いている今、俊瑞《ジュンソ》と顔を合わせるのは……嫌だった。足を痛めて身動きのできない草籠《チョロン》がかわいそうな気はしたものの、なぜか行ってはいけない気がした。幸い雨は止み嘘のように明るい日が差してきた。

しかし家に帰ろうと回れ右をした途端、末姫《マルヒ》がそんな私の気持ちに気づいたのかぐずりだした。

「草籠《チョロン》姉さんの家に行こうよ。家に帰るのはイヤ。草籠《チョロン》姉さんの踊り見たい」

「草籠《チョロン》は足を痛めてて踊りは踊れないの。だから家に帰って姉さんがきれいな古布でお人形作ってあげるから」

末姫《マルヒ》は背中に負ぶられたままでぐずり、私の濡れた背中をその小さな拳でとんとんと叩いた。それで少し前の自分の気持ちが恥ずかしくなる。草籠《チョロン》ごめん。そう決めるとしっかりした足取りで草籠《チョロン》の家に向かって歩き出した。

草籠《チョロン》の家では召使たちが何もせずにぶらぶらしていた。アン棟に向かって、「お嬢さん！お客さんですよ」と大声で叫ぶだけだった。家には大人もおらず側室を失った鄭大監《チョンデカム》の足もだんだんと遠のいていたためだろう。鄭大監《チョンデカム》の足が遠のいた理由は、草籠《チョロン》の言葉を借りるなら俊瑞《ジュンソ》との仲が良くないからだという。暮らしていくための金や穀物は鄭大監《チョンデカム》から十分に送ってもらってはいるものの、なぜかいつも足りなくなるという。どうも召使たちに問題があるようだが、辞めさせようとすると俊瑞《ジュンソ》が止めるのだという。あの者たちと自分たちの何が違うのだ。皆、同じ人間だ。ひもじい思いをすることもないのだから、大抵のことは知っていても知らん振りをして見過ごせ、というのだそうだ。もともと草籠《チョロン》と俊瑞《ジュンソ》はのんびりして自由奔放な気質だが、そのせいなのか召使たちもみんな家族の一員だと思っているようだということう。

「いらっしゃい」

草籠《チョロン》は布団に体をあずけて右手は小机に置いて斜めに横たわっていた。

「まあ。いったいどうしたの……」

「医者が来て鍼《はり》を打っていったんだけど。おかしなことに夏だからなのか、なかなか治らないの。すぐに腫れてしまって……もうイライラしてくる。処暑がもうすぐだというのになんでこんなに暑いの。すこしずつ歩いてはいるのだけど歩けばすぐに痛くなるの」

「オンニ、踊り踊って」

末姫《マルヒ》がせがんだ。

「オンニはもう踊れない。足が痛くて、もう踊れないのではと心配だわ。少し前の十五夜の夜に、暑いし月も明るいので兄さんと一緒に渓谷に行ったの。足を水につけようと思って。兄さんは岩の上で玄琴《コムンゴ》*を弾いていたんだけど、そしたら体が自然に動いたの。まるで自分が月夜の仙女になったようだった。ほら、佳然《カヨン》がいつも話していた物語の中の。そしたら足がすべって岩から落ちてしまい足を痛めてしまったの。まあこのくらいで済んで幸いだったわ。うちの兄さん、玄琴《コムンゴ》をかつぎそのうえ私まで背負って降りてきたの。それでも十五夜だったから幸いだった。考えてみればあの日の晩は幸福だったわ。早く治って一緒に行ければいいわね。月光の降り注ぐ岩と渓谷、本当に美しいのよ……今も目に鮮やかだわ。いつか、あそこで踊っている私を絵に描いて、お願い。仁善《インソン》、必ずよ。音楽と絵と踊りが月光に合わされば桃源郷にも負けないわ」

ああ！　俊瑞《ジュンソ》が玄琴《コムンゴ》を弾くんだ。夢見るような表情の草籠《チョロン》の話に、私は頭の中で月夜に玄琴《コムンゴ》を弾く俊瑞《ジュンソ》と仙女のように踊りを踊る草籠《チョロン》の姿を思い描いた。召使が畑で獲れたマクワ瓜を何個か小盤にのせて持ってきた。

「暑いから兄さんにも切ってもって行ってあげて」

仲の良い兄妹だった。

「川釣りに行かれました」

下女が言うと草籠《チョロン》の表情が曇った。

「うちの兄さん、優しくて素敵な兄だけど……かわいそうで胸が痛むわ。父上との仲がどんどん悪くなって……庶子の身の上だから世に出て出世することもできないと勉強も辞めて、自分は一生を風のように自由に生きると父上に宣言したの。文書を書かせたら幼い頃から父上も認めるような才能なのに……漢陽《ハニャン》の本宅の義兄さんたちよりずっと頭も良くて、科挙にも十分合格できる実力なのよ。それなのに、玄琴《コムンゴ》を弾いたり、自然を友として遊び歩いている。弓場に行って弓を射る練習をしたり、狩猟をしたり、それでも心が落ち着かず憂鬱になっているようなの。最近ではときどき酒も口にしているみたい。まああんなに才能豊かに生まれていながら世に出て大きな志を立てることもできない身の上ですものね……私に対しては父のように、夫のようにとても優しい人なのに。兄さんのような人がいたらすぐにでもお嫁に行くわ」

＊　朝鮮の伝統的な弦楽器。弦は六本。左手で弦を押さえ、右手に持った棒で弦を弾いて演奏する。

私はマクワ瓜を切った。一切れを手に取り口に含むと口のなか一杯に甘い汁が広がった。魚釣りに行った？　数年前に詩を詠んでいた少年の姿が思い浮かんだ。去年遠くから見たことがあった。喪服を着ていたので大人っぽく見えた。今や十六歳。両班《ヤンバン》家の子弟ならば科挙の準備を始める年頃だ。男なら科挙を通じて世に出たいだろうに。草籠《チョロン》の話を聞くと可哀相になってきた。そのとき草籠《チョロン》が明るく笑って話し出した。

「それにしてもよかった。うまくすれば今日、川魚の味を楽しめそうね。夕飯食べて行ってね」

久しぶりに草籠《チョロン》と会いペチャペチャとおしゃべりをしているとあっという間に時間が過ぎていった。

突然空が暗くなり雷鳴と稲妻がとどろいたと思ったら雨が降り出し、あっという間に大雨になった。家に帰るのが心配になってきた。そして口には出さなかったが、魚釣りに出かけたという俊瑞《ジュンソ》も心配だった。しかし草籠《チョロン》はのんびりしていた。そのとき、どこからか馬の鳴き声が聞こえてきた。

「あっ。兄上が帰ってきた。父上に馬を買ってくれとねだってひどく怒られたんだけど、結局、馬を一頭買ってくださったの。そうだ、馬に乗ってあなたの家に遊びに行けばいいのね。

足が痛いといいながら、そこまで考えつかなかったわ」

草籠《チョロン》が自分の頭を拳骨でトントンと叩いた。私も知らず知らずに腰をピンと伸ばして髪を整えていた。もしかして俊瑞《ジュンソ》がここにやってくるのではないか。しかし俊瑞《ジュンソ》はまったく姿を見せず、いつの間にか末姫《マルヒ》はぐずりながら寝ついてしまっていた。庭に落ちる雨の音や水気を含んだ土の匂いも心地よかった。そのとき、静かながら重厚な玄琴《コムンゴ》の音色が聞こえてきた。その音が俊瑞《ジュンソ》の声のようで胸が躍った。雨降る日の哀愁に満ちたゆったりとした玄琴《コムンゴ》の音色に私も知らず知らずのうちに心惹かれ、気持ちが集中していった。どれほど習えば人の心琴をうつような、あんな音色を奏でることができるのだろうか。玄琴《コムンゴ》のばちがまるで深い心の糸をはじいているようで胸が一杯になり涙があふれそうだった。草籠《チョロン》が月夜に自然と踊りだしたわけが分かる気がした。

「あの玄琴《コムンゴ》の音色を聞いて。俊瑞《ジュンソ》兄さんは本当に凄いでしょう。何でもあっという間に身につけてしまい、できないことがないの。あれも『霊山会相』とかいう難しい曲だとか……」

玄琴《コムンゴ》の音色は続いた。そして玄琴《コムンゴ》の音色も雨に濡れているようだった。その音色には淡い悲しみが、時には冷たい恐怖や熱い涙があふれているようだった。ああ、日も暮れるから家に帰らなくては……私の心まで水に濡れた紙のようにどんどん沈んでいく。ぼうっとしたまま雨の降り続く外を眺めていた。草籠《チョロン》は布団に体をもたせかけて座ったまま、玄琴《コムンゴ》の音に合わせて踊りを踊るように手の先だけを動かしていた。玄琴《コムンゴ》の音が突然ぴたっと止んだ。私は夢から覚めたように言った。

「もう家に帰らなくては」

「雨が降ってるのにどうやって。末姫《マルヒ》も寝てるし夕飯食べて、雨が止んでからにしたら」

「家に何も言わずに来たから心配するといけないし」

そのとき、誰かがやってきた。庭に足を踏み入れた人を見て私はそれが誰かすぐに分かった。俊瑞《ジュンソ》も扉を開けたままの部屋の中に草籠《チョロン》と一緒にいるのが私であることに気づいたのだろうか。その瞳が瞬間輝いた。それは幻影だったのだろうか。雨降る外は薄暗くぼんやりとしており顔の輪郭さえもはっきり見えない。心の目、心の目で私に気づいたのだろうか。瞬間、二人の心の目が揺れたのだろうか。雨は少し小降りになってきた。俊瑞《ジュンソ》は急がずにゆっくりと歩いてくる。目標物に照準を定め矢のように正確にまっすぐ、雨の中を光り輝きながら私のところにやってくるように感じられた。

この人があの方なのだろうか。雪をかぶった烏竹の林に凧をひっかけたカササギ凧の少年。数年前の旧正月の十五夜の夜に橋の上で詩を諳んじていた少年。去年、母を失い喪服を身にまとい悲しみにひたっていた少年。しかし今こちらに向かって歩いてくるのは少年というよりは気骨のある青年のようだった。歳月が俊瑞《ジュンソ》を男にしていた。俊瑞《ジュンソ》はしばし足をとめると私を見つめた。黒い眉毛とすっと高い鼻、そしてその鼻の下がうっすらと黒かった。雨に濡れた皮膚はとても清潔にみえた。そして私が頭を下げるのと同時に彼も恥ずかしいのかぎこちない笑みを浮かべた。

「雨に濡れてないでさっさと上がってきたら。ちょうど仁善《インソン》が来てるの」

草籠《チョロン》が乾いた木綿の手拭を渡した。彼は照れくさいのか顔をそむけて手拭で顔をごしごしとぬぐった。

「魚はいっぱい獲れた？　今日はフナか鯉の味を楽しめる？」

「魚はとれなかった。雨が降る日は魚も餌に食いつかない」

「それなら魚もとらないで何してたの？」

「雨を見ていたのさ。蓮堂に行って蓮の葉に落ちる雨音を聞いていた。その音を聞いていたら玄琴《コムンゴ》が思い出されて急いで戻ってきたんだ」

兄と妹の交わす話を聞きながら草籠《チョロン》に、やはり帰ると言って立ち上がった。

「雨が止んでからにしたら……」

俊瑞《ジュンソ》があわてて口にしたものの最後までは続かなかった。声はまだ変声期を完全に過ぎていないのか少し不安定に聞こえる。五年前、満月の夜に詩を詠んでいた幼い少年の美声は今はどこにも残っていなかった。あの詩を記憶して私はあとで、その詩が世宗の時代の姜希孟《カンヒメン》という文士が作ったものであることを知った。そのときからだった。私が詩を覚えることにも特別な興味を抱き始めたのは。

「もう少しで雨も止むだろうに……」

俊瑞《ジュンソ》がもう一度言った。私は聞こえないふりをする。

「末姫《マルヒ》を起こさなくては。末姫《マルヒ》、末姫《マルヒ》」

末姫《マルヒ》はびくともしなかった。

「兄さんが仁善《インソン》を馬に乗せて送って行ってくれない?」

その言葉に私は気絶しそうになった。村の人々にでも見られたらどうするというのだ。そのことばを心の中に飲み込み草籠《チョロン》をそっとにらむ。

「いいよ、でも……」

俊瑞《ジュンソ》も語尾は飲み込んだ。末姫《マルヒ》は眠たいとぐずり、無理に起こすと泣き出してしまった。

雨は霧雨に変わったもののすでに外は暗かった。

「召使に夕飯の支度をするように言うから、ご飯を食べてから行ったら。末姫《マルヒ》と二人、兄さんが乗せていけばいいわよ。こんな雨の日は暗いし人もいないわ。それに見られたっていいじゃない。そんなことが、そんなに気になるの？　他人の目が恐ければ私の兄嫁になればいいじゃない」

草籠《チョロン》は何が可笑しいのかケラケラと笑っている。私は草籠《チョロン》の軽薄さに心が傷ついたが、俊瑞《ジュンソ》の前だったので何も言えなかった。末姫《マルヒ》をなだめなくてはならなかった。末っ子の末姫《マルヒ》は家中から甘やかされていたので一度言い出したら聞かなかった。しかし草籠《チョロン》が夕飯を食べて馬に乗って家に帰るのだといってあやすと、末姫《マルヒ》は「うま？」と言って目を丸くして手を叩いた。ちょうど召使が夕飯の膳を持って入ってきた。雨は幸い完全に止んだようだった。末姫《マルヒ》を負ぶって出てくると馬を連れた俊瑞《ジュンソ》が乗せて行くと言って出てきた。私は頭を頑強にふって暗闇の中を村の道を歩き出した。俊瑞《ジュンソ》は馬に乗りゆっくりと後からついて来た。末姫《マルヒ》は馬に乗りたいとぐずり続けている。

「乗って」

馬にのった俊瑞《ジュンソ》が馬から下りてすすめる。末姫《マルヒ》は背中で嬉しそうに飛び上がっている。仕方なく末姫《マルヒ》を俊瑞《ジュンソ》に渡す。俊瑞《ジュンソ》はどうするという目つきで尋ねてきたが、私は首をすくめて前を歩いていった。仕方なく俊瑞《ジュンソ》は末姫《マルヒ》だけを前に抱いてゆっくりと馬を歩かせ、私は地面だけを見てひたすら歩く。雨の降った後の夏の夜は清涼だった。湖水の道に入るとカエルの大きな鳴き声が聞こえてきた。闇に包まれ民家の明かりも見えず人影もなく薄気味悪かった。でも俊瑞《ジュンソ》が馬に乗り後ろをついてくるから安心だった。しかし互いに一言もことばをかわさずに歩いていくというのも落ち着かない。そのとき俊瑞《ジュンソ》が口を開いた。

「あれはいつだったかな。雪がたくさん降った日。あのカササギ凧……」

末姫《マルヒ》がこの世に生まれた日だった。

「あの日は末姫《マルヒ》がこの世に生まれた日でした……」

私の話を聞いた俊瑞《ジュンソ》が末姫《マルヒ》に顔を近づけてたずねた。

「そうだったんだ。末姫《マルヒ》、いくつだい?」

「ろくさい」

末姫《マルヒ》は指を六本たてたものの揺れる馬が恐いのか慌てて馬のたてがみをつかむ。

「もう六年も前になるのか。あの時初めて会ったんだ。覚えてますか?」

ああ、俊瑞《ジュンソ》もあの日を覚えていてくれたんだ。私はこたえる代わりにうなずいた。

「そうだ。あのカササギ凧はいつまであの烏竹の林にいたのかな……ときどき竹にひっかかったカササギ凧を見に行ったものだが……ある日行ってみたらもうなかった。本当に悲しかった。誰かが捨てたのかな」

井戸端に行くたびに私もカササギ凧を探したものだ。そしてある日、それが見えなくなっていて悲しかったことを今も思い出す。カササギ凧がなくなった日の黒い竹林のガランとして暗かったことを。空はたとえようもなく澄んで晴れた春の日だった。池の周りのユスラウメの木には実がどっさりなっていた。

また沈黙。そしてポクポクという馬のひづめの音、カエルの鳴き声。

「玄琴《コムンゴ》の音色、本当にすてきだった」

私が思い出したようにつぶやいた。

「草籠《チョロン》が言っていた。仁善《インソン》は聡明で才能にあふれていると。特に絵の……いつかその絵を見たいものだ」

「草籠《チョロン》が踊りを踊って足を痛めたという月夜の渓谷を描いてと言っていました」

私の口から思いがけない言葉が飛び出した。

俊瑞《ジュンソ》は嬉しそうな様子だった。

「ああ、今度、皆であそこに行ってみましょう。踊りと音楽、そして絵か。芸の世界の奥深さを一緒に……」

いつの間にか家に着いていた。末姫《マルヒ》を地面に下ろすと俊瑞《ジュンソ》は私をしばしじっと見つめていた。暗闇の中でも心の目で見えるものだ。

「……そんなに神妙な才能なら人の心も描けるだろうね……」

俊瑞《ジュンソ》はその一言を冗談のように言いたかったのか、言葉の最後にクッと笑い声をあげた。

そして馬を返して矢のように暗闇の中に消えていった。

あの日、見た碧玉色の東海の海は息子の珥《イ》を受胎した日の胎夢にも現れた。海は私に孤独を教えてくれた。そして振り返ってみれば、すれ違う運命の下絵をあの日、私は海で見たのだ。遠くなる彼の後姿を呆然と見ているだけで声をかけることもできずに。それは悪夢にうなされるほどに残忍なことだった。

第十一章　東海《トンヘ》の海

別堂《ピョルダン》の塀の中の百日紅《さるすべり》の木には紅色の花が満開だった。百日紅とも、紫微《しび》の花とも呼ばれるという百日紅の木。女人のなめらかな白い腕のような百日紅の木の枝に陽の光が眩しくはじけている。私は別堂《ピョルダン》に座り百日紅の木を眺めている。別堂《ピョルダン》の前の百日紅の木は紅梅とともにこの家で百年の歳月をすごしてきた木だ。百日間、紅色の花が咲くという百日紅の木。木の肌を手でこすると葉が動き、くすぐったがりの木だという、優雅でいてどこか色気も感じられる木。なぜあの木を描こうとは思わなかったのか。しばし考えてみる。何よりも小さな生物だけを愛していたからか。そういえば私は地面に近いところで生きている草花、そしてその周囲に群れる蝶や昆虫を描くのが好きだった。陰陽の調和が温かく感じられる情景が

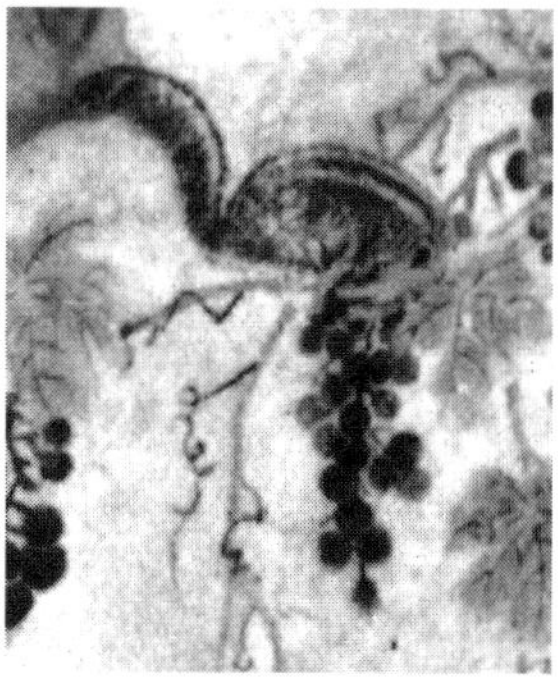

好きだった。小さきものたちのささやくような話し声と、温かな心根が感じられるような絵が描きたかった。高貴なだけの梅や竹は私の好奇心を刺激せず、それで四君子の絵は面白いとは思わなかった。

どこかでセミが鳴き続けている。セミの声を聞いていると、気持ちがぼんやりしてきて目の前の情景さえも真っ白に染まってしまうようだ。草籠《チョロン》がきのうやってきた時から私の心はぼーっとしている。草籠《チョロン》はようやく歩けるようになったと言って刺繍の道具を持ってやってきた。足を痛めて座ったきりなので退屈だと始めた刺繍だった。何がうまくいかないのか最後の仕上げを私に頼みにきたのだった。それは前に私が下絵を書いてあげた葡萄の刺繍の絵だった。布には草籠《チョロン》が何度もほどいた跡が残っていたので毛玉をほどき重なった部分をきれいにしてあげた。

「これで何を作るの？　布が小さいから枕覆い？」

「そうね……　煙草入れ。そうじゃなければ匂袋。兄さんにあげようかしら？」

草籠《チョロン》がニヤッと笑って私の様子を伺う。

「葡萄じゃなくて花と蝶のようなもので下絵を一つ描いて。そうでなければ直接一つ刺繍をしてくれてもいいし。兄上が大喜びすると思う」

私は錐《きり》にでも刺されたようにびくっとする。

「まあ、何を馬鹿なことを」

「馬鹿なこと。馬鹿なことでも起きればいいのに。退屈でたまらない」

大きなあくびでもしそうな草籠《チョロン》のぼうっとした顔に突然生気が宿った。

「ねえ、うちの兄上のこと……どう思う？」

「何を言ってるの」

草籠《チョロン》が私をつかんで引き寄せる。

「私が言うべきことか分からないけど。兄上に知られたら大変だけど。昨日、探し物があって兄上の部屋の壁の戸棚を空けたら、なんと。韓紙にしっかり包んだ紅花がでてきたの。この家の紅花よね。いつかこの家に来た時に紅花が一つ残らずなくなっていたことがあった。それから紙も結んであった。切々とした恋文だった」

頭の中が空っぽになった。胸がドキドキし、上着の襟口がゆれていたほどだ。私はしばらくぼんやりと座っていてから何気ない顔をしてまた針を動かした。

「まあ。なに、その顔。血の気がひいて真っ青よ、二人とも私の目はごまかせないわよ。昔から気付いてた。旧正月の十五夜の夜に南大川の橋の上ですれ違ったとき、ずっと後を追いかけてきたあなたの視線が忘れられなかった。兄上も昔からあなたを胸の奥深くに秘めてきたのね。間違いない。兄上が最近、あなたのことをよくたずねるの。そして夜になると一人で玄琴《コムンゴ》を弾き、そのまま眠らずに明け方まで庭を歩き回っている、少しおかしいの。そして突然、秋夕《チュソク》*の翌日、一緒に月見に行こうと言ったの。もともと月は十五日よりも十六日のほうがもっときれいだって」

中国の詩人、蘇東坡がその詩「赤壁賦」で満月よりも十六夜がもっと良いと言っていた。草籠《チョロン》がささやいた。

「まあこれは事実よね。うちの兄上、足りないところなんて何もないわよ。顔はいいし、心は海のように広いし、学問も才能もずば抜けてる。ただあなたとは格が若干合わないということ、生まれ着いての身分が少し劣っているということ……。それは兄上のせいでも、誰のせいでもない。ただ悔しいだけ」

私は何も言わずに刺繍の針を動かしていた。白い絹の布に突然紅い絢爛たるキンレンカの花びらが広がる。深く刺しすぎてしまったのだ。血が滲んでくる指を慌てて口に含んだ。生

＊　旧暦の八月十五日、十五夜の中秋の名月の夜。

臭く、哀しい味が口の中に広がる。

旧暦八月の秋夕《チュソク》まではもう一ヵ月しか残っていない。痛いほどだった夏の日差しも日に日に穏やかになってきた。セミの鳴き声を聞いていると眩暈《めまい》がしてきた。私は目を閉じた。俊瑞《ジュンソ》の姿が絵のように思い浮かぶ。そんなに神妙な才能なら、人の心も描けるはず……。後ろを振り返りもせずに馬を走らせて行った俊瑞《ジュンソ》の最後の言葉が思いだされた。その言葉があの日、雨の中聞こえてきた玄琴《コムンゴ》の音色を背景に、頭の中で繰り返し聞こえている。俊瑞《ジュンソ》の心は、そして私の心はどんな形をしているのだろう。人の心はどうやったら描けるのだろうか。

別堂《ピョルダン》の外から父の呼ぶ声が聞こえた。

「仁善《インソン》、準備はできたかい」

私はその声を聞いてようやく我に帰るとあわてて外出の準備を始めた。父と一緒に海を見に行くことにした日だった。父は処暑が過ぎ暑さがやわらげば漢陽《ハニャン》に戻ると言っていた。本家で秋夕《チュソク》の祭礼をしなければならないからだ。万一、俊瑞《ジュンソ》と草籠《チョロン》と一緒に秋夕《チュソク》に月見をしても、その頃には父上はいないだろう。なぜか少しほっとした。それでいて俊瑞《ジュンソ》との月見を想像している自分自身に驚いていた。想像するだけならかまわない、想像するだけなら。あれこれと制約の多い女人の身でも人の心は天のように、海のように果てしないもの……父上は家の中で草虫図や花鳥図を描いている私に海を見せたいとおっしゃる。いやもっと広い世の中を見たいと思っていることに気付いていらっしゃるのかもしれない。

父上は馬を一頭借りた。そして私が乗っていくロバも探そうとしたが、私は父と一緒に馬に乗りたいと言い、父上の後ろに乗った。父上の背中は広くてがっしりとしていた。道袍《ドポ》の裾をなびかせる風にのって父の匂いがした。汗の臭いのようでもあり墨の匂いのようでもあった。闇の中を馬に乗って走り去った俊瑞《ジュンソ》の姿が目の前にちらつく。前にいるのが俊瑞《ジュンソ》だったらどうだろう。どんな匂いがするのだろう。私は目を閉じ俊瑞《ジュンソ》の馬に乗っていく自分の姿を頭の中で描いてみた。そして頭を振りながらそっと目を開ける。揺れる馬の上、斜めから降り注ぐ夏の日差しの中、過ぎ行く江陵《カンヌン》の村の風景を目を細く開けて眺めていた。この地にこれから後、どれだけいることができるだろうか。嫁に行くことになればここを離れなければならない。どこに行って暮らすことになるのだろう。秋の日に霜のおりた菊の植木鉢を動かすように主人の意に従い動かされるのだろう。ああ、そんな生き方は嫌だ。

「江陵《カンヌン》の村は本当に良いところだ」

父が言う。

「漢陽《ハニャン》よりもですか」

「漢陽《ハニャン》は王様がいらっしゃるところで、世に出ようとする男たちの空間だ。大関嶺《テグァルリョン》が屏風のようにそびえ、東には遠く広がる東海の海と鏡のような湖があり、人々は礼儀正しく人情に厚い。私は漢陽《ハニャン》ですべきことがなくなれば、晩年にはここに降りてきて静かに余生を送りたいと思う。どうした。漢陽《ハニャン》に行きたいのかい。嫁入りは漢陽《ハニャン》にするかい？」

ははは……背中に耳を当てている私には父の笑い声が深い井戸の底から聞こえてくるようだった。「まあ、父上そんなこと。私もここが好きです。ここを守って生きていきます」

「お前が息子なら何の心配があろう。心ではお前をすでに息子だと思っておる。しかしお前の心に重荷を負わせるようなことは絶対にしない。ただ私の娘だからというのではないが、女に生まれたために狭い世界で生きていかなければならないのが可哀相でもある。女も人間なのに、お前にだけは世の中を見せてやりたい。学識と見聞が広がると女人の人生は荒々しくなると言う人もいるが女も女次第、器が大きくすべて受け入れることができれば、そのようなものが自分自身の人生だけでなく後世の子孫の人生にも深い影響を与えるだろう。もしかすると女人の人生はただ一つの人生で終わるのではないのかもしれない。母が立派なら子どもも立派になるもの」

「女の人生は下絵になるだけなのですね。夫と子どもたちのための……」

「嫌なのかい?」

父が振り返った。私は唇をぎゅっとかみ締めて何も答えなかった。なぜだろう。最近になり何かと言えば腹が立ってくる。感情の起伏が激しく、わけもなく涙がでてくるのだ……

「それが本当に女の喜びになるのでしょうか?」

「ほお!　お前の母上が何か言っておられたのかい。お前の母上こそ良い妻であり賢い母だよ。不幸だなんて言ってたのかい?」

私はそっと口を閉じた。母上、もう十年以上、実家の両親の世話と子どもの世話で夫との情を思いっきり交わすこともできない女人。母はいつも温和で、怒ったことなど一度もなく静かにそっと話をされる方だ。母上は子どもたちの前で自分の運命を嘆いたこともなく、不幸だと愚痴ったこともない。しかし本当に幸福なのだろうか。

「お前が息子ならこのように馬に乗せて浩然の空気の中でおおらかに育てていただろう。鏡《キョン》浦《ポ》八景という言葉を聴いたことがあるかな?」

「はい」

「説明してごらん」

「ウーン……緑豆日出、竹島明月、江門《カンムン》漁火……」

「きょう見せてやろう。さあよく聞くんだ。第一景、緑豆日出とは、鏡浦台《キョンポデ》の真東の方向に位置する緑豆亭、つまり寒松亭から眺める陽の出が壮観だということ。東海《トンヘ》の海からのぼる真っ赤な太陽の荘厳で神秘的なこと。実は私もまだ二回しか見たことがない。第二景、竹島明月とは。鏡浦湖《キョンポホ》の東側にある盆型をした小さな茂みのことで、山竹がぼうぼうと生えているので竹島と呼ばれている。東の水平線の向こうから上る十五夜の月明かりが空と海と湖でつながり数十里の月光の柱を作るというのだから、なんと神秘的で荘厳だろう。第三景、江門《カンムン》漁火とは、江門《カンムン》は鏡浦湖《キョンポホ》の東の河口で海に通じるところだ。江門《カンムン》の近くで夜、烏賊《いか》を釣る烏賊釣り船の明かりが鮮やかに水に映る姿が一品だという。第四景は草堂翠煙だ。そうだ、お前は草堂翠煙がなんだか知っているはずだ。沈判書《シムパンサ》の還暦宴に行っただろう。あそこの村は盆地になっていて緑地が多く背の高い長松が茂っている。それでシル峰に陽が暮れてあたりが薄暗くなると夕焼けの中で眺める盆地は夕飯の飯を炊く白い煙が夕焼けと合わさり実に静かでのどかな姿に見えるというのだ」

草堂翠煙。突然、佳然《カヨン》に会いたくなった。まるで霧の中に降りてきて道に迷った仙女のような可哀相な佳然《カヨン》。どうしているのだろう。外の世界に背を向けて仙界の夢に浸り物語を書いているのだろうか。最近は佳然《カヨン》から連絡がなかった。

「第五景、紅粧夜雨。昔、紅粧《ホンジャン》という妓生《キーセン》がいた。江陵《カンヌン》に都から監察士の朴信《パクシン》がやって来たので江陵《カンヌン》の副司は紅粧《ホンジャン》を呼んで舟遊びをして接待させた。美貌に抜きん出た紅粧《ホンジャン》は朴信《パクシン》から十分に愛されたが、二人は結局は別れることになった。朴信《パクシン》のことを忘れられなかった紅粧《ホンジャン》は湖水の岩に座って毎日毎日、彼のことを想いながらすごしていたがある日、霧の中から朴信《パクシン》の自分を呼ぶ声が聞こえ、その声に導かれるように湖に落ちて死んでしまったという。人々はその岩のことを紅粧《ホンジャン》岩と呼んでいるが、霧が出て雨が降る日には女人の悲しい泣き声が聞こえてくるという」

「まあ、恐い。亡霊になったのでしょうか。人々がそんな恋物語を作り上げたのではありませんか」

「さあどうだろう。第六景、甑峰落照。日没のときに、シル峰に落ちる落照と合わさり彩雲が鏡浦湖《キョンポホ》に映るとその光景は息がつまるほどに美しいという。第七景は喚仙吹笛だ。シル峰、サンソン峰には静かな月明かりの夜になると雲の間から囲碁を打つ神仙の笛の音が聞こえてきて、その音は鏡浦台《キョンポデ》まで聞こえてくるようだといって付けられた言葉だ。最後の第八景は寒松暮鍾、寒松亭で日暮れ時に打つ鐘の音が鏡浦湖《キョンポホ》の静かな波に乗り神仙が遊ぶ鏡浦台《キョンポデ》までゆっくりと聞こえてくるようだというのだ。どうだい？　絶景も絶景だが昔の人々の風流には頭が下がる」

父と話をしている間に馬は蒼玉色の東海の海に着いていた。何かの機会に遠くから東海《トンヘ》の海をかいま見たことはあったが、こんなふうに海と真正面から向かい合うのは初めてだった。胸が開くようだった。押しつぶされるようだった胸が、山から吹き降ろしてくる風を受けて、なんの遮るものもなくどこまでも広がっていくようだった。私は胸の奥深くまで海の空気を吸い込んだ。雑多な砂浜の匂いが鼻をかすめる。果てしなく続く砂浜は餅の上にかけるきな粉のように白く美しく、浜には白い泡を含んだ波が寄せては引いていた。初めて見る不思議な光景だった。魚釣りの船が海の上にところどころに浮かんでいた。

ときどき夕餉《ゆうげ》の膳にあがってくる魚はあの漁師たちが捕まえて来たものなのだろう。農夫たちに感じていた感情とはまた違った感情がこみ上げ、突然、目頭が熱くなった。花と蝶の世界、野菜と草虫の世界、そして文字で出来ている閉じ込められた世界からこのような広い世界に出てくることができるなんて。ああ、世の中はどこまで広がっているのだろう。私が知っている、そして私が生きていく間に出会うであろう世の中はどれほどだろう。父は陽が沈んだら知り合いの漁師の家に行って夕餉を取るという。とったばかりの新鮮な魚の味を味わわせてくれるという。

「父上、不思議です。こんなに広い世の中があるということが。鳳仙花の花びらの上を歩く蟻が世の中の広さを知らないように、自分が蟻のような小さな生き物のように感じられます」

　私は馬から下りて。履物と足袋も脱いで裸足で砂浜を歩いた。日差しに当たったことのない白い瓢箪《ひょうたん》のような二本の足が柔らかな砂にすっすっとはまって行く。きな粉のような砂が足の指の間に入り込んでくすぐったかった。父上はそんな私の姿を微笑みを浮かべて見守っていた。いつの間にか海の色が暗くなってきた。もうすぐ夜の闇がやってくるようだ。霧のせいか。馬に乗った父上の顔が粗く織られた木綿の手拭でもかかったようにぼんやり見えた。砂浜では幼い男の子たちが遊んでいる。

「あの裏のほうが竹島だ。そうだ。今日は何日だったかな。十五夜ではないかな。もしかすると風情のある月と波が見えるかもしれないな。鏡浦《キョンポ》八景の中の一つだけでもちゃんと見ることができれば……。まちがいなく、白眉だ」

　父が指さす方向を眺めると何かの影がさっと通り過ぎたようだった。狢《むじな》か子狸《こたぬき》だろうか。しかし山竹が生い茂る場所から姿を現したのは馬に乗った若者だった。彼は馬を返して海辺にでてくると思いっきり馬を走らせた。馬の足元から上がる砂ぼこりが波よりももっと荒々しかった。彼はそうやって荒々しく馬を走らせながら何度も砂浜を往復していた。そしてその若者は波の立つ海の中にも入って行った。そのまま海に落ちて死んでしまうのではと、見ているだけで心配でたまらなくなった。大きな波が押し寄せてくると、馬が驚いたのか大きな鳴き声をあげて後ずさりした。男が馬の上で危うい姿勢のまま立ち上がり、そしてまた馬の背にもどった。

「血気盛んな頃だ」

父上が何気ない口調で言う。若者は少し前の血気はどこに消え去ったのか、突然考えにひたるように深く頭を下げると馬に体を預け、馬の行くままにさせていた。何かを深く考え込んでいる若者が私のほうにやって来た。ポクポク。馬の振動に無心に体を預ける若者は近くで見るとまだ幼かった。若者の姿が近づいて来ると胸がドキドキしてきた。俊瑞《ジュンソ》。髪の毛が総立ちになり、口の中には杏の汁のような甘酸っぱい唾が広がる。私の横を通り過ぎていく。俊瑞《ジュンソ》は顔を上げない。何かに落胆したようでも、怒りを静めているようにも見えた。私は服の紐をぎゅっと握り締め、一度でも振り返ってくれることを強く願った。馬は私の傍を通り過ぎる際に尻尾を振り、その際に私の目に砂が飛び込む。目が痛く熱い涙があふれた。馬はどんどん遠くなり私は握り締めていた服の紐を目の端にあてる。こんなに近くにいながら、こんなふうに行き違うのに私は何もできないで見守っているだけだなんて。
漁師の家で捕れ立ての魚で夕餉を食べてから私は父上にせがんでまた海に出た。海は月光が静かに光っており、まるで銀糸で織った絹布を広げたようだった。小さな船が一隻、危うげに揺れている。静かな月光のせいだろうか、その風景が哀しく寂しそうに見える。砂が入って痛かった目からまた涙があふれてきた。ああ、月光の下で揺れているあの孤独な船が、まるで私の心のように見える。ああ、俊瑞《ジュンソ》は……心が描けるかと言っていた。彼の心のことだろうか。私の心のことだろうか。ああ、描いてみたい。そして見せてあげたい。私の心と同じあの船を。その孤独で寂しい情景を心の中の画帳に収めた。そして絵の題目を一字一字頭の中に書き下ろしていった。
月下孤舟図
その夜。海から戻った私は初潮を見た。

ああ胸が苦しい。痛い。金縛りなのか
誰かが私の体をギュッと抱きしめて締め付ける
いや、私が何かをぎゅっと抱きしめているのだ
ああ、痛い。棘《とげ》が体中の肉を刺す。

第十二章　連理の木

蚊の口も暑さで曲がってしまうという処暑も過ぎて気候はだんだんと涼しくなり、江陵《カンヌン》に長い間とどまっていた父も漢陽《ハニャン》に旅立っていった。田畑には収穫を終えた稲叢《いなむら》が堆《うずたか》く積まれていたが黄金の波が揺れているところも多かった。父上が去った家の中はなぜか収穫を終えた田んぼのようにガランとしていた。しかし一方では父上のいない家は自由な空気に満ちてもいた。天候がさらに寒くなればツバメも江南《カンナム》に旅立ち、その代わりに鏡浦湖《キョンポホ》にはオシドリや冬の渡り鳥がやってくるだろう。先日、海に行った後から私には広い世界に対する押さえ切れない好奇心が生じた。幼い頃、安堅《アンギョン》の「夢遊桃園図」の山水画の真似をしていた時とは違っていた。あれは死んだ絵だった。目の前に広がる大自然は生々しく息づく絵だった。

その力と感動と興奮を画帳に移したかった。絶景と言われる金剛山《クムガンサン》*はおろか江陵《カンヌン》の海さえ一人で行くこともできないので、せめて近くの鏡浦湖《キョンポホ》だけでも何度も行って水の上で遊んでいる白鷺や水鳥を描いてみた。

しかしそれさえも簡単ではなかった。お下げ髪をたらした乙女が画帳を手に人里離れた水辺に座っていると、通り過ぎる若者や男たちは鋭い目つきで見ていった。その視線は体にこびりついてくる感じだった。絵を描きに家の外に行くというのは頑固なお祖父《じい》様やお祖母《ばあ》様には口にすることさえできないことだった。しかし母上は気づいている様子だった。草籠《チョロン》の家に遊びに行くと言ってはいたものの良い顔はしなかった。いつからか草籠《チョロン》と仲良くすることを憂慮しているような様子だった。しかし母上は普段から男女の差別や身分の上下よりも善良な人間の道理を強調しており、妹たちにも召使に対してぞんざいな態度をとるのではないと厳しくしつけていた。思慮深い母は深い眼差しで、それでいて細やかに私を観察していた。そんな時にはいつも、いや大人になればなるほど女人として生きていく人生が本当に不便だと思うようになっていった。世の中に目を向ければ向けるほど、やりたいことが溢れてくるというのに……男なら何でもないようなことを女だというだけで制約を受ける。いっそのこと男装でもしようか？　それで自由に野山を歩き回り山水画を描きたかった。

時には草籠《チョロン》が傍にいてくれた。私のそんな不安を草籠《チョロン》が知らないわけがない。しかし草籠《チョロン》がいるともっと人目を引いてしまうのだった。好奇心旺盛な草籠《チョロン》は通り過ぎる男たちをじっと見つめた。それでいて流し目をしたり、声をかけようとする男たちに対しては、じろっとにらみつけた。それに草籠《チョロン》は絵を描いている私の隣でじっとしていることができなかった。気分が良くなれば自然に一人で肩を揺らして歌を歌い、集中している私にやたらと話しかけてきた。

「仁善《インソン》、こんなことしてるより兄上と一緒に来たら？　たくましい男がいれば誰も何だかんだ寄って来ないだろうし、絵にももっと集中できるわよ。兄上は江陵《カンヌン》の山川の景色の良いところはすべて馬で走り回って知っているから案内もしてくれるだろうし。そう思わない？」

できればそうしたかった。十五夜が近づいてくると草籠《チョロン》は前に俊瑞《ジュンソ》が提案した月見の宴をしようとせがんできた。そんなある日のこと、草籠《チョロン》が俊瑞《ジュンソ》の手紙を持ってきた。詩経に出てくる詩句を書き連ねたものだった。書体は力にあふれ剛直だった。しかし手紙を読むと、その詩にこめられた繊細な心のひだが感じられ、むしろ胸が痛んだ。

＊　江陵《カンヌン》の北約一四〇キロにある景勝地。現在は北朝鮮の領土。

曀曀其陰　日は実に陰鬱とし
虺虺其雷　ゴロゴロと雷の音が聞こえてくる
寤言不寐　眠りから目覚めると、眠気は飛んでいき
願言則懐　思えば恋しさだけが深まる

数日前に季節はずれの遅い秋の長雨が過ぎていった。雨が降り、風が吹き、雷が鳴り響くと、私もまた不思議なことに簡単に寝つけなかった。閉じた目の裏には彼の姿が影のように浮かんできて、耳元には俊瑞《ジュンソ》の玄琴《コムンゴ》の音がかすかに聞こえてくるようだった。

草籠《チョロン》を通じて伝えられた確かな恋文。俊瑞《ジュンソ》の心がはっきりと感じられる詩だった。俊瑞《ジュンソ》としては勇気を奮い起こしたのだろう。しかし返事を出すことはできなかった。私は恐ろしかった。頭の中ではずっと「恐いと思わなければいつかはその恐ろしい運命に陥ってしまう」という周の国の聖王の言葉が渦巻いていた。いくら草籠《チョロン》が心を許せる友人であっても俊瑞《ジュンソ》に対する私の感情を知られるのは嫌だった。いや、それよりもその「恐ろしい運命」が恐ろしかったのかも知れない。しかしそれだけだった。草籠《チョロン》もそれ以上は何の話もせず、俊瑞《ジュンソ》もま

たそれ以上は手紙をよこさなかった。それなのにおかしなことに私の心は波紋の起きた湖水のように日に日に恋しさがつのり、波紋が広まっていった。
そんな時には、私は心を正して経典を読み「穏士の歌」を詠んだ。

楽しい山の奥、あなたの心は広がる
一人で眠り一人で話し　忘れまいこの心の警戒を
楽しい丘の下　あなたの心はゆったりする
一人で眠り一人で歌う　あやまるまいこの心の警戒を

その中でも「一人で眠り一人で話し　忘れまいこの心の警戒を」と「一人で眠りにつき一人で歌う　あやまるまいこの心の警戒を」のところでは強い祈りの気持ちをこめた。たとえ心の一かけらでも彼にあげてしまうことのないように。心の警戒を固く守らせてください。心の警戒……しかし警戒をすればするほど荒野の番人のように寂しかった。孤独が深ければ深いほど、錐のように鋭く深い境地に到達できるのだと自らを慰めた。自分自身がだんだん恐くなっていった。秘めた私の心の正体は何なのか。流れる水のように止めることもできず、霧のように閉じ込めることもできず、風のように摑むこともできないこの虚しい心は。他の娘たちもそうなのだろうか。草籠《チョロン》も、佳然《カヨン》も、私のように複雑な気持ちを抱いているのだろうか。恥ずかしく恐ろしかった。祖父母や両親の愛情を一身に受けている私の本性が実はこんなにも軟弱で醜悪なものであるということを知ったなら……想像しただけでも身がすくんだ。もういちど心を固く保とうと誓った。結局、十五夜の翌日の晩に会おうという俊瑞《ジュンソ》と草籠《チョロン》の誘いは断固として断った。

*

佳然《カヨン》の家から使いが来た。輿を送るからそれに乗って一度来て欲しいという佳然《カヨン》の手紙を持ってきたのだ。気になっていたところだったので私は喜んで輿にのり佳然《カヨン》に会いに出かけた。佳然《カヨン》は黄色く萎んでしまった柏《かしわ》のようにやつれた顔で私を迎え、私たちはことばなくただただ手をとり合っていた。佳然《カヨン》の手は氷のように冷たかった。しかしその二つの目はより鋭く深くなっていた。そしてその目からは涙があふれてきて瞳が玉のようにきらきらと輝き、その孤独がひしひしと伝わってきた。佳然《カヨン》はその間、兄さんたちの言いつけで厳しい家庭教師のもとで学問に邁進していたという。名門の士大夫《したいふ》*の家風を受け継ぎ若くして進士の初試に合格し官僚への道をまっしぐらに歩んでいた二人の兄は空想にふけるただ一人の純真無垢な妹の前途に必要以上の不安を抱いていた。妹には家で適当に学問をさせてから漢陽《ハニャン》の名門の士大夫と結婚させて立派な家庭を築かせることが自分たちの道理だと考えていた。それが庶子の娘と仲良くしているという噂を聞いて家の体面を汚したといって怒り、佳然《カヨン》をほとんど監禁状態にしてしまったのだ。その後、佳然《カヨン》は次第に食欲をなくしてどんどんやせ衰えていき、見かねた母が佳然《カヨン》の願いを聞いて私を呼びにきたということだった。佳然《カヨン》の願いとは、兄さんたちの意に逆らうことはしない、ただ私と一緒に家で勉強をしたいというものだった。

「生きてる気がしないの。私はこの世の中に間違って生まれてきたんだわ。私の生きる場所はここにはない気がする」

二人きりになると佳然《カヨン》は私を見つめて悲しそうにつぶやいた。部屋の外では下女が漢方薬を煎じているのか苦い薬の臭いとばたばたという団扇《うちわ》の音が聞こえてきた。

「そうね……そうかもしれない。あなたは月から間違って降りてきた仙女なのだわ」

＊　科挙に合格した高級官僚で、地主、文人の三者を兼ね備えた者。

私がそう言うと佳然《カヨン》の目がぱっと大きくなり、あっというまに涙があふれてきた。

「まあ何ということ！　あなたもそう思う。この世は私にとっては監獄よ。王宮もこんなに息がつまったりはしないはず。十五夜の夜はもっと哀しいの。可笑しいでしょ？　大黒柱に紐をかけて首吊りでもしたくなるほど。医者は肺が弱くて生じた鬱病だと言っていたけど、私には分かる。私は仙界に帰らなくてはならないの」

仙界に帰らなくては。その言葉を口にした時の佳然《カヨン》の目には閃光が輝いた。私の胸にも訳の分からない不安な影がさしてくるようだった。

「あなたたちが羨ましい。草籠《チョロン》の身の上でさえどんなに羨ましいことか。私がいなくても楽しく暮らしてるでしょう。何か面白いことなかった？」

私は草籠《チョロン》が脚を痛めてあまり遊びにも来られなかったという話をした。

「どうして？　怪我をしたの？」

「それが……十五夜の月が輝く晩に草籠《チョロン》と草籠《チョロン》の兄上がその情緒を満喫したくて奥深い渓谷を訪れたそうなの。そこの岩の上で兄さんは玄琴《コムンゴ》を演奏し、草籠《チョロン》は興《きょう》にのって岩の上で踊りを踊っていて滑ったんだとか。ほらあの娘《こ》の溢れるような興、分かるでしょう」

突然、佳然《カヨン》が笑い出した。その笑い声があまりに大きく明朗だったので薬を煎じていた下女が驚いて部屋に飛び込んできたほどだった。

「びっくりした！　お嬢様！　うちのお嬢様の笑い声を何ヵ月ぶりかで聞きました。まあ、奥様、お嬢様が……お嬢様が笑ってます！」

下女さえも口が芍薬《しゃくやく》の花のように大きくはじけていた。

「アイゴー、仁善《インソン》、私のおへそはどこに行ってしまったの。草籠《チョロン》が、あの娘が月夜に玄琴《コムンゴ》の音色にのって渓谷の危ない岩の上で踊っていて、調子に乗りすぎて水にすべり落ちたなんて、きっと月夜に仙女のようなすまし顔で口をすっと結んで踊ったのね。それがアッ！　と言って水に落ちた様子、目に浮かぶようだわ。アハハハハ」

佳然《カヨン》があまりに痛快そうに笑うので、私も踊りながら水に落ちた草籠《チョロン》の姿が自然に頭に浮かんできてしまい、二人で転げまわって笑い続けた。

「まあ何という月夜の風流。その兄にしてこの妹ね。兄上も草籠《チョロン》みたいなの？」

佳然《カヨン》が目元の涙を拭き拭き笑いをおさめてたずねた。私はなんと答えてよいか分からなかった。

「そうね、草籠《チョロン》の話では幼いにもかかわらず風流も知り才能も豊かだということ。実の兄でなければ嫁に行きたいとか」

「いいわね。うちの兄上たちとはなんて違うのかしら……」

佳然《カヨン》が溜息をもらした。私は父と海に行った話を聞かせた。

「まあ。私は生まれてから一度も海に行ったことがないわ。それで海ってどんな様子？」

私はあの日見た海の姿を絵に描くようにゆっくりと説明していった。青く揺れていた東海《トンヘ》の海の波や、きな粉のように綺麗な白い砂浜。カモメ、魚の匂い、漁師たち……なかでも月光に揺れていた夜の海の様子を。そしてその水の上に浮いていた一隻の魚釣りの船についても。しかし家に帰って初潮をみたことと、海で偶然に俊瑞《ジュンソ》と会い、俊瑞《ジュンソ》のことを考えながら寂しい思いで「月下孤舟図」を描いたことは言わなかった。

「ああ同じ月光の下でもこんなに違う人生があるなんて。だれかは月光の下で踊りを踊り、誰かは月光の映る海を描き、誰かは月夜に大黒柱で首を吊ることを考えてる……」

佳然《カヨン》の顔がまた暗くなった。

「佳然《カヨン》。人は皆、自分の置かれた身の上に満足できないみたい。あなたが羨ましいと思う私はあなたが羨ましい。佳然《カヨン》は家が豊かだからいくらでも学問をできるし、兄上も二人もいるから家のことも心配ない。一人娘だから皆に愛されているじゃない。あなたはたくさんのものを持っている。私はいつも自分の人生が自分だけのものではない気がして悲しくなるの」

そのとき佳然《カヨン》の母が部屋に入ってきた。

「佳然《カヨン》が笑ったですって。まあ、佳然《カヨン》の顔が花よりも明るくきれいだこと。これもみんな、仁善《インソン》のおかげだわ。なんとまあ、仁善《インソン》は見れば見るほど品があって福にあふれているわね。うちのソンダム、キュダムが未婚ならすぐにでも嫁に迎えたいほどだわ」

その後、佳然《カヨン》の家で一緒に勉強をすることになった。最初、祖父は良い顔をしなかった。しかし私が孤独な佳然《カヨン》の友人になりたいと懸命に頼むと、祖父は私をまっすぐに見つめて情が深いのも時には病気だとひとこと言って許してくれた。輿《こし》は三日に一度ずつやって来た。佳然《カヨン》の顔には日に日に喜色が浮かび、私もまた生まれて初めて家庭教師の下で学問に励むことができ、日照りの大地に恵みの雨が降るように勉強にいそしんだ。先生は、佳然《カヨン》の文章は豊かで流麗、私には、記憶力と洞察力がこれまで見てきたどんな弟子よりも素晴らしいと賞賛を惜しまなかった。

＊

太陽はどこにいったのだろう。木の枝の間に私は陽を探してみた。もう少し早く出てくればよかった。きょうは佳然《カヨン》の母上が親戚の誕生日の宴に行くのだと輿に乗っていってしまったので私は歩いて帰るほかなかった。佳然《カヨン》は、母が戻ってくるまで待つか、兄上の馬に乗っていくか、召使を連れて行けばどうかと言ってくれた。しかし私はすべて断った。冬至の月の冷たく刺すような日差しを浴びて、久しぶりに一人でのんびり歩いて家に帰りたかったからだ。草堂《チョダン》村から北平《ブッピョン》村まで狭苦しい輿の中で過ごすのがたまらなく残念でもあった。周りの山が色とりどりになる紅葉を十分に見てそれを絵にしたかったのだ。しかしそんな理由で深い山中で輿を止めることはできなかった。そうやって秋を送り今や収穫も終わり、野道や山道の草も倒れ、木々は落ち葉となって完全に丸裸になっていた。水あめのように透明で甘かった日差しが野道を過ぎ、山道に差しかかる頃になるとぼんやりしてきた。家に帰る途中の最も深い森の中を通り過ぎるところだった。ここさえ過ぎれば野原から村の道へとつながる。ニシキギ、ヌルデは紅く色づき、枝に黄色の葉がついた萩の木の葉は斜めに差す日差しに金冠のように輝いてさざめいている。深い森は薄暗く静かだった。あまりに静かなので恐くなるほどだった。落ち葉を踏みしめる音にもドキッとしてしまう。突然、足元から雉《きじ》が一羽ばたばたと飛び上がり、驚いたせいで思わず足が止まってしまった。ああビックリした、私は両手で胸を撫で下ろした。そしてわざと空咳をすると手にした本の包みをしっかり抱きしめて歌いだす。恐ろしさに足がガクガクしていた。

「クウォン、クウォン、チャンソバン。クウォン、クウォン、チャンソバン。どこに住む。山の向こうに住もう。何食って暮らす。豆皮剝いて食べ暮らそう。誰と暮らす。子どもと暮らす」

そういえば雉はツガイだった。オスとメスの雉が仲良く遊んでいた。メスよりオスの雉のほうがはるかにきれいだった。枝の間から少しだけ日差しが差してきた。日差しにオスの羽が奥妙に輝いている。私は歌をやめて用心深く雉に近づいた。まあ、かわいいこと。不思議ね。獣はなぜオスのほうがもっと美しいのかしら。雉が幹の太いアベマキの木を間にして鬼ごっこをしているように見えた。目に閉じ込めるようによくよく見なくては。そして今度は雉を描いてみよう。あの羽の奥妙な色はどうすれば出せるのかしら。彩色を考えるだけでもう浮き浮きしてきた。

どれほど雉に集中していたのか、おかしな音に気づいたときにはすでに目の前に真っ黒な物が立ちふさがっていた。枝の間からにじみ出てくるわずかな夕陽を背にして現れたそれは陰惨に喉を鳴らしていた。野良犬？　狐？　恐ろしい獣の目と目が合い体中の力が抜けてしまいそうだった。獣は威圧的に一度うなり声を上げるとその場をぐるぐると周りだした。突然、森から現れた野獣のせいですっかり驚いてしまった私はただただぼんやりと立ちすくんでいるだけだった。その荒々しい野獣は雉のようにきれいでも大人しくもなかった。目からは火打石を打ったように、夕陽に二つの目が赤く輝いていた。落ち着かなくちゃ。恐怖に陥った私はようやく気を取り直して獣にあやすように哀願してみた。友と考えていた小さきものたち、バッタに、鳥に、野鼠に声をかけるように、さあ、いい子ね。私はあなたを憎んではいないし嫌いでもないのよ。だから私が道を行けるようにお願いだから静かに来た道をもどってくれる？　しかし野獣は腹が減っているのか、気が荒立っているのか私に飛びかかってくる勢いだった。息をしているすべてのものたちと心は通じると信じてきた私だが瞬間、死の恐怖が押し寄せてきた。ああ、こんなふうに山の中で死んでしまうんだ。いくら学問をして絵を描くような高邁な人間でもただの餌食になってしまう、山ウサギや野鼠のように死んでしまうのだ。あまりにも虚しく、悔しくて悲鳴さえ出なかった。

野獣が近づいてきた。私は本の包みを胸にしっかり抱きしめて震えているばかりだった。野獣が私の傍らを徘徊する。そのうなり声は低く私の周りの空気を裂いていく。突然野獣が私に向かって飛びかかってくると思った瞬間、私は道に倒れていた。世の中がその獣の体の色に染まりぐるっと回転した。そのとき何かの音を聞いたような気がしたが、そのまま意識が遠のいてしまった。

誰かが私を呼んでいる。瞬間、気を失ったがすぐに正気を取り戻したようだ。まだ生きていると思った瞬間、たとえようもない熱い涙がこみ上げてきた。誰かが震える私の肩に手をのせる。温かい手だったが本能的に後ずさりした。そして体を起こして座りなおした。

「もう大丈夫、大丈夫です」

顔をあげるとそこにはどこかで見た人がいた。その人はかすかに笑っていた。

「本当に驚いた。大変なことになるところでした」

どうして俊瑞《ジュンソ》がここにいるんだろう。これは間違いなく夢だわ。私はその間にもそっと口の中の舌をかみ締めて見た。夢ではなかった。俊瑞《ジュンソ》の顔を見ると我慢していた涙が嗚咽《おえつ》に変わった。

「驚いたでしょう、落ち着いて。天の助けです。虎やイノシシだったらどうするつもりでした？　冬になると食べるものがなくて飢えた山の獣たちがときどき降りてくるんです。長い間飢えていた狼でした。大丈夫、もう大丈夫ですよ」

俊瑞《ジュンソ》も心から胸を撫で下ろしていた。狼ですって？　狼はどこに行ったのだろう。チマには血が飛び散っていた。俊瑞《ジュンソ》が笑いながら肩にかけた矢筒を見せて答えてくれた。

「とびかかった時に矢を放ちました。運良く、一発であたったので狼はすぐに逃げて行きました。腹があまりに空いているようだったので追いかけはしませんでした。元気のない奴でしたがすぐに死んだりはしません。矢場で普段から練習を続けてきたのが幸いしたようです。それでも狼で幸いでした。雉のようなものはずいぶんたくさん捕まえましたが、イノシシのような奴だったら性格が凶暴なので大変でした」

俊瑞《ジュンソ》が自ら誇らしいのか自慢気に話している。私はよくやったという意味でうなずいて見せた。体中冷や汗でびっしょりで悪寒がする。彼が身につけていた外套を脱いでかけてくれた。拒絶する力もなかった。夏の日、海で父の道袍《ドポ》の端からしていた臭いとは違う臭いがした。一度もかいだことのない臭いだった。

「暗くなる前に下らなければ」

松の木の下に俊瑞《ジュンソ》の馬が立っていた。俊瑞《ジュンソ》が顎で示しながら笑顔でたずねる。

「今度も断りますか？」

胸がどきどきし始めた。断りたかったが体中が丸太のように固くなり動く力さえなかった。困ってしまった。熱い白湯でも飲んで少し落ち着けば体も自由になりそうだった。日没の山の中でこんなことが起きるなんて心底信じられなかった。それに気付いたのか俊瑞《ジュンソ》はそっと、しかし断固として手を差し出した。私は顔を上げなかった。俊瑞《ジュンソ》の眼光だろうか、そうでなければ残光だろうか。頭の上の白い分け目が熱く感じられた。

「出した手が恥ずかしいですよ。なんと傲慢なお嬢さんなんだ。命よりも尊いものがありますか。それなら手は出しませんが一人で馬に乗れますか？　それともまさかこんな目にあっても一人で山道を歩いていくと、意地を張るのですか？」

しばし目を伏せていた私は顔をあげ俊瑞《ジュンソ》の目をまっすぐにしっかりと見つめた。俊瑞《ジュンソ》の目元がしばし揺れ動き、今度は私が決心したように手を差し出した。私の傲慢な目つきと唐突に差し出された手に俊瑞《ジュンソ》の目つきも緊張している。俊瑞《ジュンソ》は差し出された私の手をぎゅっと握り締めるとひっぱり立ち上がらせた。力いっぱいひっぱったせいで、互いの体がぶつかりゴツンと音がしたほどだった。互いに顔を赤らめ思わず顔をさっと背けた。

俊瑞《ジュンソ》の馬に乗るなんて。あんなに避けようとしていたのに、こんな山の中でこんなふうに彼の背中にしがみついて馬に乗るなんて。馬のひづめの音のせいで心臓の鼓動が聞こえないことに心からほっと安堵した。それにしてもどうしてこんな山の中で、あの時、あの瞬間に俊瑞《ジュンソ》が現れたのだろう。それが不思議で仕方がなかった。

「どうしてこんな時刻にここに……」

私は我慢できずにたずねた。

「だから縁があるということでしょう」

俊瑞《ジュンソ》がいたずらっぽく大人の口調で答える。

ところが今度は馬を家に向かうのとは反対の方向に進めていく。

「家に帰る道とは違います」

「どうしても見せたいものがあるんです。命の恩人なんだから、一つくらいは願いを聞いてくれてもいいと思うんですが……すぐ近くです」

私は何も言えなかった。俊瑞《ジュンソ》がおどおどせずに堂々としていることに内心では驚いていた。連れて行かれたのは山道から少し離れた森の中だった。森はすでに暗くなっていて恐かった。今度は獣ではなく人間が恐かった。俊瑞《ジュンソ》が恐く、俊瑞《ジュンソ》とのことを知ったときの人々の反応が恐かった。草籠《チョロン》の兄である俊瑞《ジュンソ》のことを私はよく知らなかった。警戒心に気付いたのか俊瑞《ジュンソ》が言った。

「今、私のことを信じられないのなら、あなたがもっと辛いでしょう。すべてはあなたの心にかかっています……一切唯心造、とね」

俊瑞《ジュンソ》が馬をとめ私を馬から下ろしてくれた。緊張していた足腰はガクガクしていくことをきかず何度か転びそうになるのを俊瑞《ジュンソ》が手を握って支えてくれる。手をつないだまま草が生い茂る草むらの中に何歩か入って行く。闇の降りた森だったからだろうか、あまり恥ずかしくもなかった。男女七歳にして席を同じうせずと言う言葉が遠い国の話のようだった。俊瑞《ジュンソ》が一本の木を指差す。

「あの木を見て下さい。ときどき見にくるんです」

おかしな形をした木だった。太い幹をした曲がりくねった木だった。葉もすべて落ち、裸身の二つの体が一つにからみあい抱き合っている形の木。男女が向き合い、互いを抱きしめている形をしていた。

「連理の枝。いや幹からくっついているので連理木というべきかな。根っこは違うけど、幹も枝も互いに絡み合い一つになっている木です。この木の存在を知る人は江陵《カンヌン》の地にも何人もいません。風のようにさ迷っている私のような人間の目にだけ見つかるのでしょう。どうです。不思議でしょう。二つの体が一つになっている。美しくありませんか。これを絵に描いてみてはどうです……。自然には人間が考えるよりもはるかに奥妙な形象や理致がたくさんあるものです。もし私に才能があればこれをそのまま描いて見せたいのですが、残念ながらそのような才能がないので」

よく見てみると枝と幹は棘だらけだった。

「体中棘だらけ。棘の木ですね。この木の名前は何というのですか？」

「たぶん針桐《はりぎり》の木というのでしょう。昔から棘が多い木なので木の枝を家にかけておくと雑鬼を払うという俗説があるということです」

闇が急に降りた森の中の連理の木を前にしてしばし沈黙が流れた。妙な気がした。その瞬間がとてつもなく長い時間のように感じられた。未来永劫の記憶にまで刻印されるような強烈な感覚に鳥肌がたった。私は体を包んだ俊瑞《ジュンソ》の外套の端をさらにぎゅっと握り締める。

「男と女に生まれたなら……」

そのとき俊瑞《ジュンソ》が口を開いた。

「この連理の木の縁ほどなら、美しいと言えるのではありませんか。私はそんなことを考えました。この木を見るたびに。そしてあなたを見るたびに」

私ははっと息を飲み込んだ。俊瑞《ジュンソ》もことばの端が震えていた。夜になり森に戻ってきた鳥たちの鳴き声がうるさい。

「あれが美しいですって。自分ひとりの棘だけでも足らずに抱きしめている相手の体で互いを刺しているあの姿が？　私の目には抱きしめれば抱きしめるほど深い傷を与えているように見えるのですが……なぜ一人でまっすぐに大きくなろうとせずに、互いを拘束して必死にしがみついているのでしょう」

俊瑞《ジュンソ》はこの木にたとえて自分の気持ちを話しているのだ。分からないはずはない。俊瑞《ジュンソ》の言葉の真意が分からないわけではないが、なぜか私は素直にうなずいてはいけない気がした。

「世の価値はひとそれぞれでしょう」

俊瑞《ジュンソ》が私を見てうなずく。そしてすぐに決まり悪そうに黙り込んだ。馬に乗り帰って来る途中長い沈黙を破り俊瑞《ジュンソ》が口を開く。

「きょう、なぜ私があそこにいたのかとたずねましたね。偶然だと信じるのは難しく、必然だと思うのは嫌だったのですね。いつもあの時間にはあそこにいます。なぜかって。あなたが沈判書《シムパンサ》の家から帰って来る時間だからです。私があなたを遠くからでも眺めることができるのは、そのときだけですからね。輿《こし》に乗ったあなたの姿を、揺れる輿の窓越しの小さな顔を遠くからでも見ることができるから。そして帰り道にはまたこの連理の木を見ることができるから」

俊瑞《ジュンソ》は怒ったように喉をつまらせて話し終えると、一転して沈黙してしまった。私も胸がつまり口を閉ざす。村の入口で馬から下ろしてくれと言うと、俊瑞《ジュンソ》は何も言わずに私を下ろして帰って行った。

その日、たそがれ時に家に帰ると家族はちょうど夕飯を食べるのでばたばたしていた。私は体の具合が悪いという口実で部屋の扉を閉じて暗い部屋の中に一人、長い間座っていた。彼が握っていた左手の臭いをかいでみた。かすかに汗の臭いがする。がらんとしていた胸の中に何かが押し寄せてきた。会いたかった。会ったばかりというのに、もう会いたかった。熱い涙が出てきそうだった。俊瑞《ジュンソ》がつかんでいた左手で私は左の頬をゆっくりと撫でてみた。まるでその手が俊瑞《ジュンソ》の手でもあるように、両目を閉じて頬を撫でた。私の手が頬をすぎ肩を撫でる。その柔らかい手に慰められたような気がした。

そしてチマを脱いだ。玉色の絹のチマには狼の血が飛び散り赤黒くなっていた。私はチマを大きく広げると、そこに赤い絵の具をたっぷりつけた筆で絵を描き始めた。華麗に咲き誇る牡丹の花びらが玉色のチマの上に赤く、赤く咲き誇っていた。

ああ、あれは夢だったのだろうか。二人で乗ったブランコの上で向かい合った私と俊瑞《ジュンソ》。本当に幼かった。空に向かってこいでいくときは一組の美しいツバメのように雲のかけらを追い落とそうとするかのようだった。青い絹布のように広がる空に俊瑞《ジュンソ》の顔だけが見える。二つの目だけが。そして青い絹の布が巻紙のように広がるとその次は青い海になった。後ろに空と一つになった海が見えた。俊瑞《ジュンソ》が泣いている。私を助けて！

第十三章　二人で乗ったブランコ

二度の春が過ぎ十六歳の端午の日が目前に迫っていた。一年の中で万物の陽気が絶頂に達する陰暦五月五日。昔から江陵《カンヌン》の端午祭は国中で最も伝統があるとされ、その規模も大きい。それでいろいろな行事が端午の日だけでなく、その前後の長い期間にわたって続く。江陵《カンヌン》端午祭は陰暦三月二十日に祭祀に使う御神酒を造るところから始まり、四月一日と八日に大城《テソン》隍祠《ファンサ》*、四月十五日には大関嶺《テグァルリョン》国師城隍祠《ソンファンサ》で祭祀を行い、四月二十七日にはクッ**をする。五月一日には南大川《ナムテチョン》に設置された本祭庁で本祭りが始まり、数日間にわたりムーダンクッと仮面劇が続く。このときに東海《トンヘ》の砂浜では官奴仮面劇や相撲大会、村ごとのブランコ乗り***、投《トゥ》壺《ホ》などさまざまな遊びが行われる。五月七日になると焼き祭りをして大関嶺《テグァルリョン》国師城隍《ソンファン》を送

り出し、焼き祭りと奉送を最後に長かった端午祭もその幕を閉じる。しかしなんだかんだ言ってても乙女たちにとっては五月五日の端午の日の白眉は水浴びとブランコ乗りだった。普段は外出もままならなかった女たちが端午の日だけは思う存分青空の下でブランコをこぎ、菖蒲水で髪を洗い、体を清め、外出用の頭からかぶる長衣を脱ぎ捨てて美しい色とりどりの服で思う存分に着飾り、互いにおしゃれを競うことができた。また村の若者であれ、乙女であれ、人目を気にせずに親しくできる一年に何日もない日だった。乙女たちは相撲をとるために上半身裸になった若者たちの頑強な体を目にし、若者たちはブランコをこぐ乙女の膨らんだチマの中をそっと鑑賞できる日だった。それはつまり、どこの家の若者が逞しく、どこの家の乙女が美しいというのが自然に格付けされる日でもあった。

別堂《ピョルダン》の前の紅梅花が二度咲いて散る間に、私の体も成熟した。俊瑞《ジュンソ》の表現によれば、十

＊　城隍神を祭る村の祠《ほこら》

＊＊　ムーダンと呼ばれる職業的宗教者が行う除災招福のための宗教儀式。

＊＊＊　韓国のブランコはとても大きく、大人が立ち乗りをして空高く舞い上がる。子供は危険なので乗せない。

六歳の私は、生まれついての氷肌玉骨《ひょうきぎょっこつ》*の容姿がさらに輝きを増し、白く透明な肌の色は色づきつつある紅梅の花のように明るくなり、雪膚花貌《せっぷかぼう》**という言葉そのままだという。肌の香りもまた梅花の香りのようにあるかないか穏やかで、青黒いふさふさとした黒髪はそのまっすぐな分け目がよりいっそう真っ白く見えた。整った眉の下のわずかに微笑を含んだ半月の眼差しは多感さと落ち着きを同時に帯びていた。すくっと伸びたまっすぐな鼻の線は高貴な自尊心を示しており、その下には繊細で美しい形をした唇があり、固く閉じた花びらのようだった。しかし笑ったときには満開のあでやかな花そのもので、美しい花の芯のような真っ白な歯を、惜しげもなく見せて笑うのだった。たおやかに成長し、大き過ぎず小さ過ぎもしない背丈に、ちょうどよい骨格の、やんごとなき淑女に育っていた。じっとしている時の貞淑な姿を見れば、年頃の息子をもつ親ならば誰もが息子の嫁にと願い、表情豊かな笑顔は若い男たちの胸を焦がすのに十分だった。

五月二十九日に祝言をあげる姉さんはブランコをこごうとして母と祖母に引きとめられた。そしてブランコの代わりに祖母と母と一緒にヤマボクチを入れて作った餅を持って端午の水浴びをしに滝に出かけていった。この日だけは村の女、子どもたちが一緒に集まりさわやかな日差しの下で肌を出し、思う存分おいしい物を食べ、おしゃべりに花を咲かせることが許された。幼い妹たち二人は母が連れて行き、私は十三歳になった仁男《インナム》を連れてブランコに乗りに行く。幼い頃は男の子のようだった仁男《インナム》も、いつのまにか乳房がふっくらとした乙女に育っていた。この年頃は一緒に水浴するのが一番恥ずかしい時期でもある。それで私と仁男《インナム》は家の井戸端で水浴びをすることにした。

井戸端のユスラウメには今年は赤い実が山のようになっている。きれいな湧き水を汲むと、菖蒲の茎を入れて煮出したお湯に入れて冷まし、髪の毛を洗った。香りもよく、洗いあがりもさっぱりとした。仁男《インナム》と互いに櫛で髪の毛を梳かしあう。なんと美しい艶がでることか、櫛でとかした感触は例えようもなく滑らかで気持ちよかった。金箔をほどこした紫朱色の新しいリボンを締めると、思わず自らの姿に惚れ惚れとするようだった。鏡の中の乙女に、どなたですかとたずねる。驚いたような、悪戯でもしたような表情をつくり鏡の中の私がにこっと笑う。

「仁善《インソン》姉さん、姉さんの顔はどうしてそんなに剝いたばかりの卵のように、剝いたばかりの

＊ 透明な氷のように清らかな肌、寒中に咲く白い梅のよう、高貴で美しい容姿。
＊＊ 雪のように白い肌と花のように美しい顔。

栗のようにつるつるとして色白なの？　それに比べて私の頭の形はなんでこんなに不細工なの？」

「そんなことないわ仁男《インナム》もかわいいわよ」

妹のよく梳かした頭を撫でながら慰める。姉の婚礼を前に母は妹たちにもきれいな服を新調してくれた。私は黄色のチョゴリに紫朱色の紐、多少華やかだと思える唐紅のチマを合わせた。チョゴリの紐とリボンが同じ色でとてもよく似合っている。仁男《インナム》は紐とリボンが唐紅でチョゴリとチマは私のものと全く同じ色の生地だった。

「ほら見て。姉さんと同じ服を着ても私はあまりぱっとしないじゃない。今日の一番の乙女は間違いなく姉さんよ」

「仁男《インナム》。あなたの年頃は、何を着ても余り映えない頃なのよ。もう何年かすれば仁男《インナム》も光り輝く乙女になるわよ。今だって本当に可愛いわ。それにブランコはうちの仁男《インナム》が何と言っても一番上までこぐじゃない」

「そのとおり。そうね。容姿はちょっと負けるけど、それだけは自信がある」

姉妹二人で意気投合したように両手をしっかり握って別堂《ピョルダン》を後にした。大門を出ると空は織り上がったばかりの玉色の絹のように美しく、吹いてきた山風が服の中に入り込み飛ばされてしまいそうだった。城隍堂《ソンファンダン》の前の榎《え》の木の枝にはブランコが結ばれていた。もう美しく着飾った娘たちはもちろん、若者たちも集まっている。皆、きょう一日だけは畑仕事を休んでくつろいだ表情で盛装をしていた。母方の従兄弟や親戚たちもところどころ目に付いた。皆、嬉しそうに挨拶を交わしている。仁男《インナム》はいつの間にか同い年の親戚の娘たちと会って、久しぶりだと抱き合って悦んでいる。

「仁善《インソン》、あなたはどんどんきれいになっていくわね。本当に、きれいだこと。才色兼備と聞いているわよ……」

「でも美人薄命とも言うわね」

親戚の娘たちは嫉妬まじりの感嘆を吐き、似たような年頃の男の従兄弟たちは以前とは違った目つきで私を見ているようだった。その中でも母方のおじの家の次男坊チェギュ兄さんの眼差しは見返すのが躊躇されるほどで、後ろを向いても頭の後ろにぴたりとその視線が張り付いてくるようだった。チェギュ兄さんは遊び人気質のある人だった。学問の代わりに、放蕩の日々を過ごしていると親戚の間でも噂になっていた。幼い頃からどこにいても目につく人物だった。玉骨仙風の貴公子で、絵に描いたような目鼻立ちの美男子だった。しかし私は親戚だからということもあるが、そんな兄さんに一度も心を、いや視線さえも奪われたことがなかった。どこかしら信じられない、危うい人間に見えたからだ。

「仁善《インソン》」

誰かがリボンの端を引っ張ったので振り向くと草籠《チョロン》だった。その横には俊瑞《ジュンソ》も笑顔で立っていた。俊瑞《ジュンソ》は私の姿を上から下まで一瞥すると、愛しくてたまらず誇らしいとでもいうような表情をしていた。十八歳の俊瑞《ジュンソ》もまた頼もしく意気軒昂たる益荒男《ますらお》に育ち、ブランコの紐をかけた榎の木よりももっと強健に見え、その頼もしさがたまらなく好きだった。

草籠《チョロン》は今日という日を待ちかねていたとばかりにその容姿は一段と妖艶に輝いていた。菖蒲の水で髪を洗い、自分で直接作って使っていると言うヘチマを茹でた美顔水で顔を洗い、白粉《おしろい》までつけたようだった。さらに紅を薄くひいた姿は桃の花のように艶やかに見えた。年を重ねるにつれて背丈は私よりも大きくなったが、もともと骨格が華奢な草籠《チョロン》だった。それを草籠《チョロン》は自分の媚態としてうまく利用していた。しゃなりしゃなりとした歩き方と細く長い首の上に不安気に乗っている繊細な小さな顔。白すぎて少し青味さえ帯びている卵の白身のような顔に、葡萄のように大きく真っ黒な瞳、長いまつげは常に濡れているように哀愁を帯びていた。祖母は草籠《チョロン》の眼差しを見てときどき舌を打っていたが、同じ女の私が見ても惹きこまれそうに魅力的な眼差しだった。その大きな目と対照的にユスラウメのように小さくて丸い赤い唇。その口からもれるかすかに鼻にかかったような声には色気が溶け込んでいた。

草籠《チョロン》は新しくしつらえた薄いピンク色の合わせの上着に浅黄色のチマを合わせていた。風に揺れるしなやかな桃の花のような草籠《チョロン》。そのとき偶然、私はチェギュ兄さんの目を見た。そして草籠《チョロン》の目も見た。二人の視線が二人の間に立った私を貫き、連理の枝のように瞬間、交差し一つになった。私は本能的にさっと後ろに身をひいた。

娘たちがブランコをこぐ順番を決める。今年のブランコの特徴は、誰がどれだけ高く遠くまでこぐかを競うためにブランコの先に鈴をつけた棒を差しておくことだった。それにブランコの板の幅が広く、二人で向かいあって一緒に乗ることができるものだった。それで何人かの若者たちは心に決めた娘と一緒に二人で乗りたいと思っていた。娘たちも素知らぬ顔をしてはいるものの密かに心の中ではこの日を待ちかねていた。問題は組になるのが周りの視線を気にしてなかなかできないことだった。気に入った相手がいても、何人もの人が見ている公開の席でそれを公表することなどできるはずもなかった。それでも偶然を装い何とかしたいと思うのが若者たちの正直な気持ちだった。そんなとき一緒にブランコに乗る娘と若者を決める妙手を両班《ヤンバン》家の坊ちゃんの一人がひねり出した。目隠しをして鬼ごっこをしようというものだった。それこそ最初から結果は決まったも同然ではあったが、誰も反対する人はいなかった。男たちは順番に木綿の手拭で目を隠し、逃げ惑う娘たちを捕まえるのだった。娘たちはほとんど逃げることもせずに素直に捕まった。むしろ手を叩いたり、名前を呼んで誘ったりしていた。三人の娘を捕まえたら手拭をはずし、今度はその娘たちを自分の後ろに立たせて銅銭を後ろ向きに投げる。三人の中でその銅銭をつかんだ娘がその若者と組になるのだ。最初は皆、ぎこちなく固くなっていたが、娘たちが一人二人とブランコに乗り、こぎ出すと歌を歌ってはやしたてた。

「飛び出すわよ秋空に、さあ、飛び出すぞ秋空に、さあ」

乙女がブランコに乗り足で押し出すと、ブランコは動き出し美しいチマの裾を初夏の薫風がたっぷりと膨らました。ツバメのように上がっていく時には、さらに大きな声で「オー」とかけ声をかけてはやしたてる。すべてが実に自然だった。娘たちは自分の順番には思いっきりブランコをこぎ、木綿の手拭で目隠しをした若者たちは自分の相手を探してさ迷い、目を隠していない若者たちはブランコに目を奪われ、娘たちのチマが青い空にぽっかりと浮かび上がるたびに胸をときめかせた。誰かが銅銭を投げたのかそれを受け取ろうとする娘たちの歓声が聞こえる。そんな幼稚な遊びも一年の中でも陽の気運が一番旺盛だという端午の日には、少しも恥ずかしくなかった。若者たちの心はピンと張られた弓のようだった。心惹かれる乙女に的を絞り、ただ一回の機会で命中させなくてはならなかった。毎日あるというわけではなかった。俊瑞《ジュンソ》もまた木綿の手拭で目隠しをして私を探し、私はすぐに捕まり、彼が投げた銅銭を必死に受け取った。そして、いつの間にかチェギュ兄さんと草籠《チョロン》も組になっていた。会うべき人とは、そうやって巡り会うことになっているのだろう。

もしこの席に佳然《カヨン》がいたなら、どんな若者と組になってブランコに乗っていただろうか。十八歳までお嫁にいかないと言っていた佳然《カヨン》は去年の秋にソウルの名門の家に嫁いだ。相手は代々中央で要職についてきた家門であるうえに、舅《しゅうと》が今も領議政《ヨンイジョン》*の地位にある家の長男だった。三人の少女の十八歳までお嫁に行かないという約束を守るには、佳然《カヨン》の家はあまりにも名門の家系だったのだろうか。佳然《カヨン》は家同士で決められたこの結婚に嬉しそうな顔も、悲しそうな顔も見せなかった。ただ他人事のように黙って従った。花嫁化粧をした婚礼の日の佳然《カヨン》は淡々と、そして粛然として見えた。新郎は美男でもなく、かといって醜男でもなかった。新郎もまたあまり笑っている様子は見えなかった。長男だというせいか年齢のわりに慎重そうに見えたが、心の底では何を考えているのか分からないような顔だった。

* 現在の国務総理にあたる最高の官職。

先に娘たちがブランコをこいだ。元気な仁男《インナム》がブランコに乗ったときには鈴が三度も鳴り、拍手と歓声が湧き上がった。草籠《チョロン》も一度鳴らした。しかし私は恐がりで、普段でもすぐにめまいがするため、とても棒の先に着いた鈴を鳴らすことなどできなかった。そしてついに俊瑞《ジュンソ》と二人で乗る番になった。男女で組になれなかった人たちは娘同士で組になった。

私と俊瑞《ジュンソ》がブランコに乗るとどこからか、「お似合いのご両人」という声が聞こえてきた。私はブランコの紐をぎゅっと握り締め俊瑞《ジュンソ》を見上げた。俊瑞《ジュンソ》もまた赤みがかった頰に微笑を浮かべ、その頰にはエクボができていた。彼の飛び出た喉仏《のどぼとけ》がごくりと動く。最初はゆっくりと足を動かし互いの呼吸を合わせる。二人は互いの目に映るおのれの姿を見つけようとでもするかのようにじっと見つめながら足を動かした。ブランコを押して勢いよく飛び上がるときにはしゃがみ、次第に速度がつきだすと、立ったりしゃがんだりを繰り返した。不思議だった。まるで二人が一つになりブランコをこいでいるようだった。誰かに言われたわけでもないのに、こんなに全身の調和が生まれるなんて。体は、彼の目さえ見ていれば自然と呼吸が合わさって動いた。風に乗り彼の甘い息が感じられた。ブランコはどんどんとさらに高くあがって行く。はるか下から歌声が聞こえてきた。「飛び出すわよ青空に、さあ、飛び出すぞ青空に、さあ、さああ」。恐怖が消え去る。もう恐くはなかった。どこまでも空の果て

までも彼とともに飛んで行きたかった。彼も高く上っていくときにはそっと目をつむってい
た。

私は目をつむった。私の目には俊瑞《ジュンソ》と一緒に見た連理の木が見えた。雲の上を飛んでいる
ようだった。喉の奥の深いところから、熱く燃え上がるような歓喜の声が飛び出してきそう
だった。それで口をぎゅっと結んだ。まるで一羽の鳥になったように、一羽のカササギ凧に
なったように二人で思いっきり空を飛んでいた。それはまさに比翼鳥《ひよくどり》*のようだった。どこか
でかすかに鈴の音がしたようだった。こんな風に空に飛び上がり、そのまま落ちて死んでし
まってもかまわない気がした。再び目をあけ俊瑞《ジュンソ》の目を見た。ああ、なのにどうしたことか
彼の目は涙でいっぱいだった。

＊

＊　オスとメスが二羽並んで初めて飛ぶことができるという伝説上の鳥。愛情深く仲の良い夫婦のたと
え。

端午の後、私の胸には俊瑞《ジュンソ》の涙に溢れた二つの瞳が棘のように突き刺さっていた。林の中で狼と出会ったあの日、二人で手をつないで連理の木を一緒に眺めたあの日以来、言葉にしなくても二人は自然に親密になっていた。草籠《チョロン》にも自然とその心は見抜かれてしまっていたが、むしろそれで良かったといえる。家の者たちには秘密にしていたが、草籠《チョロン》と一緒に草籠《チョロン》の家でときどき俊瑞《ジュンソ》と会った。彼の玄琴《コムンゴ》の音をその傍らで聞いたり、互いに読んだ本の話をしたりした。一緒にいると時間があっというまに流れていき焦燥感さえ抱いたものだ。

長い冬の夜には灯りをともして絵を描いたり、俊瑞《ジュンソ》のための贈り物を作った。刺繍をした絹の扇子、福袋、匂い袋、枕布など……長い冬が過ぎ春が来ると、山菜を採り、野の花を摘んで花煎《ファジョン》を作り、この料理を俊瑞《ジュンソ》に食べさせてあげたいと……思ったりした。俊瑞《ジュンソ》は私が絵を描きたくなるような景色の良い所に草籠《チョロン》と一緒によく連れて行ってくれた。そのおかげで何点かのお気に入りの山水画も描くことができた。鏡浦《キョンポ》の湖だけではなく東海《トンヘ》の海や、鏡浦《キョンポ》八景、または名も知らぬ山野の野生の草花も画くことができた。どれも俊瑞《ジュンソ》が傍らにいなければ画けなかった絵ばかりだった。草籠《チョロン》と一緒に鏡浦湖《キョンポホ》に散歩に行ったときには水辺のサギや水鳥のほかに、俊瑞《ジュンソ》が釣り上げたコウライケツ魚も描いてみた。俊瑞《ジュンソ》は私が描く花草魚竹だけではなく山水画さえも驚きと賞賛に満ちた眼で眺めていた。狼に驚いたあの日以来、今日までの一年半の歳月の間、俊瑞《ジュンソ》は私に一度も悲しそうな顔を見せたことはなかった。

私とて分からないはずはない。考えてみれば哀しい縁だ。恋する人とともに生きていければどれほど良いことだろう。いやただ近くで眺めているだけでも幸せだろう。結婚せずに一人で両親の面倒を見ながら、家庭をもった俊瑞《ジュンソ》を、たまにでも良いから遠くから垣間見るだけでも私は生きていける気がした。絵を描き、本を読み、書を書き……しかし齢を重ねるにつれて、恋しさに眠れない夜が生まれた。自然と溜息がもれ、いつのまにか枕には涙が水蛇のように染みこんでいた。どんなに恋しくても俊瑞《ジュンソ》は妓生《キーセン》の母をもつ妾の子だった。

その問題に関しては一度も口にしたことはなかった。俊瑞《ジュンソ》は私に未来を約束できないと自ら思っていたのだろうか。草籠《チョロン》にするように本当の兄妹のように優しく接してくれた。ただ彼はときどき放心したように熱いまなざしを自分でも気付かないうちに私に向けていることがあり、私は慌てたものだ。そしてそのたびにやるせなく、哀しい気持ちになった。

いつだったか、祝いの宴で酒を飲んで帰ってきた俊瑞《ジュンソ》が感情を爆発させたことがあった。

「朝鮮という国は逆行している。法と道徳は人のために存在しなくてはならないのに、人が豊かに暮らせるようにするはずの法と道徳が人を殺してしまっていいのだろうか。趙光祖《チョグァンジョ》*のことさ。今、飛ぶ鳥を落とす勢いの趙光祖《チョグァンジョ》のことだ。昔、趙光祖《チョグァンジョ》の隣の家に女が暮らしていたそうだ。その女は趙光祖《チョグァンジョ》の本を読む声があまりに朗々としているので、その声に惹かれて塀を越えて愛を告白したそうだ。ところが趙光祖《チョグァンジョ》はその女を捕まえて鞭で叩いたというんだ。血も涙もない男だよ。趙光祖《チョグァンジョ》の改革政治、理想政治、みんな素晴らしい。では誰のための、何のための改革、理想なんだ。皆がひそひそ話している話だが、太宗王《テジョン》**の長男である譲寧大君《ヤンニョンテグン》はなぜ王位につけなかったか知ってるかい？　三番目の弟、忠寧大君《チュンニョンテグン》が才能に秀でて徳望豊かだったから王位を譲っただと。違う。彼はオリという天下一の美貌の夫人に惚れてしまったんだよ。この至厳な朝鮮の地で一介の年寄りの妾であるオリを国母にすることなんてできるはずがないじゃないか。それで譲寧大君《ヤンニョンテグン》は廃世子《ペセジャ》***となり、放逐されたんだよ。国の大義名分のためにそんなことは公にはされない。これが朝鮮だよ。庶子だ、両班《ヤンバン》だ、常民だと。従父法だ、従母法だ。人間の息の根を止め手足を縛ってしまう……だからといって人間の心まで縛り付けられるか」

端午が過ぎると家の中は姉の婚礼の準備で大忙しとなった。両親が選んだ姉の嫁ぎ先は徳水張氏の家門の若いソンビだった。妻子に苦労をかけない程度に豊かな財産があり、由緒ある地方の両班《ヤンバン》の家門だったが、遠くに嫁に行かなければならない姉は実家に顔を見せることは滅多にできないだろう。もともと欲張りで嫁入り道具も山ほど準備していた姉だったが、嫁入りの日が近づくと、母の傍でたびたび目頭の涙をぬぐっていた。私は姉に別堂《ピョルダン》の裏庭の紅梅花を描いた絵を贈った。紅梅花を見れば生まれ育った実家のことを忘れないだろう。紅梅花の枝に仲の良いつがいの雀がとまっている絵だった。仲良く幸せに暮らして欲しかった。婚礼の前の日、姉は私の手を握って言った。

「仁善《インソン》、私が嫁にいったらこの家はどうなるの。これからはお前がこの家では一番上、頼んだわよ。これまでお前にはずいぶん嫉妬して意地悪もした、ごめんね。家を出るとなったら気になることばかり」

姉さんの婚礼は無事に終わった。最初の結婚なので家族だけではなく、村の人々もたくさん集まり祝福の中で壮大に宴が開かれた。義理の兄は頼もしく、頼りになりそうに見えた。母はたくましく見えるのが篤徳な婿だと喜んでいた。新婚夫婦は風習のとおりにしばらくの間、妻の実家にとどまり、その後いよいよ嫁ぎ先へと旅立っていった。姉さんの顔は花嫁の

＊　朝鮮王朝時代中期の儒学者、政治家。
＊＊　朝鮮王朝時代の三代目の王。
＊＊＊　世子とは皇太子のこと、廃世子とは皇太子の地位を追われた王子のこと。

初々しさで輝き、堂々として見えた。それは数日前の顔とは明らかに違っていた。結婚してようやく大人になると言われるが、分別のなかった姉さんが別人になったようだった。優しくなり、余裕が生まれた。それが結婚の力、陰陽の理致なのか。新婚夫婦は一組のオシドリのようでお似合いだった。

しかし姉の婚礼を見ながら、私の心は病んでいた。結婚というのは二人だけの問題ではない、家同士の問題だということを実感したからだった。両親は姉に、嫁いだら嫁ぎ先で実家の恥にならないように、嫁ぎ先に迷惑をかけないように、心持も行動もきちんとするようにと何度も何度も繰り返し説いていた。姉はわが家を代表しているのだった。義理の兄になった人は張の家の代表として、二人の結婚は二つの家門の結束と和睦を保証するものとして、祝賀されるにふさわしいものだった。似たような境遇の二つの家門の結合、村中がお祝いする華婚《ファホン》はおだやかで落ち着いて見えた。

宴に集まった親戚と村の人々は私に向かって約束でもしたようにこう言った。

「次は仁善《インソン》の番だね。仁善《インソン》も今年で十六歳、嫁に行く年頃だ。才能豊かで美しい仁善《インソン》はどんな家に嫁入りするんだろう。どこの家かは分からないが幸せなことだ」

そんな話を聞くとどんどん気持ちがふさいでいった。結婚がもう他人事ではなかった。人生の一大事である結婚。一膳の箸、一足の履物のように相手と結ばれ生涯を共に生きていかなくてはならないことが重く胸にのしかかってきた。俊瑞《ジュンソ》ではない見ず知らずの男と式をあげ、肌を重ねて死ぬまで生きていくと考えただけで気が遠くなりそうだった。

姉が嫁に行き、父も漢陽《ハニャン》に旅立つと母はさらに寂しそうな顔になった。そんなふうに娘たちを一人、一人送り出すと考えると、末っ子の末姫《マルヒ》を嫁に出すまで十年もかからないだろう。そうなれば手元にはだれもいなくなってしまう。そんな母の顔を見るたびに、そして老いた祖父と祖母がより一層私に頼ってくるのを見るたびに、自分の人生はすでに自分自身のものではないという思いが胸に重くのしかかってきた。

姉の結婚で忙しく、俊瑞《ジュンソ》だけではなく草籠《チョロン》とも長い間、連絡もとれずにいた六月のある日、草籠《チョロン》が家にやって来た。草籠《チョロン》はいらいらすると言って、とにかく湖に行こうとせかした。初夏の鏡浦湖《キョンポホ》は鏡のようにすんで静かだった。静かな所に腰を下ろすと突然草籠《チョロン》が涙ながらに話し始めた。

「私、妓生《キーセン》になろうかな」

奥歯を固くかみ締めて怒ったように口にする。

「兄さんとけんかしたの。二度と兄さんと呼ばないわ」

「あんなに仲の良かった兄妹がなんでけんかなんかしたの？」

答える代わりに草籠《チョロン》は自分のチマの裾を持ち上げて見せた。お仕置きを受けたのか、脛《すね》に痣《あざ》ができていた。

「兄さんに叩かれたの」

「どうして？」

「あなたの親戚のチェギュ兄さんとうちの兄さんが取っ組み合いのけんかをしたの」

ますますわけの分からないことを言う。

「話す暇もなかったんだけど、チェギュ兄さんが私のこと好きだって、何度か恋文をもらい、家にも訪ねてきたの。私も最初に顔を見た端午の日から恋しくてたまらなくなった」

草籠《チョロン》が目を伏せ恥ずかしそうに言う。やはり、そうだったんだ。端午の日、二人の目が交差した瞬間を思い出した。

「チェギュ兄さん……私も噂に聞いて知ってる。でも私には真剣に見えた。それで何度か会ったの。それを兄さんに気づかれて止められた、でも気持ちは止められなかった。おとといの晩もやって来たチェギュ兄さんに、うちの兄さんが、出ていけ、帰れ、と言ったら何か言われたらしい。怒った兄さんは私を呼んで座らせると大声で怒り出した。気は確かかと。あっちの花、こっちの花と片っ端から言い寄る遊び人にいいようにもてあそばれているんだと。私を甘く見てそうしているんだと。でもチェギュ兄さんは私に人生の同伴者だと思っていると言ってくれたし、固く誓ったのよ。恋わずらいで死にそうだとあの日の晩もやってきたの。私はチェギュ兄さんと結婚するんだと言ったの。そしたら兄さんが私の脚をお仕置き用の枝で叩いたの。身分が違うのにそんな話を信じるのかと。チェギュという男がそんなことをするはずがないと、私に馬鹿だって。でも考えてみたら腹がたって。それなら兄さんはどうして一緒になれるはずもない仁善《インソン》と会っているのと問い詰めたの。仁善《インソン》の家で兄さんのこと婿にしてくれるとでも思ってるの？　同じことじゃない。それなのに何を偉そうにお説教よ。結婚ができなければ妓生《キーセン》になればいい。心配しないで。と思わず口からそんな言葉が飛び出していた。そしたら興奮した兄さんが私の頬を叩いたの。腹が立ってどうにも我慢できなかった。おもわず兄さんにしがみついて知らぬ間に兄さんの顔に引っ掻き傷をつけてしまった。ふう、この性格……ところがあんなに興奮していた兄さんの顔が突然しぼんでしまったの、引っ掻いた傷から血が流れているのに石像のように立ち尽くしていた……。そしてその日の晩に家を出たきり」

そんなことがあったのか。俊瑞《ジュンソ》が家を出たなんて。石像のように立ち尽くしていたという俊瑞《ジュンソ》の心情が切々と伝わってきた。仁善《インソン》の家で兄さんのこと婿にしてくれるとでも思ってるの……。その一言が彼の胸に短刀のように突き刺さったのだろう。草籠《チョロン》が恨めしかった。

「あなたも怒ってる。でもそうでしょう？　本当のことじゃない」

「いつ……そして俊瑞《ジュンソ》兄さん、どこにいるのかしら？」

私は感情を抑えてたずねた。

「もう三日。たぶんイライラする気持ちを解消するのに馬であちこち走り回っているのよ。うちの兄さん、もともと風みたいだし。そうだ。あなたの見たところチェギュ兄さんは本当に信じられない男？　今晩、またうちに訪ねてきたらどうしよう。拒み切れずにそのまま受け入れてしまいそう。兄さんもいないのに。あの人も私の気持ちは分かっている。この気持ちを打ち明けないと死にそうだった。仁善《インソン》、人が人を好きになるのがどういうことか、今、ようやく分かった気がする。あの人が求めていることをしてあげたい、一つになりたい、この気持ち。いつも傍に一緒にいたい。あなたもそう。あなたもうちの兄さんに」

恋に落ちた草籠《チョロン》の浮き浮きした声が私の耳には入ってこなかった。私は目を閉じた。熱い炎で胸が塞がれたように苦しかった。俊瑞《ジュンソ》の涙に溢れた瞳が思い浮かんだ。あの意味が何だったのか今ようやく少し分かる気がした。閉じた目の前に浮かび上がる俊瑞《ジュンソ》の瞳が胸をえぐり突き刺さった。一度も俊瑞《ジュンソ》の前で草籠《チョロン》のように率直だったことはない。彼の気持ちに知らないふりをしてきた。ただ避けていたのだ。想像の中では一人で体を熱く焦がしていても、傍にはよせつけず、ただ彼の熱い眼差しを受け止めることを密かに楽しんでいたのかもしれない。なんと残忍なのだろう。今こそ選択しなくては。これは甘い夢ではない。心を解き放つか、あるいは閉じこめるか。そうでなければ断固として終わらせなければならなかった。

「アイゴ、そう。あなたも人を恋して、恋する気持ちのせいでそんなに辛いのね。先日、うちの兄さんの枕の布を取り替えてあげようとしたら青い枕の布が涙でにじんで黒く固くなっていた。可哀相な恋人たちね……」

草籠《チョロン》が溜息をついた。涙で濡れた俊瑞《ジュンソ》の枕……。その涙でもともとの色さえ変色してしまい固くごわごわになってしまったなんて。夜毎、私は彼の甘い夢を見ながら花や蝶の美しい刺繍をしていたというのに……。突然、目頭が熱くなり涙が溢れてきた。涙をみせたくないと思い、湖に視線を向け目をつぶった。そのまま玉が落ちるように涙の粒がチマの上に零れ落ちた。草籠《チョロン》が静かに涙を浮かべている私の肩を抱いた。

「仁善《インソン》、どうすれば良いのかしら。あなたも、私も。どこかに逃げようか。そこで四人で一緒に暮らすの。寂しくないように……」

恋に落ち、恐れと悲しみに浸っていた草籠《チョロン》も泣き出した。

実はチェギュ兄さんの家ではその遊び人気質を直そうと、結婚相手を急いで探している最中だった。もうすぐ決まるだろうという祖母の話も聞いていた。

しかし今、その話を草籠《チョロン》の耳に入れたくはなかった。ただ今は涙を流すままにしておきたかった。空高く飛び上がったブランコの上で見た俊瑞《ジュンソ》の涙に応えるためにも。

*

チェギュ兄さんの結婚が決まったという話に草籠《チョロン》はそのまま床についてしまった。心配になりたずねると草籠《チョロン》は肌着姿で横になっていた。横になったまま頭だけ少し回して私を眺めたが、表情のない顔から銀の玉のような涙がすっとこぼれて枕を濡らした。草籠《チョロン》のそんな顔を見たのは初めてだった。私は草籠《チョロン》の手を握り締めた。石のように小さく冷たい手。胸が冷たくなった。草籠《チョロン》は死んだように瞬きもせずに、そのまま目を閉じた。そして眠ってしまったのか長い間、身動きひとつしなかった。

私は立ち上がり部屋を出る。外に出ると馬の鳴き声が聞こえてきた。「まあ。お坊ちゃま。

ようやくお帰りですか」。召使の女の場違いな大声が聞こえてきた。大門の前で俊瑞《ジュンソ》と向き合う。十日間もどこで何をしていたのか、その身なりは小汚かった。予想外の出会いに俊瑞《ジュンソ》は驚いている様子だった。短い瞬間だったが、互いの視線が複雑にからまり沈黙が流れる。目礼して通り過ぎようとすると俊瑞《ジュンソ》の声に力がはいる。

「行かないで」

私が立ち止まると俊瑞《ジュンソ》が馬から下りた。

「乗るんだ」

彼は怒りを滲ませた声で私の手首を摑むと引っ張った。突き放すことのできない握力だった。私は俊瑞《ジュンソ》を見上げた。絡んだ髪の毛が額に落ち、顔はまだ癒えていない引っ掻き傷と埃と疲労で憔悴して見えた。しかし二つの目だけは狂気をおびてぎらぎらと光っている。私は黙って馬にまたがる。俊瑞《ジュンソ》は私の後ろに座ると「オラッ」と馬に鞭を当てた。馬は驚き一鳴きすると走り出した。私は目を閉じた。今、この瞬間から世の中のすべてを見たくないと思った。目を閉じて、何も見なければすべてが何の問題にもならない気がした。村の人々の視線が気になっても、私が耳を塞ぎ目を閉じて見なければ良いではないか。

どこにいくのか分からない。恐ろしい速度で走る馬の上で、恐いはずなのに、目を閉じた私はむしろだんだん心が落ち着いてきた。このまいっそ死んでしまいたかった。二人でブランコに乗っているような気がした。速度を増すごとに俊瑞《ジュンソ》の左手が腰をぎゅっと抱きしめる。彼の心臓の脈打つ鼓動が背中の後ろにそのまま感じられた。どうでも良かった。鳥になって南の海の九万里に飛んでいけたら、比翼の鳥となり二人だけでどこかへ行ってしまえば……

馬をさんざん走らせ、ようやく人里離れた海辺に到着したようだった。波の音が迫り、そしてまた遠くなる。走ってくる間中、俊瑞《ジュンソ》は一言も言葉を発しなかった。涼しい海風と規則正しい波音が子守唄のように心を落ち着かせてくれる。私は静かに深く息を吐き出してから目をあけた。海辺の砂浜だと思っていたら、そこは真っ青な波がその舌でなめまわしている絶壁の上だった。あと二、三歩、馬が前に出ればそのまま落ちて死んでしまいそうだった。

「このまま、死んでしまおうか」

俊瑞《ジュンソ》が言った。その息が耳元に熱くふれる。

「答えて」

俊瑞《ジュンソ》がまたたずねた。

私は何も言えなかった。その代わりに胸の深いところから少しずつ悲しみが湧き上がってきた。歯をぐっと食いしばって声に出すまいとしたら、肩が震えてきた。俊瑞《ジュンソ》がその肩をぎゅっと抱きしめる。彼の体の震えとその熱、喉一杯に溢れた嗚咽が爆発するように背中と耳に伝わる。私は背筋を伸ばすと目を大きく開いて絶壁の下を見下ろした。黒い崖の下には怪物のような青黒い海水が白い歯をむき出しにして暴れていた。一歩先の死が恐いのではない。だが……私たちは馬の上から海を見下ろしているだけだった。どれほど時が過ぎただろう。彼は何も言わずに馬を返した。馬は静かに海辺を歩いていく。そしてまた走り出し山道を進んでいった。

森の中で馬を止める。おとどし一緒に見た連理の木の前だった。あの時とは違って雄の木には葉が一杯茂っていた。棘もまたいっそう多くできていた。棘を抱いたままで一身になり互いをぎゅっと抱きしめている連理の木。俊瑞《ジュンソ》が外套を脱いで草の上に敷き、そこに私を座らせる。隣に座った俊瑞《ジュンソ》は両手で荒れた顔と顎を撫でる。

「私がどこに行って来たのか気にはなりませんか？」

「十日間もどこに行ってらしたのですか？」

俊瑞《ジュンソ》の姿をじっと見つめながらたずねた。

「深い山奥の道をさ迷っていました。姓も名も捨てた罪人や恋人たちが密かに逃げ込み畑を耕して生きている所。この世ではあってもこの世の中ではない所。そんな世界もありました」

顔を上げると俊瑞《ジュンソ》が私をじっと見つめていた。

「聞きたいことがあります。私がいなくてもあなたはちゃんと生きて……いけますか？　ちゃんと生きていけますよね。私のようなものがどうなっても関係なしに」

「なんでそんなことを」

「十日間、さ迷いながらはっきりと分かったことは、もうあなたなしには私が存在する意味がないということ、生きていても生きている身ではないということです。そういう考えがよりはっきりしました。これまではどんなことがあっても避けなくてはと誓っていました。しかし人の力では防ぎきれないもの……男として出世する道をあきらめたのはもうずいぶん前のことです。もうそんな人生にしがみついてはいません。でもあなたの夫としての人生ならば、私は命を失ってもかまいません。それでも良いと……」

俊瑞《ジュンソ》はそれ以上言葉が続かなかった。俊瑞《ジュンソ》を見つめる私の目に玉のような澄んだ涙が溢れてきた。

「私と山奥で火田*をして暮らしましょう。いつだったかあなたはこう言った。絵を描く瞬間が幸せなので描くのだと。私の体が土になってもあなた一人静かに絵を描けるようにしてあげます。世の中の小さなもの、美しいもののように法も道徳もない場所で愛一つだけで妻と夫となり生きていきましょう。空に一番近いところで月を見て、星も見て……何もなくても自然のものをすべて享受しながら……」

俊瑞《ジュンソ》の手が私の頰を伝わって流れる涙をぬぐってくれた。

「私は生きたい。助けてください」

俊瑞《ジュンソ》の熱いささやきが耳の奥まで貫いた。

＊ 焼畑農業、森林を焼いて肥やしにし、そこにじゃがいもや栗などを栽培し、地力が尽きると他の場所に移っていく。

ああ、あの頃、私の中には狂女が潜んでいた。俊瑞《ジュンソ》の懐に抱かれたときの真綿のような温かさは……。夢の中でもよいからどれほど会いたいと思ったことか。しかし一度はぐれてしまった道は夢の中でも会うことはなかった……

第十四章　同心結

連理の木の前で共に涙して別れてから数日間、私は俊瑞《ジュンソ》に何の連絡もしなかった。俊瑞《ジュンソ》が催促することはなかったが、できるだけ早く私は何か答えを出さなければならなかった。そうすべきだった。しかし私はひどく混乱していた。俊瑞《ジュンソ》と共にいる時には世間も死も恐くなかった。しかし家に帰って自分の身の上を思うと、天下に二人といない大切な息子のように期待している祖父母、そして父と離れて一人で暮らす母、幼い三人の妹、そんな家族をおいて勝手なことをすることはできない、私は一家の長女だった。祖父と父に俊瑞《ジュンソ》と結婚したいと言ったらどうなるだろう。このまま誰にも告げずに駆け落ちしたらどうなるだろう。母にでもこの焦燥する心のうちを話してみようか。しかしまた首をふる……病になりそうだった。

眠れない夜には砂の城のように俊瑞《ジュンソ》を思い浮かべ、そしてまた崩していた。深い山奥で名もない妻として畑を耕し、草花と鳥虫を描いて俊瑞《ジュンソ》と仲良く年老いていく自分の姿を思い描いてみた。まるで引き潮と満ち潮のように心の中をさまざまな思いが絶え間なく行き交った。その間に祖父の体調が次第に悪くなり、ついには病床についた。家の家長が寝付いてしまうと、祖母と母は跡取り息子のように私を頼りにするようになった。昼間はしっかりと家の中の大小の家事に明け暮れながらも夜になれば毎夜のように俊瑞《ジュンソ》を思い、その胸に飛び込んでいきたくなった。眠れない夜には紅い絹布を取り出して荷物を包んだ。荷物といってもいくつかの服と絵、そして刺繍を施した絹布だけだ。やがて夜明けの鶏の鳴き声が聞こえると再び包みをほどき簞笥に戻した。気が狂いそうだった。決断を下さなければ狂ってしまいそうだった。学問を積み聖賢の言葉に従い、余技で絵でも描きながら、似たような身分の殿方と出会い、子どもを産んで幸せに穏やかに暮らすことはすべての両班《ヤンバン》家の娘たちの夢だろう。私の前にもそんな人生が自然と待ち構えていると思っていた。こんなわなにかかった獣のように目の前が突然真っ暗になり茫然としてしまうとは……この残酷な運命の落とし穴に私を落とした天が恨めしかった。むしろ絶壁から落ちて死んでしまうべきだったのではないか。しかし死は完結ではない。死さえも今は自分だけのものではないからだ。家門の恥となれば、生きているすべての家族や親類に苦痛を与えるだけだ。俊瑞《ジュンソ》さえ私の胸の中から取り出してしまえばいいことだった。胸の中の刺傷を一人で堪《た》えればすむことだった。簡単なことだった。ある夜、一睡もせずに夜を明かした私は俊瑞《ジュンソ》に手紙を書いた。

「私もまたあなた様と共に生きていけない人生は生きていても生きているものではありません。しかし私一人の人生を捨てるにしても他の人々を傷つけることはとうてい堪えられません。ですから生きていても幸せになれないのなら、私はあなた様と共に生きる人生を捨てようと思います。どうかお許しください。そして私のことはどうぞお忘れください」

手紙を出した後、俊瑞《ジュンソ》からの返事はなかった。そんな手紙を送ったものの。むしろ前より一層俊瑞《ジュンソ》のことが恋しくてたまらなくなってしまった。それに憐憫と罪悪感まで加わり、夜毎、眠れずに泣いてばかりいた。祖父の看病をする祖母と母は、私が祖父の病気を心配しているのだろうと思い、可哀相にと言っていた。私の顔は焦燥し病に冒された人のようだった。歯を食いしばって忘れよう。この縁の糸さえ切れば良い。一人だけ、一つの縁だけ切ればいいのだ。まわりの家族のことを思い、私は固く、固く誓った。そして必死になって本を読み、絵を描いた。畑に一日中座って、ナスと蜂、蝶、キュウリとカエル、ヒナゲシとトカゲ、キキョウの花とキリギリス、片っ端から描いていった。これからはだれにも心も体も開くものか。花は蜂や蝶が一度中に入りこみ受精をすれば口を固く閉ざして花びらを閉じてしまう。それが自然の法則だった。私の心にはすでに一人の男が入り込んでいる。たとえ実をつけることは適わないとしても。

夜毎、体がくたくたになるまで刺繍をした。手では刺繍をしているものの、心は俊瑞《ジュンソ》に向かって狂女のように駆けていこうとしていた。鍵をかけ固く閉ざした心には扉も窓もない。その中に閉じこもった女は夜毎、窓の一つもない壁に体をぶつけて泣いていた。

そうして十六歳の夏が過ぎていった。時が、歳月が過ぎれば心の痛みも和らぐだろうと自らを慰めようとした。草籠《チョロン》は病を脱して床から起き上がったものの魂の抜けたように過ごしており、俊瑞《ジュンソ》は草籠《チョロン》が回復したら金剛山《クムガンサン》に行ってしまうという話を、草籠《チョロン》の家の召使のオンニョと川辺の洗濯場で会ったときに伝え聞いた。金剛山《クムガンサン》に行くですって。僧侶にでもなろうとしているようです……オンニョが噂話をはじめた。俊瑞《ジュンソ》はなぜ何も言わないのだろう。私の書いた手紙を見ただろうに。彼が僧侶になるというのはむしろ幸いなのだろうか。

冷たい秋雨が降った。秋雨は秋を送り出す雨だ。雨が降ればその後にはすっと寒さが忍び込んで来る。私は眠気がせずに刺繍の枠をもって座っていた。障子の外からはヒタヒタと雨の音が寂しく聞こえており、私の耳には俊瑞《ジュンソ》の玄琴《コムンゴ》の音がはっきりと聞こえていた。そして以前に、彼がはじめて恋しい気持ちを込めて送ってくれた詩が玄琴《コムンゴ》の音を背景に俊瑞《ジュンソ》の声で聞こえてきた。

日はじつに陰惨とし
ゴロゴロと雷の音が聞こえてくる
眠りから目覚めると、眠気が飛んでいき
思えば、恋しさだけが深まる

声だけでなく、まるで耳もとでささやいているかのように耳の奥まで熱くくすぐったかった。恋しさが胸に迫り、女の体の奥の空洞を少しずつ押し上げ俊瑞《ジュンソ》の声が体中に巻きついてくるようだった。ああ、幻聴まで聞こえるなんて。それに幻聴は私の内部からも響いてきた。塞がれた胸の中からは狂女が扉を開けてくれと、窓を開けてくれと泣き叫んでいる。このまどうやって生きていくというのか。刺繍は乱れ、絵は弱々しく、心は獣のようなこんな気持ちで本を読んで何になるというの。そうすれば幸せだというの。心を取り出した空っぽの芸術に何の意味があるのか、とってつけたような芸術と学問に何の意味があるのか、何にもならない。むしろ獣のように生きていこう。仁義が何になる。荘子曰く、私たちは額に仁義という刺字《しじ》をしているという。それでどうしようもなく道徳にがんじがらめに縛られているのだと。それで自然のままの自然人にはなれないのだと。思いっきり笑ってやろう。自然のままに、本性のままに生きていけないなら人生はすでに死んだも同然。小さきものたちもそのことは知っている。小さきものたちこそ、自然の法則のとおりに生きているではないか。私の目が瞬間狂気に輝く。裁縫箱からはさみを取り出した。稲妻が輝き、はさみの先が真っ赤に明滅した。顔から血の気が引くのが感じられる。私はおもいっきり嫌々と首を振る、そしてもう絵は描かないと、左手ではさみを摑み右手の甲に思いっきり突きたてた。

＊

右手に突き刺したはさみは手の甲の筋を傷つけた。幸い骨には異常はないということだったが膿んでしまう恐れがあるので医者は治療は簡単ではないと言っていた。下手をすればその手で字も、絵も、刺繍だけではなく料理もできないかもしれないと言われた。熱は高かったが、幸い峠は越え傷は癒《い》え始めていた。母は何度も理由を尋ねたが私は最後まで口を閉ざしていた。その間にチェギュ兄さんの婚礼が整い、どこから噂が広がったのか分からないが草籠《チョロン》のことを知らない人はいないようだった。間違いなくチェギュ兄さんの口から漏れたのだろう。俊瑞《ジュンソ》がチェギュ兄さんと喧嘩したという話、俊瑞《ジュンソ》が数日後には金剛山《クムガンサン》に旅立つという話を召使たちが噂していた。

真夜中過ぎ、私は外套を頭から深くかぶると夜道を急いだ。闇の深い夜だった。遠い村から犬の鳴き声がときどき聞こえてくる。私は野麦に脚をとられながらもひたすら前だけ見て歩いて行った。草籠《チョロン》の家に向かう私の顔には血気と諦めが混じっていた。外から入ると草籠《チョロン》のいるアン棟ではなく、サラン棟に足を向けた。塀の外から部屋の窓に向けて小さな石を投げる。何の気配もしなかったが、しばらくすると若い男の声が聞こえてきた。夢にまでみた俊瑞《ジュンソ》の声だった。

「誰かいるのか?」

震える声で答えた

「仁善《インソン》です。扉を開けてください」

扉を開ける音がして驚いた俊瑞《ジュンソ》の顔が光の中に現れた。私は履物を脱ぎそれを持って部屋の中に入っていく。俊瑞《ジュンソ》が後について入ってきた。私たちはしばらく無言のままだった。

「あす金剛山《クムガンサン》に行かれるのですか」

私がたずねる。

「……」

俊瑞《ジュンソ》には私が目の前にいるのが夢のように思えたようだ。

「……あさっての早朝に」

私は顔をあげて俊瑞《ジュンソ》をみつめた。彼の目の中に揺らめくものがあった。それが心の動揺なのか、黄色く輝く灯の炎のせいなのかは分からない。それに対して私の声は淡々として落ち着いていた。

「私の体と心を私ではない何かが支配し操っているようです。世の中の万物にはすべて天の意志があるといいますが、私を作った天が私の心と体を動かし、それにはすべて意味があるのでしょう。学問で学んだ教えにとらわれ意にそわないままに生きる人生は死んだも同然です。私は心の動くままに生きたい。絵を描くのは宇宙と自然の調和を知りたいからです。絵の中の小さきものたちに学問を教えようというのではありません。道徳を賞賛し、礼節を守るのも人間らしく生きようとするためです。しかし自然に反する道徳ならば天は人間をこの宇宙に送り出すこともなかったでしょう……」

私の声に涙が混じりはじめた。祈るように両手を合わせるとそのままひざまずいた。

「私を殺してください。いっそのことあなたの手で死にたい」

ひざまずいたまま涙を流した。

「何ということを。いったいその手はどうしたんです。何があったんです」

俊瑞《ジュンソ》が包帯の巻かれた私の手を撫でながらたずねる。

「私を殺してくださるか、あるいは私も金剛山《クムガンサン》に連れて行ってください。どこへでもあなたの行かれるところへ私も連れて行ってください。もう書も絵も描きません」

私の手を見て俊瑞《ジュンソ》が状況を把握したようだった。

「ダメです。おろかなことをなさった。あなたの手紙をいただいたとき、私は馬を走らせあの絶壁に行きました。しかし心を入れ替えました。私には恋を潰すことしかできないのであれば、あなたの才能と人生を生かさなくてはと。あなたがそのおかげで幸せでいられるなら、私はそれで良い。私さえいなくなれば良いこと。簡単なことです……。もうこの手は大丈夫なんですね?」

私がうなずくと彼は私を引き寄せその胸に抱きしめ涙を拭いてくれた。

「私のせいで僧侶になろうというのなら、お願いですからやめてください。私はもうあなたなしには生きていけません。それが分かりました」

「必ず僧侶になるというのではありません。この地獄のような心の根源が何なのか心の学問をしたいのです。僧侶になるかもしれませんが、この心をうまく扱えるようになれば、この恋など、この苦痛など大したものではなくなるかもしれません」

私は決心したというように口を開いた。

「私の心はすでにあなた様のものです。遠い昔から。もしかすると私たちがそれに気付かなかった時から……。ですからこの気持ちを受けとめてください。旅立たれる前にそれを伝えたくて死ぬ覚悟で夜道を駆けつけました。この一言だけは言っておこうと。この気持ち、分かってくだされればそれで私は十分です」

俊瑞《ジュンソ》が私をぎゅっと抱きしめた。息がつまりそうなほどぎゅっと。二度と離さないというように。寒い夜道をやってきた私の体は雀のようにただひたすら震えていた。

「ああ、あなたはこんなつまらない男のために本当に死ぬ覚悟をなさったのですね。こんな告白をするまでどれほど辛かったことか」

彼は息をつめて嗚咽《おえつ》した。

「あなた様のお気持ちも私の気持ちと同じですか？」

私がたずねた。

俊瑞《ジュンソ》がその手で私の顔を優しく覆うと、私の目をしっかりと見つめた。

「ほんとうにお分かりにならないのですか。あなたよりも先に私がこの心を差し上げていたことを。私の心は変わりません。あさって金剛山《クムガンサン》に発ち、少しして帰ってきます。知り合いの禅師に『伺います』と手紙をしたためたので一度は行って来なくてはなりません。そんなに長くはかからないでしょう。もともとは気の向くまま、何年でも行って来ようと思っていましたが。もうあなたに会いたくて長い間とどまることはできないでしょう。もうあなたのお心も分かったので十分です。これからのことは、その時に再び考えることにしましょう。今後のことについて真剣に考えてきます。二人の気持ちさえ変わらなければ大丈夫です。それこそがこの宇宙で最も大切な核心です。ですから……今、死ぬほどあなたを欲しいが、その時まであなたを守ってあげたい。私の気持ち……私の真実……分かりますね」

俊瑞《ジュンソ》が再び私をきつく抱きしめた。連理の木のように、何も言わずにぎゅっと抱き合っているとたとえようもなく温かく、そのまま眠ってしまいそうだった。

「行かなくては」

私は彼の胸を押して言った。

「発つに先立って契りの品でも差し上げたいのですが突然のことで何もありません。しばらく会えないと思うと、もう恋しくなりそうで……大変だ」

俊瑞《ジュンソ》はそう口にしながらも私の手を離そうとはしなかった。

「夜が明けたら大変です。誰かの目にでもついたら……」

「恐いことは恐いのですね？」

彼が笑った。どこからか犬の吼える声が聞こえてきた。びくっと驚いた私を見ながら彼があわてて言った。

「契りの品はありませんが……もしかして『同心結』という話を聞いたことがありますか？」

「ええ。姉が結婚するときに見ました。結納のしるしの青糸と紅糸を結んだ組み紐を同心結というと……」

「そうです。その組み紐、結べますよね。契りのしるしとして恋人たちがそれぞれの髪の毛を切ってそれをあわせて結んだりもするそうです。二人の心が一つになるという意味とか」

俊瑞《ジュンソ》がはさみを取り出し、髪をほどくと自分の髪の毛を一束切って差し出した。

「分かりました。姉のをよく見ていたので見なくてもできます。私の髪の毛も切ってください」

私も髪を結んでいたリボンをほどいた。豊かな私の髪から俊瑞《ジュンソ》が糸束くらいの量を取り出して切った。私は二人の細くて長い髪の毛の束を揃えて、まだ回復していない手で組み紐を結びだした。手は完全には治ってはいなかったが、俊瑞《ジュンソ》の助けを借りてそれでもなんとか結び終えた。普段から福袋や胸飾りの装飾用に結んでいたので同心結もさほど難しくはなかった。間もなく二人の髪の毛を結んで作った同心結ができ上がった。黒い木綿の糸のような髪の毛で作った同心結が十字模様に綺麗に、そして固く結ばれていた。俊瑞《ジュンソ》の顔に感動が広がる。

「アア、天下を得たようだ」

「でも……二人の髪の毛で作ったので一つだけです。これでは二人で分かち合うこともできません、どうしましょう」

「ですから同心結ですよ。二つの心が一つになったのです。これを遠く旅立つ私にくれますか？　一人で過ごすこの身もこれを肌身はなさず持っていれば天下を得たようでしょう。あなたを胸に抱いているようです。どうです？」

私はしばし迷ったが静かに言った。

「どうぞ」

＊

俊瑞《ジュンソ》は予定どおりに金剛山《クムガンサン》に旅立った。草籠《チョロン》も元気を取り戻したが、なぜか以前の草籠《チョロン》とは違った。口数も少なくなり笑顔も見せなかった。祖父の病はさらに深刻になっていった。来年までもつかどうかも分からないという。それでも私の心にはその良くない状況とは反対に泉のように幸福感がわき上がっていた。息も十分に吸うことができ、外がどんなに寒くても心と体は温かった。ああ、これが生きているということなのだと思った。幸福とはこういうことなのだ。そんな人間の心の調和が神妙だった。しかしその幸福が一時的なものに過ぎないことも分かっていた。いつか俊瑞《ジュンソ》が帰ってくれば私の人生を選択しなければならなかった。それが足の脛を鞭で打たれる程度のお仕置きではすまないことも分かっていた。今までの人生とは違う、まったく違った人生になるだろう。心のままに選択した代価として多くの人々の涙が待っているのかもしれない。

初霜が降り、すぐに初雪が降ると、いつの間にか冬の寒さが迫ってきていた。そして霜柱のように恐ろしいことが相次いでおこった。祖父が静かに目を閉じたのは、もしかするとささやかな前兆に過ぎなかったのかもしれない。その頃、漢陽《ハニャン》では血で血を洗う争いが起きていた。趙光祖を筆頭として性理学にのっとった理想主義的な急進政策を繰り広げていた新進士林派が、永い間、圧迫を受けていた南袞《ナムゴン》、沈貞《シムジョン》、洪景舟《ホンギョンジュ》などの勲旧派によって処断された己卯士禍*が起きたのだった。勲旧派は洪景舟の娘が王の側室であることを利用して夜毎、中宗の心をかき乱したという。宮中の裏庭の木の葉に蜂蜜で「走肖為王」の四文字を書き、これを虫たちが食いちぎりこの四文字が浮かび上がると、その葉を王様に見せて王の心を乱したという話が聞こえてきた。「走・肖」の二文字をあわせると「趙」の字になるので「走肖為王」つまり趙氏が王になるという意味だ。新進士林派の急進的で排他的な態度に嫌気のさしていた王は結局、趙光祖とそれに従う数十人の官吏の官職を奪い、流刑にしたり死薬を与えたりした。

そしてその火の粉は江陵《カンヌン》にまで飛んできた。祖父の葬儀を終えると祖母がとつぜん心身が

＊朝鮮王朝中期の一五一九年、士林派の指導者的な存在だった趙光祖らが保守的な勲旧派の中宗への讒言《ざんげん》によって失脚させられた事件。

弱まって、そのまま床につき、また葬儀を出さなくてはならないのではと家族みんなが心配している間に草籠《チョロン》が捕まり官婢にされた。その父の鄭大監《チョンデカム》が今回の事件に関連したとして死薬を賜り、漢陽《ハニャン》の家族だけでなく江陵《カンヌン》の妾の産んだ子どもたちまで官婢にするようにという王命を受けたのだった。その話を聞き、私があわてて駆けつけたときには、家の中はすでに足の踏み場もない有様だった。召使たちは家財道具をもって夜逃げをしたという。草籠《チョロン》が原州の官衙《かんが》の官婢になったという噂だけが聞こえてきた。別れの挨拶はもちろん草籠《チョロン》の顔さえ見ないままの別れだった。

草籠《チョロン》の部屋にはやりかけの刺繍がころがっていた。障子の外れた俊瑞《ジュンソ》の部屋にはありとあらゆる書籍が散らばっていた。一夜にしてこんなことが起きるなんて。一寸先も闇、そんな人生が、恐ろしくて私は扉の手を握り泣き崩れた。これから先どうなるのだろう。ちょうど金剛山《クムガンサン》に行っていたため、俊瑞《ジュンソ》がこの騒ぎに巻き込まれなかったのは不幸中の幸いと言うべきか。しかしどうなるかは分からない。俊瑞《ジュンソ》はしばらくは世には出てこられないだろう。妓生《キーセン》の息子というだけでなく、さらに逆賊の子どもという重しが加わった俊瑞《ジュンソ》と草籠《チョロン》、私の胸は張り裂けそうに痛み、寝ても覚めても俊瑞《ジュンソ》の身の上が心配で毎晩うなされていた。

ただ不幸中の幸いだったのは、父がこの大乱の血を一滴もあびずに無事だったことだ。

鄭大監《チョンデカム》だけでなく父の友人たちも何人か巻き込まれて、一夜にして罪人となり家族もばらばらになってしまっていた。しかし科挙に合格したものの官職にはつかずに学問に専念していた清廉潔白な父は大乱を免れたのだ。祖母と母は胸を撫で下ろし安堵の溜息をついていた。

人の約束とはなんと虚しいものなのか。恋人たちが心を一つにして結んだ髪の毛の同心結が腐るには百年の歳月がかかるという。肉体が地に埋められれば、約束も胸に埋めなければならないもの。そもそも約束とは破るために存在するのか。選択は……私の選択は正しかったのか。正しかったと信じること。それが人生に対する礼儀なのかも……私は約束を守ったと信じたい。ああ今、私の魂は何を見ているのか。丸い輪の罠が見える。針桐の木、連理の木にかかっていた固い木綿糸の輪。

第十五章　百年佳約

俊瑞《ジュンソ》の家は何年もの間、廃屋となったままで、屋根は崩れ庭には雑草が生い茂っていた。庭の向こうに草籠《チョロン》の部屋があった。人の背たけほどの雑草がぼうぼうと生いしげる庭をかきわけて入っていく勇気もない私は半分ほど崩れた土塀に手をおくとぼんやりとたたずんでいた。夏の間中、ノウゼンカズラが這い上がっていた土塀だった。家は廃屋となってしまったが、大門の横の柿の木は依然として昔も今もおいしそうな柿の実をたくさんつけている。何かの用事で秋の日にこの近くを通るときには朱紅の色が哀しかった。突然、カササギの鳴き声が鳴り響く。カササギが柿の木にとまって柿をつついていた。今すぐにでも俊瑞《ジュンソ》が馬に乗って入ってきて、草籠《チョロン》のおしゃべりの声が聞こえてくるようだった。最も親しかった友と、

恋人をこんなふうに虚しく失ってしまうとは。草籠《チョロン》……俊瑞《ジュンソ》……呼んでみるが、その声は秋の日差しの中に消えていった。会いたい。しかしその声は喉で止まり、私は痛いくらいに唾を飲み込み、その言葉を喉の奥に押し込む。一度でもよいから会うことができれば。春のかげろうのように消え去ってしまうとしても、朝露のように朝日に乾いてしまうとしても。ああ、そんな願いももうこれでお終い。私の目には涙が潤む。

俊瑞《ジュンソ》、あさってがどんな日か分かりますか？　あなたは本当に悪いお方です。私は二日たてば他の男の妻になります。仕方がないではありませんか。私ももう十九歳です。私にどうしろと言うんですか。

サラン棟に行き俊瑞《ジュンソ》の使っていた部屋の板間《マル》に座ってみた。たった一度だけこの板間《マル》に上がったことがあった。他人の目につくのではと履物を脱いで両手でぎゅっと握り締めていたあの夜が私の人生であの方と一緒に過ごした最後の夜になってしまったとは。もうここには二度と来ません。そしてもうあなたのことは心の奥底に埋めるつもりです。これまでの三年の歳月をどうやって簡単に口にすることができましょう。一刻如三秋*といいますが、私には三十年、いえ三百年ほどにも感じられる長い長い時間でした。果てしなくあなたを待ち続けることが……

草籠《チョロン》と俊瑞《ジュンソ》がこの家を離れてからもう三年になる。最初は俊瑞《ジュンソ》が金剛山《クムガンサン》に行っていたので難を避けることができ、天の助けだと考えた。しかし旅立つときにすぐに戻ると約束した人からは月日がたっても何の連絡もなかった。手を尽くして探してみれば分かるのかもしれないが一人でできることではなかった。男装でもして家を出て金剛山《クムガンサン》に行ってみようかとも一日に数十回も考えた。何のあてもなく、ただただ誰かを待ち続けるということ。それこそ最も残酷な刑罰だった。ろうそくがだんだんと燃え尽きていくように一人ぼっちの胸の中は日に日に燃え尽きていった。以前、佳然《カヨン》と一緒に勉強をしたときに借りてきたまま返し忘れていた「玉台新詠」を広げてみた。愛し合い、そして別れた昔の中国の恋人たちの切ない心情がその本にはあふれていた。

別離雖未久　　別れてからまだ久しくはないものの
遂如長離別　　まるで長い間離れているようです
叢桂頻銷葉　　大きく満ちた月の中にあると想像した木は、あっというまに葉を落とし

＊「詩経」にある言葉、一日見ざれば三秋のごとし。

庭樹幾攀枝　庭の花々も何度、摘んだか分かりません
君言妾貌改　あなたは私の姿が変わったとおっしゃるでしょうが
妾畏君心移　私はあなたの心がほかに移ったのではないかと心配です
終須一相見　最後に一度会い
併得両相知　互いの心を知りたいものです*

果てしなく誰かを待ち続けることは、生きていても死んでいるのと同じことだった。私は強い心を持ち続けようとした。日課をたてて熱心に学問に励み、精神を集中して書を書いた。しかし夜になると胸が締め付けられ、彼が恋しいときにはその顔を思い浮かべて肖像画を描いてみた。しかしそれはむしろ燃えあがる炎に油を注ぐことにしかならなかった。生きているのなら人づてでも消息を伝えてくれればよいものを。胸が張り裂けそうな日には鏡浦湖《キョンポホ》まで出て、湖を一周した。湖にはつれあいをなくした鴨や白鷺が淋しそうに一羽でいるのが見えた。その鳥がまるで私自身のように思え、ときにはつれあいを失った一羽の水鳥を描いたりもした。

一年、二年と歳月が流れると、家では私の結婚について話が出始めた。そんなときには穏やかにまたは頑強に拒否の意を表した。

「母上、どうしても結婚をしなくてはいけませんか。絵を描き、書を書き、本を読みながら生涯、父上と母上のそばで、この家を守って生きていきたいと思います。なぜ必ず結婚をしなくてはならないのですか。どうしてもというのなら、私がこの家で暮らせないのなら、髪を落として尼になります」

そのたびに母は悲しそうな顔をした。

「お願いだから、そんなことを言わないでおくれ。他のことには分別のきくお前が、結婚の話を持ち出すと、なぜそんな大人げのないことを言うのですか。大きくなった娘を手元においておけば、あなたではなく父母が世間から笑われます。それも分からないのかい。私たちにとってお前がどれほど大切か、分からないのかい。いつまでも傍においておきたいのは親心。書も書き、絵も描く、そんな嫁ぎ先を探してあげよう。探せばあるというものですよ」

私には同心結で固く契りを交わした男の方がいるという話を母にどうしてできるだろうか。

＊「玉台新詠」の中の「和陰梁州雑怨」という題目の詩。

いったいあの方はどこにいるのだろう。夫婦の契りを結んでおいて、なぜ現れないのか。死んでしまったのか、生きているのか。もし死んでいないのなら、どうしてこんなに私に無関心でいられようか。父も結婚の問題だけは頑固な私に声を荒げた。

「なぜそんなに頑固なんだ。お前は親孝行な娘だと思っていたが、どうしてこんなに親の言うことに逆らうのだ。もう十九歳になる。このまま処女のままで亡くなり鬼神となるつもりなのか。お前の体はお前だけのものではない。家門を考えなさい、泉にも根源があり、芝草も根があるもの。お前の祖父の祖父は右議政、曽祖父は大司成、*祖父は霊岩《ヨンアム》の郡主をつとめ、母方の祖父の祖父はサムス郡守をつとめた方だ。江陵《カンヌン》の外祖母の家門も代々、中央の官吏をつとめた名門の家門であることを江陵《カンヌン》の地では皆知っている。そのような伝統のある家門に生まれたお前がどうしてそんな家門に泥を塗るようなことを言うのだ。ご先祖様が守ってきた数百年の伝統に泥を塗る気か」

胸が痛んだ。そして俊瑞《ジュンソ》を恨んだ。

「父上。少しだけ、もう少しだけ時間をください。私も結婚をしないということではありません。もう少しだけ父上と母上の傍にいさせてください。去年、お祖母《ばあ》様まで亡くなり、そのうえ父上まで漢陽《ハニャン》に行かれれば、母上はこの家に一人頼る人もなく残されてしまうではありませんか。それに父上の健康もまだ完全ではないし……手も治っていない母上は台所仕事をなさるのもまだ大変です」

心穏やかではないものの、そうやって時間稼ぎをするほかなかった。

「つまらない言い訳を……私は大丈夫。もうすっかり良くなりました。それに左手ですから大丈夫」

母は中指の短い左手をもち上げて大丈夫というように手を振った。去年、お祖母《ばあ》様が亡くなったと連絡を受けてやってきた父が黄渓《ファンゲ》の地で倒れた。慌てて駆けつけ家に運んだものの父は生き死にの境をさ迷っていた。その時にふっと母が姿を消した。不吉な予感がしてあわてて探したところ、母はご先祖さまを祀る祠堂で祈禱をささげていた。そして祈禱を終えると銀の小刀を取り出し、止める間もなく左手の中指を切り落としたのだ。母の断指に天も感動したのか父は嘘のように病床から起き上がった。私は父に対する母の愛情が羨ましかった。ほら母上。母上も父上一筋、自分の命よりも大切に思っているではありませんか。どうやって愛する人をおいて他の人に嫁ぐことができますか。そんなふうに指を切ってでも愛する人

＊　朝鮮王朝の最高教育機関、成均館の最高責任者、また儒学者として最上級。

と一緒にいられるなんて、母上はそれでも幸せです。いつだったか母に、いつから父上を恋しく思われるようになったのですかとたずねたことがあった。母は婚礼の日に新郎の顔を盗み見てからだと答えた。瞬間、全身がポンと浮き上がったようで口は自然とほころび必死に奥歯をかみ締めて歯を見せないようにしたという。それに一人娘の身で嫁入りしたため実家のことを考えて涙が止まらず、そんな妻を見て、姑《しゅうとめ》を説得して実家で両親の世話をして暮らすようにしてくれた思慮深い夫のことが常々有難かったという。両親はそうして離れて暮らすこと十六年間だった。そんなふうに離れて暮らしていても、息子なしに娘だけ五人産んでも、妾はおろか母以外には目もくれない父だった。まさに天が定めた縁だった。私は俊瑞《ジュンソ》とそんなふうに生きていく自信があった。彼が帰ってきさえすれば。指を切ってでも両親を説得し、それでもダメなら誰にも見つからない深い山奥に行きたかった。しかしそれも一人で思いつめているだけだった。

そして十九歳の夏は過酷だった。漢陽《ハニャン》からやってきた人が「王様が娘たちを王宮に差し出させようとしている」という話を広め、娘のいる家々では心配し頭を痛めることとなった。昔、暴君だった燕山君の時代に、女色に陥った王が全国各地の美しい娘という娘を王宮に集めた前例があったからだ。娘をもつ家ではその時のことを皆覚えていた。あつものに懲りてなますを吹くのことわざのように、皆、仲人もなしに婿探しに奮闘し、両班《ヤンバン》の家でも婚礼の儀礼を全部ととのえずに婚儀を急いだ。まわりがこうなると十九歳という歳のいった娘を持った家では慌てないわけにはいかなかった。どんなにあがいても今年の秋を越すことは難しいだろうという考えが胸をよぎった。家族が皆寝静まった真夜中、私は泉から澄んだ清浄な水を汲んで天地神明に祈りをささげた。天よ、天地神明よ、あの方が私のもとに戻って来ますように。私の夫となりますように。同心結を結び約束した結婚の約束を守れますように。そうでなければ今、どうやってこの命を保っていけばよいというのです。どうやって他の方を受け入れろというのです。過酷な、過酷な運命からお守りください。祈祷は夜毎続いた。祈祷のせいか希望が生じるようだった。どこからか彼が一歩ずつ私に向かって近づいてきているような強い確信が湧いてきた。そうやって祈禱を続けていた月の明るい夜。祈禱を終えて振りむくと母が立っていた。母と娘はしばらくの間、石像のように月明かりの下で何も言わずに立ち尽くしていた。

「仁善《インソン》。これは……」

母は震える声で娘の名前を呼ぶと、それ以上は言葉が続かなかった。そしてゆっくりと首をふった。母は私をじっと抱きよせ、私は母の胸に抱かれて涙を流した。

「母上も分かるでしょう。指を切り落とし、死さえも恐れなくするものが何かということを母上もご存知でしょう。私は母上の娘です」

母はこれで納得がいったとでもいうように溜息をついた。

「可哀相に。その恋は間違って落ちた種。世宗《セジョン》大王の時代に良民の娘のカイとその家の奴婢《ぬひ》のブクミが恋に落ちた話は聞いたことがあるだろう。二人は死を覚悟で結婚した。良民の女と賤民の男の身分違いの結婚は姦通とみなされ厳しく罰せられる。本来は二人とも死刑に処するべきだったが、カイだけは命を助けて倭人に強制的に嫁がせたという。しかしカイはその倭人を殺してしまい、結局、ブクミとカイ、二人とも死ぬことになった。国の法なのだ、どうしようもない。この国は父が賤民なら子どもも代々賤民。うちはどんな家門だか分かっているね。よりにもよって逆賊の息子という烙印まで押されてしまった……」

「ああ、家門！　家門！　私という存在は、私の心は何なのですか。ただただ家門のために死んだように生きろというのですか。それとも家門の名誉のために私に死をお望みですか」

「それだけは……」

母は言葉を続けられず首だけ振り続けるのだった。

「母上、一人の方にささげたこの心をどうやって変えることができましょう」

鶏が夜明けを告げるまで母と娘はしっかりと抱き合って泣いていた。

それでも夜になれば私はまた祈禱を続けた。そのほかに頼るものがなかったのだ。そんなある日、落ち着かない気持ちを抱いたまま鏡浦湖《キョンポホ》を散歩して家に帰ってくると誰かが声をかけてきた。編笠を深くかぶった男だった。

「もしかして仁善《インソン》お嬢さんでは。金剛山《クムガンサン》から来ました」

私が警戒を緩めずにうなずくと、男は周囲を見回してから家の後ろの竹林に足を向けた。

「鄭俊瑞《チョンジュンソ》お坊ちゃんから手紙を預かってきました」

震える手で手紙を受け取るとすぐに読み始めた。目に懐かしい俊瑞《ジュンソ》の書体だった。しかし文字は強い感情のせいか大きく震えて乱れており涙のあとも見えた。胸がどきどきし始めた。

寝ても覚めても夢にも忘れられない人よ。もう三年という歳月が過ぎてしまいました。その間、心身をいためずに過ごされたでしょうか、心配です。父をはじめとする一門が政乱にあって散りぢりばらばらになってしまったという話を金剛山《クムガンサン》に入山してずいぶん経ってから知りました。俗世を離れて山の中で勉学に励み、時を待ち世に出ようと努力していた間に過酷な歳月が流れてしまいました。しかしあなたを一人にして金剛山《クムガンサン》にいる私もまた一日も心安らかな日はありませんでした。私たちの愛が世の中で最も過酷な罰を私に与えたような気がしました。それでもあなただけ傍にいてくれればどんな苦労も厭わないと思いました。今年の夏には何としてでも勉学を終え、あなたのところに行く思いで邁進に邁進を重ねました。しかし天は何と無心なことか。原因の分からない病にかかり体が切り刻まれるようで、日に日に気力をなくしてはや二ヵ月。何の理由なのかこの体は今、病にふせっております。師匠の至限禅師はありとあらゆる薬草を求めて下さいますが、回復の兆しは見えません。今や次第に体中が麻痺して手さえ動かすのが辛い状態です。私の学問はさほど深いものではありませんが、今や時が来たのは分かります。人命は在天と申します。未熟な私にも感じられます。ですからどうか私を許してください。この生涯あなたと交わした美しい約束を守って最後まであなたを守りたいと思いましたが、天はそうは望んでいないようです。それは病に冒された体の苦痛にまさる苦痛です。ですから愛しい人、私の命をかけたお願いです。どうか私を忘れてください。墓に埋めるように私の記憶を葬りさってください。執着してはなりません。このようにあなたに言うほかない、この体をどうか許してください。天の意志だと思い受け止めてください。『人間の生死は、天命でないものはない、ですからその正しい天命を純理だと受け止めろ。ただ君子だけがその正しい天命を純理として受け止めることができる』という孟子のお言葉を胸に刻んでください。私は死んでもあなたの健康と幸せを祈っています。そしてあなたの生まれながらに備わった気品と才能が花開くことをあの世に行っても祈っています。あなたは私の人生で愛した、ただ一人の大切な女人でした」

震える手で手紙を読んでいた私はようやく男にたずねた。

「この方……ご無事ですよね。今……どこにいらっしゃいますか」

男は何も言わなかった。非常に困ったような顔をするとようやく口を開いた。

「先月末に……結局、息をひきとられました」

竹林に夜の風が吹いてきてカサカサ、カサカサ……音がした。その音がだんだんと遠のくと私は力なくその場に座り込んでしまった。

＊

初夏の日に青天の霹靂《へきれき》のような知らせを受けた私は死んだように床にふせった。そして最後には心の芯を奮い立たせて立ち上がった。それまでは正気ではなかった。涙の一粒もこぼれなかった。心を砕いた三年の歳月の果てに灰だけが残った。心の中には荒涼とした風が吹いていた。木綿の紐を手に山の中に踏み入ったことも三、四回。俊瑞《ジュンソ》と共に山水画を描いたところ。そして連理の木のあるところ。ああ、あの木を眺めて胸ときめく無言の約束をしたのに、もうこの世ではあなたと一緒になることはできない。あなたに嫁ぐことはできない。ならば結婚に何の意味があるのか。約束の証である同心結もあなたの体と共に埋葬されたのだろうか。できることなら爪がはげ、爪の下が真っ黒になるまで狂ったように掘り起こして燃やしてしまいたかった。彼と何度か訪れた連理の木の枝に長い綿糸の紐をかけ、その輪の中に首を入れたこともあった。この輪に首を入れればすべてが終わる。そしてあの方のところに行くことができる。生い茂る針桐の葉が風に揺れて人の手のように私を招いていた。人の縁の輪のような丸い輪の中に青い空が見え俊瑞《ジュンソ》の顔が浮かんだ。二人でブランコに乗ったときの涙に濡れた顔。あんなに約束しておきながら、こんなに虚しく死んでしまうのなら、なぜ私に重い業だけ与えて逝ってしまったの。私は目を固くつむると歯をかみ締めて輪の中に首を差し入れた。背伸びをして立っていた岩を足で蹴飛ばすと体が虚空に浮いた。空が眩しいほど青かった。目を閉じる。首が締め付けられてきた。息は苦しかったが体はどんどん軽くなる。遠くに青い海が見える。白い砂浜の上を俊瑞《ジュンソ》が馬に乗り駆けてくるのが見える。俊瑞《ジュンソ》が私を軽々と抱き上げ自分の前に乗せると後ろから抱きしめた。馬は空を飛ぶ鳳凰のように思いっきり駆けていく。巻物をひもとくように俊瑞《ジュンソ》と一緒に過ごした日々がさっと目の前に広がる。いつの間にか馬は数年前に一緒に行ったあの絶壁の上で止まった。一緒に死のうと俊瑞《ジュンソ》が馬を引いていった所だ。この絶壁を飛び越えてあの向こうの絶壁に渡れば永遠に一緒にいられる。俊瑞《ジュンソ》の声が耳元でする。私はうなずく。ああこれで天に到達するのね。ところが、どたん、私の体は墜落してしまった。「だめだ、だめ」どこからか念仏のような声が耳元に聞こえてくる。目を開けた。高い針桐の木の枝にはほどけた輪がぶら下がっていた。五本の指のような針桐の木の葉がまるでだめ、だめというように手を振りながら合唱していた。声はあの木からするのだろうか。そのまましばらくのあいだ地面に横たわっていた。枝にかかっていた白い綿糸の紐が風に吹かれて踊りを踊りながら降りてきて私の顔にそっと降り立った。ほどけて地面に転がる輪を目の前にかざしてみる。ほどけてしまった輪。それはもしかすると一つの暗示なのかもしれない。突然喀血のような慟哭が噴き出す。

　そうだ。約束の鎖を切り縁の紐を断とう。人生一夜の夢の如しという、悪い夢を見たのだ。この人生、命を断って幕を下ろすこともできないのならば、残りの日々は、新しい日々を重ねるように暮らしていこう。父上と母上の意に従おう。たいしたことじゃない。そうだ、結婚すればいい。男に対してこれ以上心を与えることはないだろう。妻であれ、母であれ、嫁であれ、娘であれ。それが宇宙の原理であり理致ならばそれに従おう。また天の意志ならば誰よりも完璧に生き抜かなくては。しかし私の心をそこに縛り付けることはできない。誰も私の心を勝手にすることはできない。私の心は私だけのもの。私は私。私の心の主人は私だ。私は自由だ。結局この宇宙の中に一人だけなのだから、この宇宙の中を一人自由に飛びまわるのだ。人生をあざけるにしても、崇拝するにしても。

夏が終わる前に私は母に結婚すると伝えた。母は私の両手をぎゅっと握り締め、数日後には見合いの話をもって仲人婆さんがやってきた。漢陽《ハニャン》からやって来た父もまた結婚相手を見つけてきた。結局、三つの縁談が持ち込まれた。

「お前の考えはどうだ。一つは代々続く財産家の家で宗家の跡取りの嫁だ。いろいろと難しいことも多く大変だろう……宗家は家事も大変だろうが、お前なら十分賢明に徳を積みながらやっていけるだろう。もう一つは漢陽《ハニャン》で代々、堂上官をつとめる慶州金氏の家の次男だ。ただ舅《しゅうと》が女好きで妾を二度も替えたという話も聞こえる。父がそうだからと言って息子のほうも必ずしも浮気者というわけではないだろうが、それ以外は非常によい縁談だ。そして三番目は条件の面で少し足りない縁談ではあるが……先代から官職にはついているものの清廉潔白なソンビの家柄だと賞賛されている徳水《トクスイ》李氏の家の一人息子だ。ただ父を早くに亡くして母一人、子一人で育ったという。しかしその母は婦徳があり立派だと村でも評判だという。新郎の性格も良く、親孝行だという話だ。それに姿かたちもなかなかのものだという。そなたはどう思う？」父は母と私に同時にたずねた。

「宗家の長男の嫁は女としてそんな大所帯を切り盛りするというのは並大抵のことではないでしょうが、やりがいもあると思われます。でも仁善《インソン》が嫁ぎ先の家の切り盛りに追われて疲れてしまうのではないでしょうか。そして二番目は、娘はその母を、息子はその父を見ろといいますので、やはりちょっと気になります。高い官職につき暮らしに余裕があってもどうでしょう。いろいろと心を痛めるような家なら嫁にはやりたくはありません。それから母一人、子一人というのも。なかなか大変でしょう……幸いその母子が心立てが正しく、良い人柄だと言うなら仁善《インソン》が静かで心も安らかに暮らせる気がしますが……その家の財産はどうなのですか？」

「父を早くに亡くしたというから豊かではないだろう。ただうちに息子がいないから息子を得たと思って、少し助けてあげれば若夫婦が互いに頼って暮らすには問題がないとは思うが……そしてこの姑《しゅうとめ》という人がなかなか話の分かる人なのか、うちの娘に才があるという話を聴いて心安らかに過ごせるようにしてあげると言ってくれているそうだ。本当に選ぶのは簡単ではない。それでどうだい、仁善《インソン》、お前の考えは」

両親はどうも堅苦しくない家を選んで私が自由に暮らすことを願っているようだった。息子のような娘を嫁ぎ先に奪われたくないのだ。私は三件の縁談のなかでは徳水李氏の家の一人息子にひかれた。嫁ぎ先の家族が少ないのでわずらわしいこともないだろうし、財産が多く高い官職にある家門よりは気持ちも楽だろう。どちらにしろ私の財産、私の官職でもないし、嫁に行けば女はその家の召使とたいして違いはないものだ。

「私も仁善《インソン》が心安らかに、その才能も生かしながら、夫に愛されて暮らしていければと思います。互いに寂しいもの同士、嫁の実家とも穏やかに付き合ってくれるでしょうし。何よりも心根が一番ですよ」

「そなたもそう思うかい。実におかしなことだが。私もなぜかそちらにひかれる。これで話は決まった気もするが……おまえはどうだい。特にひかれる話があるかい」

「私は父上と母上のご意見に従います。嫁にいってもお二人と永遠に別れてしまうのではなく、たびたびお目にかかることができれば嬉しいです。暇なときに私のしたいことができるなら私に不満はありません」

結局、結婚は徳水李氏の家の息子である李元秀《イウォンス》に決まった。それからは結婚の段取りが着々と進んだ。冬になる前に婚礼を済ませるには急がなくてはならなかった。どの家の娘も行う結婚ではあったが、私にとっては死ぬか結婚かという分かれ道で選んだ一つの選択だった。選択はあらたな誕生を意味する。私は心を整理するために朝早く起きて紙に向かった。一字一字心を込め心血を注いで楷書や篆書《てんしょ》*を書いていった。そして時間の許す限り母から縫い物と料理を学び、その間に刺繍もした。幸い、この三年間、寝付けない夜に刺繍をしていたおかげで嫁入り道具の寝具類や生地は十分だった。結婚の準備をしている自分自身が他の人間のように思われた。新郎に対してはあまり興味もわかなかった。そして嫁に行き新たな人間関係を築いて暮らしていかなければならないということも、それほど恐ろしくはなかった。何が起きても慌てることなく堂々と落ち着いていられるような妙な自信と無心さがあった。心をすべて空っぽにしたおかげか。久しぶりに訪れた静かな水面のような心情だった。

　ある日、母が私を自室に呼んだ。

「おまえも結婚すれば大人です。号を一つ持っても良いでしょう。もしかしてお手本にしたいような人や気に入った号などありますか？」

＊　漢字書体のひとつで曲線的な装飾が特徴。大篆と小篆があり、普通は小篆を指す。

ほかでもない何年も前から心の奥で決めていたものがあった。ただ最初に号を考えたときと今では状況もだいぶ違ってはいたが。

「中国の周の国を創建した聖君文王の母の太任を昔から慕っておりました。胎教を重視して赤ん坊がお腹の中にいるときから心を砕いて教育したと聞いております。結婚の意味はほかにもありましょうが、新しい生命を授かり、それを育てるというのも大きな責任の一つだと思います。文王の母君をお手本にするという意味で師匠の師の字を使い師任堂《サイムダン》とするというのはいかがでしょうか」

「おお、そうだね。師任堂《サイムダン》。良いこと。それではこれからお前のことを師任堂申氏《サイムダンシン》＊と呼びましょう。師任堂《サイムダン》、おまえはこれからお前の子どもたちの師匠としてだけでなく、子孫、代々立派な母のお手本になるのですよ」

＊

昨日の夜、ついにすべての段取りが整い、新郎の側から婚書と新婦への贈り物の入った婚需函が届いた。函には婚礼用の絹布と婚書紙が入っていた。結納の品として入れられた新郎と新婦を象徴する青色と紅色の絹布には青色の布には紅色の糸で、紅色の布には青色の糸で同心結が結ばれていた。それを見ると目頭が熱くなり涙がこみあげ、思わず絹布に涙がこぼれ落ちてしまいそうだった。あの方と最後に二人の髪の毛を切って同心結の真似をしたことがあった。あわてて瞬きをして涙をこらえる。母は婚書紙を取り出し私に読むようにと言った。漢陽《ハニャン》の姑《しゅうとめ》の洪《ホン》氏が書き寄こしたものだった。

『五穀百果が実る天高く馬肥ゆる季節に玉体万康であられますでしょうか。今般はわが家の一人息子が成長し、天の恩恵で貴宅の尊いお嬢様を妻とすることができ感謝の気持ちでいっぱいです。ここに古来からの儀礼に従い結納の礼を執り行います。十分に整えることのできなかった点、どうか寛容なお心でお許しください』

「大切にしなさい。これでおまえの婚礼が完全に成立したことになる。おまえはこれからは李家の者となったのです。これは女が棺に入るときに墓の中までもっていく書状なのだよ。あの世にいってても独り身ではない、生涯一人の男を夫として一夫従事したという証拠なのです」

＊　朝鮮では結婚しても女性の姓は変わらない。

棺にまで入れる書状。生涯、一人の男を夫として一夫に尽くしたという証拠。私はその一枚の紙切れの威力に静かに微笑した。どちらにしても運命は決まったのだ。床に入ると、いくら心を空にしたといっても、追い払っても飛んでくる雀の群れのように後から後から数多くの思いが押し寄せてきた。意識は雀の群れを追い払いたいのだが、自分自身が手足を動かせない案山子《かかし》のようだという気がした。夜通し眠れないままに、ようやく眠りについたものの明け方には目が覚めた。幸い不吉な夢はみなかった。すでに東の空が明るくマンドクの家族だけでなく、親戚の家の召使までが早くから集まり婚礼の準備を始めていた。家中が騒がしかった。外から聞こえてくる騒音が遠くに感じられる。生涯を共にする新たな縁と会い婚礼をする日。俊瑞《ジュンソ》のことが飴のように頭にこびりついていたが、そんな思いを断ち切るように頭を強く振った。すると突然佳然《カヨン》のことが思い出された。十五歳で漢陽《ハニャン》に嫁に行ったあの娘。いつも遠くを眺めて夢見ているようだったあの娘はどうしているだろう。これで私も漢陽《ハニャン》に嫁にいけば、もしかして佳然《カヨン》に会えるだろうか。漢陽《ハニャン》は非常に広いというけれど……そして草籠《チョロン》は今どこで何をしているのだろうか。風の噂では官舎で水を運ぶ水給婢をしていたがそのずば抜けた容貌のおかげで官妓になったということだった。妖艶に、そしてつんと澄まして踊りを踊っていた草籠《チョロン》の姿が思い浮かんだ。そのすべての思いを振り切るようにさっと床から起き出す。

うんざりするような新婦の化粧が始まった。沐浴してきれいに髪を梳かしてから新婦用の髪型に結い上げ大きな龍の簪《かんざし》を挿す。一つにまとめた髪の毛はこれまで大切に伸ばしてお下げにしてきたものだが、この髪が結いあがればもう二度と髪を乙女のときのように長くお下げ髪にすることはできない。飾り紐で結んだ髪をほどいて一つかみをハサミで切りとり俊瑞《ジュンソ》の髪の毛と一緒に同心結を結んだ、あの髪だった。髪の毛は棺の中でも腐らないだろうが、彼はもうこの世にいない。一人残された人間は、心で結んだ契りをこの世では今この瞬間に終わらせなければならないのだ。顔に白粉《おしろい》が塗られた。もしかして目頭に涙でも滲《にじ》み、それが染み出てくるのではないかと私は目に力をこめて歯をかみ締めた。両頬にヨンジとコンジという紅い点を入れ、黄色の婚礼用のチョゴリに、裾に金箔飾りのほどこされた青色のチマを身につけ、その上にさらに赤いチマを重ねて着る。チマの裾が段になり一層華やかだった。そして上衣には緑色の礼服を着て、その上から胸に帯を締めた。頭には簪《かんざし》を挿しその上に七宝の花冠をつけ、紅色の飾り紐と婚礼用の黒い帯を長くたらす。

新婦が姿を現すと客としてやってきた親戚連中や村の人々の間からは嘆声と感嘆がわき起こった。お昼過ぎにオシドリの木の飾り物を手にした介添人を先頭にして新郎がやってきて、母にオシドリの飾りものを渡し婚礼の儀がはじまった。新郎の顔を初めて見たのは拝礼を行う時だった。手母の助けで新郎に二度の拝礼をしたときにちらっと見た。華やかな官服にサモ官帯を締めた新郎。中肉中背で容姿も端正な、文句のつけようのない印象だった。どんな人であってもよいとは思っていたが新郎の印象が険悪でないことだけは幸いだった。何がそんなに嬉しいのか新郎は笑い通しだった。口は結んでいたが目元には悦びが溢れていた。

「まあ！　善男善女とはまさにこのこと。新郎も俊英だし、新婦といったらまさに天から舞い降りた仙女だよ」

「なんてお似合いだこと、まさに天が定めたようだ」

「新婦がもったいないよ」

「江陵《カンヌン》の新婦を漢陽《ハニャン》の新郎に取られるんだ。悔しくてたまらない」

村の人々が、がやがや談話しながら笑い転げていた。新郎新婦が杯と瓢簞《ひょうたん》に注がれた酒を飲むハプグン礼で婚礼のすべての手順が終わった。簪《かんざし》と髷《かつら》で重い頭と、不自由な衣装のせいで体はへとへとで、気持ちはまったく落ち着かず、手母の手助けで立ったり座ったりをくり返す操り人形のようだった。幼い頃からこの日をどれほど夢見てきたことだろう。満月の夜、真夜中に井戸端に行き瓢簞で水を汲みあげて、その水を見ると月の光の中に未来の新郎の顔が見えるという言い伝えがあった。仁紅《インホン》姉さんと夜、密かに家を抜け出して何度水を汲み上げたことか。俊瑞《ジュンソ》と会ってからは彼と婚礼をあげる想像をしながらどんなに幸せだったことか。この目の前の男の方と私は前世ではどんな間柄だったのだろう。夫婦の縁は天が定めたというが。

夜になり寝房に入り座っていると新郎が部屋に入ってきた。卓の上には合歓《ハプファン》酒と玉杯が置かれていた。新郎が私の隣に座ったために蝶の形をした燭台の炎が今にも消えそうに揺らめいた。壁には二人の影が写りゆらゆらと踊りを踊っている。私は影を眺めていた。ああ、あの影の花嫁が私なのだが、実感がわかなかった。新郎も落ち着かないのか空咳を何度かしていた。新郎が玉杯に酒をつぎ自分で半分ほど飲むと、残りを私に差し出した。私は唇だけわずかに濡らす。沈黙がしばらく続いた。

「四柱単子《サジュタンジャ》*をみて分かっているだろうが、辛酉の生まれで李元秀《イウォンス》という。きょう初めて会ったが、おかしなことにあなたは見知らぬ他人の気がしない。それが不思議だ。私は本当に幸せな男のようだ」

＊　結婚を申し込む際、新郎の家が提出する書類で、新郎の生年・月・日・時の四つの干支《かんし》を書いたもの。

私はひたすら目をふせていた。炎の光に彼の手が見えた。人の手には表情がある。彼の手はおそるおそるという風に迷っていた。顔を見ることはできなくても、私は初夜を前にした二十二歳の男の不安と期待を読み取ることができた。新郎の息遣いが少しだけ荒くなる。新郎が私に近づき、私の大きく結った頭から簪《かんざし》をはずしそっと床に置く。そしてゆっくりと礼服、花冠と順にとっていく。新郎の体からわずかに汗のにおいがした。今日一日、新郎も疲れたのだろう。今度は緑色の礼服を脱がせようと近づいてくる新郎の手を私は本能的に避けた。新郎は驚いて手を止めた。

「脱がしてもいいかな?」

私は顔をまわして燭台の上の炎を指した。チラッと見ると新郎はぎこちない笑みをつくっていた。

「あかりを……」

「消せというのかい」

私はうなずいた。

「私は嫌だよ」

予想外の反応に私は顔をあげて彼を見つめた。本当に嫌なのか子どものような怒った表情をしていた。私がじっと見つめると彼はニヤッとした。

「今日は月もない日なんだ。絵のように美しい花嫁をもっとよく見たいんだよ」

もしかしてチェギュ兄さんのような遊び人なのだろうか。不安になった。しかし新郎の笑顔には淫乱な影は全く見えなかった。率直な性格なのだろうか。そうでなければ子どもっぽいということか。

「恥ずかしいのかい。それならあかりは消そう。初夜とはいうものの、おかしなことに前から知っている親しい間柄のような気がする。まあ今日だけというわけじゃない。私たちには一緒の夜が鳥の羽のようにたくさん残っているのだから」

彼が火を消した。一枚一枚服を脱がされながら絹ずれのサルルという音だけが部屋の中に満ちる。月もない真っ暗な夜。音はよりいっそう敏感に耳をくすぐった。そして新郎の服を脱ぐ音。卓を隅に押しやる音、村の犬の吼え声、唾を飲み込む音。そのすべての音の後で、新郎の手が私の体に触れた。体中の毛穴と汗穴がぎゅっと驚き縮まったが、じっと体をあずけて私は目をつむった。不思議なことに震えはしなかった。夢ではなかったが、しかし現実感もなかった。私の体が自分のものではないようだった。閉じた目の中には黒い幕が下り、五月の端午の日の青い空が広がっていた。ずいぶん長い間、体は未熟な儀式を行うために戸惑っていたが、私の脳裏は端午の日のブランコから眺めた青空でいっぱいだった。新郎が私の体の上をあちこちさ迷い、何かをしていると思った瞬間、見知らぬ苦痛が急襲した。瞬間、ブランコの踏み板が二つに割れ体がゆがんだ。涙をいっぱいにためた俊瑞《ジュンソ》の顔が見えた。しかしその顔がだんだんと遠のき天へと消えていく。ブランコから落ちてしまいそうだった。落ちちゃだめ。ああ。このブランコの綱を放してはだめ。私はいやいやをしながら新郎の背中をぎゅっと抱きしめた。

翌日、卯の刻に目を開けたときには布団の上には真っ白な絹の手拭の上に華やかな花びらのような数滴の血痕が見えた。そして傍らに横たわる見知らぬ男の穏やかな寝顔も。

大関嶺《テグァルリョン》は壁であり、門であった。故郷に行くのに越えなければならない壁であり、新しい人生を開く門だった。漢陽で大関嶺を思う時には母に会いたいと心から願い、漢陽に向かうために大関嶺の関門を越える時には私の横に新たな生命が一つずつ増えていった。

第十六章　大関嶺《テグァルリョン》

昼食用に東海《トンヘ》の海で獲れた新鮮なスケトウダラで汁を作ろうと台所で味見をしていると花婿が飛び込んできた。

「シッ」

目くばせをして床暖房用《オンドル》に貯蔵してある萩の木の束の後ろに隠れる。すぐに末の妹の末姫《マルヒ》と四番目の玉男《オクナム》が飛び込んできた。

「姉さん。お義兄さん見なかった？　おにいさん」

「お義兄さんがここに入ってってたの見たんだから」

かまどの火を見ていたマンドク母さんが、代わりに答える。

「ここにはいらっしゃいませんよ、かくれん坊とはいえ、大の男が台所に隠れたりしますか？」

「うん。それもそうね。男が台所に行けば何かが落ちると母上も言っていたし。姉さん。納屋に行ってみよう」

末姫《マルヒ》の言葉に玉男《オクナム》がうなずき台所を出て行く。少しすると萩の木の束の後ろから夫が姿をあらわした。

「ありがとう。マンドク母さん。ああ、いい匂い。何の汁だい？　一口、味見させてくれよ。あー」

焦げた鍋の前に近づいてきた夫が私に向かって大きな口をあける。なんでこんなにだらしないのだろう。聞こえないふりをした。

「お嬢様、味見をさせてあげたらどうです。漁師が釣り上げたばかりのスケトウダラです。東海《トンヘ》の海の名物ですよ。漢陽《ハニャン》じゃこんな新鮮なものは召し上がれないでしょうから」

マンドク母さんも口を添える。仕方なく匙《さじ》に汁を入れて夫の口に運んだ。

「熱いから。やけどしないように気をつけてくださいね」

味見をした夫が嬉しそうに言う。

「うん。花嫁の料理の腕前は本当にすごいよ。マンドク母さん、花嫁にできないものなんてないんだね」

「魚が新鮮だからですよ」

私は恥ずかしそうに言った。

「うちの仁善《インソン》お嬢様にできないものなどありませんよ。福の神です」

マンドク母さんがさらに付け加えた。

「そのとおり、福の神だ。本当に良い花嫁をもらったよ」

夫は愛おしくてたまらないという眼差しで私を見つめると頰《ほお》をなでようとした。私はきっときつい目をして台所から追い払った。夫が出ていくと思わず大きな溜息がでた。マンドク母さんが笑いながら言う。

「お嬢さま。お幸せですね。旦那様は両班《ヤンバン》らしくありません。いえ、私の言いたいのは体面や家のしきたりのためにいばっているだけの両班《ヤンバン》とは違うということです。お優しいじゃないですか。飾り気がなく。女はなんだかんだいっても亭主が優しくて気持ちが通じれば幸せですよ」

マンドク母さんの笑顔にわけもなく顔が熱くなった。両班《ヤンバン》らしくないなんて。言い換えれば、軽率で威厳がないということではないか。婚礼をして何日もたっていないというのに、幼い義妹たちと隠れん坊をして台所にまで飛び込んでくるし、義理の父母の前でも全然気負うこともなく、甘えん坊の子どものように言いたいことを何でもべらべらしゃべっている。花嫁が可愛くて仕方がないという様子を周りの視線など気にせずに見せてくる。いったいあの歳までどうやって生きてきたのだろう。母一人子一人というから、甘やかされて育てられたのだろうか。生涯頼って生きていく頼もしい夫というよりは、腹違いの弟でも一人現れたようだった。しかしそんな夫が全く嫌だというわけでもなかった。格式にこだわらないので率直で正直だった。慎重だとは言えなかったが、その代わりに陰険でもなく、何よりも明るく、朗らかで、心温かい人のようだった。実に幸いなことだと思った。男としてというよりは、人間として嫌ではなかった。

「私は本当に長い間寂しかったんだ。家が貧しくて母上は生計をたてるのにいつも忙しく、兄弟もいないから一人で過ごしていた。それがあなたのように素晴らしい花嫁を得て、おまけにあんなに可愛い妹たちまで。それに義父さんも義母さんもお優しく、温かいお人柄だ。私は前世に何かとても大きな徳を積んでいたようだ。それに妻の実家が漢陽《ハニャン》から遠いとはいえ、山と湖と海が合わさったこんなに素晴らしい所だなんて。大関嶺《テグァルリョン》がどんなに険しくても足の裏がすり減るくらいたびたび来たいものだ。妻の家の大黒柱に頭を下げてお礼を言いたいとさえ思うよ。こんな私の気持ちわかりますか?」

夫は本当に幸せそうだった。夫のそんな顔を見ていると、夫に対して抱いている不満も一時的には解消されてしまう。その楽天的な性格に私まで染まってしまったのだろうか。それで結局は一緒に笑ってしまう。

昼食の支度を整えて持っていくと、夫は妹たちと隠れん坊をして乱れた衣服のままお膳の前にやって来た。そして体面を取り繕うこともなく、ズルズルと音までたてておいしそうに食事を平らげた。その姿を見た母が言う。

「婿殿は性格もよいけど、食事もよくすすみますね。よく食べる人に気難しい人はいないと言いますからね」

「母上、そう言っていただけると有難いです。もしかして皮肉じゃありませんよね。ハハハ、私は言われたとおりに、文字どおりそのままに受け止めますので」

「もちろんですとも。婿殿は性格がよくて親しみやすい、花婿が威厳だけ取り繕っていては私たちも何かと気疲れします。息子のように思っていますよ」

父も穏やかに優しく接した。娘たちにはあんなに厳格だった両親が婿にはこんなに優しいなんて。娘を持つのは罪人だというが、そのとおりのようだ。

昼食の後片付けをして部屋にもどると、夫は朝、私が書きかけていた草書を眺めていた。

「わあ、すごいものだ。文字ではなく龍と蛇が合わさり踊りを踊っているようだ。いや、話にだけ聞いていた龍が昇天しているようだ。文字が生きて動き出している。こんな草書を書くにはどれほどの実力が必要なのかな。草書はまったく読めないが、これはどういう内容なのかな?」

「実力だなんて。まだまだです。草書を書き始めてまだそれほどでもありません。草書は一気に全身の気を注ぎながら流れるように自由に書かなくてはなりません。でもまだまだ未熟で真似だけしている段階です。そしてこれは李太伯の詩を書いたものです」

「絵も上手だそうじゃないか。一度見せてください」

夫がせがむ。私は断りきれずに絵を広げた。たくさんの草虫図と花草図、山水画が現れた。

「わあ、すごい才能だ。花が目の前で咲いているようだ。アッ、痛い!」

彼が手の甲をさする。

「どうしたんですか」

「忘れ草のまわりを飛ぶ蜂に刺されたんだ。蜂が生きているんだよ」

夫の悪戯に私も知らず知らずのうちに夫の手の甲を叩いていた。夫は大きく笑いながら私を抱きしめる。マンドク母さんの言うとおりにこういうのが幸せなのだろうか。私は抱きしめられたままで思った。夫は抱きしめたまま離そうとしない。しかし夫と一緒にいるのがまだぎこちなく落ち着かなかった。そこで鏡浦湖《キョンポホ》に散策に行こうと誘った。数日の間、ずっと一緒にいたので、なんだか窮屈になり水辺に行き水鳥でも眺めたかったのだ。

霜降も過ぎ外はだいぶ寒くなっていた。鏡浦湖《キョンポホ》の水が静かに揺らいでいる。この湖もこれからはそうそう見ることはないだろう。少しすれば夫について漢陽《ハニャン》の家に行き暮らすようになる。次はいったいいつ帰って来られるのだろうか。九百里の道。くねくねとした大関嶺《テグァルリョン》をどうやって越えていくのか。

「何を考えているんだい？」

夫が優しくたずねる。

「生まれて十九年間暮らした、この地を去ると思うと……」

「一緒にたびたび来れば良い。漢陽《ハニャン》に行けば分かるが、うちの母上は本当に良いお方だ。あなたは素晴らしい才能をお持ちだ。母上にうまく話をしてその才能を無駄にしないようにしてあげよう。その手は飯を炊き、洗濯をするよりも絵を描き、書を書くほうが似合っている気がする。母上の仕事はおばも手伝ってくださるし、家の中のことは家族もいないのだからたいしたことないさ。あなたは私と共に楽しく暮らせばよい。その才能を腐らせるようなことはしないよ。それだけは約束する。正直、私はあなたよりも学問も足りず才能もない。でも偉そうな男たちが妻を家に閉じ込めているような、そんなことはしないよ。学問に優れていれば男女に差別はない。そして私も悟ったことがある。あなたの恥ずかしくない夫にならなければということだ。学問もまた始めてみようかと思っている」

「科挙を受けられますか？」

「そうしなくては。家計のせいでこれまで学問にだけ邁進することができなかったと言うのは言い訳にすぎないかもしれない。でも大きな期待はしないでおくれ。私は科挙だけが生きる道だという両班《ヤンバン》の道は窮屈で嫌だ。賢明なあなたのことだ。これからだんだんと私たちのこれからのことについても話し合っていきましょう」

率直に謙遜して話してくれる夫が一方ではうれしかった。夫が手をぎゅっと握り締める。何度か他人の目を避けて俊瑞《ジュンソ》と夕暮れ時にここを散策したことがあったものだ。そこを夫という名の見知らぬ男と一緒に歩いているなんて。体を結び、肌を合わせても心はなかなかうちとけないものだ。まだ馴染んでいない新しい銀刀の鞘《さや》のように固くて、しっくりこない。

心というものも時間をかけて馴染ませていくものなのだろう。湖は昔のままだが渡り鳥が飛び去ったように俊瑞《ジュンソ》は逝ってしまった。渡り鳥は春になればまた来るというが、俊瑞《ジュンソ》は帰ってこない。夫が隣にいるというのに、死んだ俊瑞《ジュンソ》を思い出している自分自身が凡庸で劣っているように感じられた。

嫁ぎ先へと旅立つ日が近づいてきた。母は私も父も漢陽《ハニャン》に戻れば寂しくなってしまうと溜息をついている。その日が近づけば近づくほど、私もすぐに旅立ちたくはないという気が強くなっていった。夫が妻の実家で暮らしてはいけないのだろうか。そんな時に父が婿を部屋に呼んだ。何かじきじきに話す話があるようだった。しばらくして父が母と私を呼んだ。

「今日、私は婿殿に一つ頼みごとをした。うちの娘が漢陽《ハニャン》に行くのを少し遅らせて欲しいと。私も数日すれば漢陽《ハニャン》に戻らねばならない。二人とも行ってしまえばお前の母がどれほど虚しく、寂しい思いをするだろう。半年でよいから遅らせて欲しいと頼んだ。その間、お前は料理や裁縫、家事全般に関して母からもっと習うようにしなさい。実際のところ女はどんなに才能にあふれていても家事がしっかりできなくては。『内訓』を見れば女が守らなければならない四つの教えがあると書かれているが、言ってみなさい」

私は父の意中を察して答える。

「婦徳、婦言、婦容、婦功です。婦徳とは、才能が聡明であるよりは清く静かにあって、操を守って常に謙虚な態度を見せなくてはならないということです。婦言とは女は口に気をつけなければならず、口を慎めということです。婦容とは顔を綺麗に飾るのではなく、沐浴をよくし体を清潔に保たなければならないということです。婦功とは怠けずにこまめに家事をこなしていくようにということです」

「そのとおり。婦功！　そうだとも。女は家事をしっかりしなくては。数年でもない、わずか数ヵ月だからその短い間を我慢できないこともないだろう。私はだな、もう十六年も離れて暮らしているのだ。わが妻は知ってのとおり一人娘だ。嫁に来ても実家の両親のことが心配で心配で涙を流していた。それを傍らで見ている私の心も安らかなはずもない。妻の実家の両親も親ではないか。そして親孝行には娘も息子もない。婿殿は一人息子だからさすがにそこまでは強要できない。もちろんだ。しかしうちの娘もわが家では息子のようなものだった。夫婦が離れて過ごすのもまた悪いことばかりではない。夫婦の情というのは何か。互いに相手を安らかにしてあげることから、より大きくなるというもの。私はむしろ離れて暮らす間に学問の真の面白さにも気付いた。どうだ……そうしてはくれまいか」

すでに話はついており、父は母と私に夫が答える姿を見せたかったようだ。夫は仕方がないという表情で顔を紅くしたまま頭を下げた。

「はい。そのように致します。それで妻の心が安らぐのであれば私も良いと思います」

「まあ、婿殿、ありがとう」

母が婿《むこ》の手をぎゅっと握り締めた。

「それではちょうど良い、数日後に私と一緒に旅立とう。旅の話し相手もできて寂しくないだろう」

「仁善《インソン》、婿殿が出発するときに、お待ちになっている向こうの母上に宛てて、あなたが丁寧にお願いの手紙と、許しを求める手紙を書きなさい」

＊

父と婿は仲良く大関嶺《テグァルリョン》を越えて漢陽《ハニャン》に旅立った。夫は出発する前の晩まで少しすねたようにふくれていたが、朝になるとさすがに諦《あきら》めたのか笑顔を見せた。むしろ私のほうが申し訳なくて心が重かった。実家の両親の願いが欲張ったものではなかったか。嫁ぎ先を何だと思っているのかと姑《しゅうとめ》が怒らないだろうか。しかし夫は心配するなとむしろ一人残る私のことを心配してくれた。大関嶺《テグァルリョン》の峠を越え、休まなくてもしっかり九日はかかる漢陽《ハニャン》への道。一緒について行けない私は許された半年を充実したものにしなくてはと思った。半年後には今度は否《いや》が応《おう》でも約束どおりに大関嶺《テグァルリョン》を越えなくてはならない。その峠を越えると新しい人生が開けるのだ。私は限られた六ヵ月が新たに生まれ変わるための胎内での生活なのだと考えることにした。生まれ変わるのだ。そしてこれまでの十九年の人生はここで終えるのだ。

いくら姑が物分かりが良いとは言っても、嫁に行けば好きなように絵や書に励めるわけはない。今のうちだと思い、思う存分、絵と書に励んだ。結婚をした身だとはいえ、結婚前と変わったことは何もなかった。まだ情の湧かない夫がいなくなると、このまま長い間、会わなければそのまま忘れてしまうかもしれないとさえ思った。その代わりに抑えていた俊瑞《ジュンソ》への想いが湧き上がってきた。そんな時には結婚し結い上げた髪に手をあてて、玉の簪《かんざし》を触ってみた。そして私は李元秀《イウォンス》の妻だと、口に出してつぶやきゆっくりと墨をすった。そうすれば諦めにも似た平和が訪れた。薫り高い墨の匂いを嗅いでいると鼻の先がツンとする。それでもこんな才能があってそれで気持ちを落ち着けられるだけでも何と幸運なことだろう、辛いことがある時に自分だけの世界に隠れることができるのも何と大きな幸運だろうかと考えた。

その合間に家事も身につけていった。母は半年という期間に、娘を嫁がせる心の準備をするのだろう。半年後に大関嶺《テグァルリョン》を越えるまで……。しかし私が大関嶺《テグァルリョン》を越える日は予想よりも早く訪れた。冬至の月の一段と冷え込んだ日、父が漢陽《ハニャン》の本家で他界したという悲報がもたらされた。息をひきとったのは旧暦の十二月七日のことで、すでに葬儀まで全部済ませたということだった。母と共に髪を梳いて哭《こく》*をしながらもまったく信じられなかった。二ヵ月前に婿《むこ》と二人で笑いながら大関嶺《テグァルリョン》に向けて旅立った父。その大関嶺《テグァルリョン》を今、母と妹たち、そして母の従兄弟と一緒に越えていく。寒さの中、悲しみに沈んだ母と娘が越える大関嶺《テグァルリョン》は深く険しかった。曲がりくねった峠は横になった黄牛の背中のように果てしなく続いていた。夕方近くになると水墨画の濃淡のように近くの山と遠くの山がぼんやりと重なって見える。しかし初冬の山道は体と心を凍りつかせた。服を脱いだ木々も寂しそうで、山の獣たちも心配された。数年前に狼に驚いたことのある私は落ち葉がパサッと音を立てただけでもどきっとした。十六年間、何度もこの峠を越えていた父の苦労が身にしみ胸を熱くした。父はこの峠を越えながら何を思い、どんなことを考えていたのだろう。大関嶺《テグァルリョン》を渡り鳥のように行き来した父。来るときには早足で、戻るときにはぐったりとしていたのだろうか。一生を愛する家族たちと一緒に暮らせなかった一人の男の恨《ハン》が感じられた。しかし心を強く持ち悲しみに打ちひしがれている母を守らなければならなかった。

一行が漢陽《ハニャン》の地に到着したときには葬儀や出棺はもちろん、初七日まで終わっていた。そして私たち夫婦はそこで再会した。夫が漢陽《ハニャン》にいて婿としての役目を果たしてくれたのが何よりも嬉しくありがたかった。祭壇の前での哭を終えて、夫について父の墓に参った。墓の前で臨終を見守れなかった家族たちは声の限りに泣き続けた。母は父の傍にいてあげられなかったばかりか、一人で逝かせてしまったことが恨《ハン》となっていた。

「アイゴー、アイゴー。生涯、おそばで優しくして差し上げることもできず、あなたはあの険しい大関嶺《テグァルリョン》の道も厭わずに来て下さったというのに、あの世への道まで一人寂しく送ることになろうとは……。許してください。アイゴー、アイゴー。私は罪深い女です」

父の墓の前で母の振り絞るような慟哭《どうこく》を聞いていると父の死が実感できた。遠い道をやってきながら、いつも画帳と画材を荷物に入れてきてくださった父上。娘も息子と同じだと尊重してくださった父上。何よりも女には過ぎた才能だと眉をしかめる他の両班《ヤンバン》たちとは違い、私の才能を宝物のように大切に思ってくださった父上。女ばかりの家の中で、温和な性格で

＊　人の死を悲しみ大声で泣くこと、葬儀の礼儀。

女たちを尊重し愛してくださった父上。何よりも母上が命をかけて愛した夫であり、この世にただ一人の私の父上。私も声の限りに熱い涙を流した。

数日後、一行は父の位牌を手にまた漢陽《ハニャン》を後にして来た道を江陵《カンヌン》へと戻っていった。

私の畑に種がまかれ、その種を育てる……。私は一株のナスであり、キュウリであり、カボチャなのだ。あの畑の実や花をわが身のように大切に思わないでいられようか。女は畑で大地だ。生命が宿り育つように私の絵画もまた、この世のすべての生きる物の畑だ。

第十七章　種まき

半年だけ実家で過ごすという約束が父の三年葬のせいで長くなった。おかげで結婚はしたものの私は自由な身で実家に長い間とどまることとなった。父を喪《うしな》ってから母は一時生きる意欲をなくしたように見えた。しかし嫁ぎ先に行くことも遅らせ、そばで誠心誠意慰める娘のおかげで比較的早く回復することができた。時間がたつと私も悲しみから抜け出し穏やかな日常に戻ることができた。それもそのはず、一人だけの静かな時間には書画に思いっきり打ち込むことができたからだ。筆を握る、その時間が幸せだった。男の愛も、父母に対する情もいずれは変わるもの。宇宙のすべては四季のように移り変わり、どちらにしてもすべての存在は一人ぼっちなのだ。一人で宇宙を生きていくのだ。筆は宇宙を周遊するための一

頭の馬だった。そして筆を与えてくれた父に深く感謝した。そして俊瑞《ジュンソ》にも。まだ耐え難い恋しさと諦めが時に心を強く揺れ動かすが、むしろその寂しさのおかげで墨をするようになった。筆を握っている間は母も妹たちも妨害しないというのがわが家の不文律になっていた。私は庭で花を育て野菜を植えた。野菜は食卓にものぼったが作品の素材ともなり、それはむしろ花よりももっと尊いものだった。美しい花よりも私はナスやキュウリ、スイカのような実のなる野菜と、それに群がる蜂、蝶、虫たちを好んで描いた。父が求めて来てくれた画帳にものっていない私だけが描くことのできる絵だった。男の画家たちは主に山水画を描く。しかしそんな小さな素材にも自然の理致や人生の物語がひそんでおり、生命の奥深さが感じられた。宇宙の万物はすべてが涙が出るほど愛らしかった。

秋に夫がやってきて、寒風が吹く頃、私は体がそれまでとは違うことに気付いた。朝、目を覚ますと体がだるくて、すべてが面倒だった。眠る時間を割き、努めて作品に没頭したが、おかしなことに筆を持つ手に力が入らず眠くて仕方がなかった。香ばしかった味噌の臭いが鼻をつき、あんなに好きだったイカの塩辛は臭いを嗅いただけで吐いてしまいそうだった。そういえば二ヵ月ほど月のものがなかった。まさか……？　ある日、私は自分の体の異常が何かを理解した。

そんな私の変化に気づいた母は久しぶりに嬉しそうな顔をした。

「まあ、赤子ができたようだね。私に似たらつわりもひどいはず。かわいそうに、娘五人を産んだ産みの苦しみも、つわりに比べれば大したことはないもの。赤子がお腹の中で動き始めるまで生ける屍のように横になっていたものです。女は子どもを産んでようやく自分の母を理解するもの。お前はこれからあまり疲れないようにしなくてはね。絵を描くこと、刺繍をすること、書を書くことはすべて減らしなさい。長い間、しゃがんだり座ったりしていては体にさわる。疲れたら休み、眠くなれば思いっきり寝ていなさい。ここには恐い姑《しゅうとめ》も憎い小姑《こじゅうと》もいないから。それにしても嫁に行った娘を実家でいつまでも預かっているのは本当に面目ない。最初に男の子が生まれれば、お姑様にも会わせる顔があるというもの。何か食べたいものはないかい」

「生のキュウリを一口かみ締めればすぐに、この気持ちの悪いのが落ち着くと思うのですが」

「可哀相に。この真冬にキュウリがどこにあるというの。キュウリの塩漬けも全部食べてしまったし。酸っぱいものは食べたくないかい？」

「ユスラウメ。真っ赤なユスラウメの実を思う存分食べられたらいいのにと思います」

「真冬にスイカを探すようなもの、無理な話だね」

母が笑った。

「ああ早く春が来ないかしら。春に井戸端に行けばユスラウメが落ちているのに」

春にはびっしりと実がなる井戸の端のユスラウメの木が思い出された。すると突然、九歳のときの黒い竹の木にかかった俊瑞《ジュンソ》のカササギ凧とユスラウメが絵のように鮮明に思い浮かんだ。あの日、青い空にかかっていたカササギ凧がなくなり、ユスラウメだけがしっかりと実をつけていた。幼い頃の記憶はなんでこんな風に突然飛び出してくるのだろうか。最初に出会ったときの俊瑞《ジュンソ》の顔も思い浮かんだ。十一歳の頃、乳歯が抜け替わろうとしていた天真爛漫な幼い俊瑞《ジュンソ》……胸の片隅が冷たくなった。もう、この世では会うことのできない人。もう忘れても当然なのに。記憶は歳をとらないのだろうか。記憶は時間と場所を選ばずにとつぜん訪れる招かれざる客だった。

「これからは胎教に気をつけなくては。身を端正にし、気持ちを穏やかに保ち、身を慎むように。目では良くない色を見ず、耳では淫乱な音を聞かず、口では傲慢なことばをはかないように、眠るときにも横を向かないように。座っている時も部屋の片隅、角には座らず、立つときも斜めに立たず、良くない食べ物、おかしなものは口にしないように」

ひどいつわりをわずらってみて、あらためて母がよりかわいそうになった。母上はこんなにひどいつわりをしながら五人の娘を産んだのだ。娘だといって息子よりもつわりが軽いわけでもないのに、そんな辛い思いをしながら、お腹の中で育てて産んでも、娘だと分かればまたどれほど悲しいことか。実家にいる間だけでも精一杯親孝行をしてさし上げなければ。女は子どもを持って初めて母を理解するという話は本当だった。

寒い冬の間、つわりはおさまらず、外の風を浴びてはならないと部屋の中にだけいるので気が落ち込んだ。しかし気温が上がり始めると徐々につわりも落ち着いてきた。そして瓢箪が大きくなるようにすこしずつ腹が膨れてきた。そんな変化する自分の体が不思議だった。立春が過ぎ完全に春の気配が深まると、私は去年、貯蔵しておいた花と野菜の種を庭にまいた。今では花も野菜もこれまでとはまったく違って見えた。私の体も花や野菜と変わりはしない。これが宇宙の法則であり、摂理なんだ。この体の中に種が落ち、小さな生命が育っている。私の体もナスのように、キュウリのように、瓢箪のように実をつけるだろう。私は宇宙の調和が生んだ自分のお腹をさすりながら女としての喜びと感動に浸っていた。

陰暦の三月になり春の気配が旺盛になったある日、漢陽《ハニャン》から夫がきた。妻の妊娠の知らせにニコニコと満面の笑みを浮かべていた。孫の誕生を待ちわびる漢陽《ハニャン》の姑《しゅうとめ》によい贈り物ができたと喜んでいた。夫が来た次の日、初めてかすかな胎動を感じた。それは特別な体験だった。赤ん坊からの最初のサインは髪の毛が逆立つほどに感動的だった。ああ、私の赤ちゃん。あなたは本当にそこで生きているのね。夫も不思議そうで暇さえあれば私の腹をさすろうとする。これから父親になるというのに、もう少し威厳をもってくだされば……。

夫は口では本家で母上の手伝いをしながら一生懸命に学問に励んでいたと言っていたが信じられなかった。「孟子」を読んでいるというので「孟子」に出てくる四端についてたずねると見当違いなことばかり言っていた。体面上読んでもいないのに、読んだふりをしているのは明らかだった。善良な人ではあるが学識と経綸が足らず深い対話ができないのが悲しかった。それで顔を合わせていても何も話すことがなかった。十六歳で四書三経に通じたものの科挙を放棄した俊瑞《ジュンソ》。彼とともに暮らしていたらどれほど豊かな対話を交わすことができただろうか。

庭に芽が出始める。かわいらしい芽に私はまるで赤ん坊に話しかけるように優しくささやくように語りかけた。赤ちゃんたち、すくすくと大きくなって立派な実をいっぱいつけるのよ。お腹の中の赤ん坊もまた寒食*が過ぎるとだんだんと活発に動くようになった。赤ん坊はお腹の中で握りこぶしでコンコンとお腹を叩いたり、足を伸ばして背伸びをしたりしていた。

私はお腹の赤ん坊に一日に一節ずつ文章を読んで聞かせた。

父生我身　父上がこの身をこの世に産んでくださり
母鞠吾身　母上がこの身を育ててくださった
腹以懐我　母上はお腹で私を抱いてくださり
乳以哺我　母乳で私を養い育ててくださった

以衣温我　服を着せて私を温かくしてくださり
以食飽我　ご飯を食べさせて私を満腹にしてくださった
恩高如天　その恩は高い天のよう
徳厚似地　その徳は厚い大地のよう

幼い頃に覚えた「四字小学」の一節も父母の立場になってみると深く理解できた。五月の端午も過ぎ、体も安定してくると母が夫と私を呼んだ。

「最初の子どもだから実家で産めればそれにこしたことはないが、いろいろな事情で仁善《インソン》を長い間、手元に置きすぎました。ここで出産をすれば、その後に幼い赤ん坊を連れての漢陽《ハニャン》行きはもっと大変になるでしょう。漢陽《ハニャン》のお母上も首を長くしてお待ちだろうから、出発する仕度《したく》をするのが良かろう。つわりも終わり、まだ産まれてくるには時間があるから今、動くのが一番良いでしょう。私が親類に話をして輿《こし》を準備をしてあげよう。召使のサムウォルを連れて行きなさい。今年十三歳だから子守にもちょうど良いし、家事も手伝うことができる。幼い頃からお前の後にくっついてよく遊んでいたし、本人もお前について行きたいといっている」

夫が母の話を聞いて、待ってましたとばかりに話し始めた。

「ありがとうございます。実は母も一日も早く会いたいと申しております」

私もふくれてきたお腹を見ながら、どこで赤子を産めばよいか夫と母の顔色をうかがっていたところだった。婚儀の決まった三女、十八歳の仁男《インナム》の婚礼を見て赤ん坊を産んで来年の春くらいに行くのはどうかと心の中では考えていた。

「私が行ってしまえば今年の秋の仁男《インナム》の婚儀はどうされます。母上お一人で大丈夫ですか」

＊ 寒食：冬至から一〇五日目。

「私ももう慣れなくては、仕方がありません。実家も近くにあるので心配しなくても大丈夫。暑さがひどくなる前に出発しなさい。輿をかつぐ人たちとサムウォルがついていくことは行きますが、婿殿、そなたが格別に気を使ってやってください」

「もちろんです。この人の体はもう家族二人分ですから」

実家を発つ日、私は妹たちにいちいち母上と家の中のことを頼み、母には正式な挨拶をした。いつまた会えるだろうか。心根が深く上品でしとやかな母上。厳しくしかりつけるのではなく、みずからの生き方で教訓を示してくださった母上。俊瑞《ジュンソ》とのかなわなかった恋に一緒に涙を流してくださった母上。母は娘の秘密を一緒に胸にしまってくれた。人生の同伴者であり、頼れる味方でもあった。

私が輿に乗ると一行は出発した。生まれ育った家のある村の入口を過ぎ、鏡浦湖《キョンポホ》を過ぎ、大関嶺《テグァルリョン》に上る。父の葬儀のときに悲しみの中で越えた大関嶺《テグァルリョン》とは違っていた。新緑真っ盛りで、暑くも寒くもない絶好の季節だった。峠に達すると揺れる輿の中からも遠くに陽の光に輝く青い絹のような東海《トンヘ》の海がちらちらと見える。海を見ると鼻の奥がチンとした。あの海は……人知れず思わず涙がこぼれそうになる。とうとう行くのか。乙女時代のすべての涙と思い出をこの大関嶺《テグァルリョン》に埋めていこう。輿の揺れのせいかお腹の中の赤子も動いているようだ。赤ちゃん、ここが母の故郷の江陵《カンヌン》の関門、大関嶺《テグァルリョン》だよ。母とお前はこれからは漢陽《ハニャン》で暮らすことになるのよ。赤ちゃん、漢陽《ハニャン》に行ったら私たちの前にはどんな新しい人生が開けるのかしら。

*

姑《しゅうとめ》の洪《ホン》氏は聞いていたとおりのさっぱりした気性だった。そしてそんな正直でおおらかな性格が夫にそのまま受け継がれているようだった。一人息子に後家という先入観とは違い、実の娘のように優しく接してくれた。格式にとらわれない姿は気が楽ではあったが、それでも姑は姑だったので、やはり緊張を解くわけにはいかなかった。私は夫の家の生活習慣を身につけていった。姑は早くに夫を亡くして貧しい暮らしを一人で担ってきた人だ。寒い真冬を除いては餅を作って売っていた。その腕が近隣に知られ注文が後を絶たない。やはり同じ頃に夫を亡くし一人になったヨジュテクと呼ばれる従姉妹のパク氏も一緒に暮らしながら姑を助けていた。祝い事などもなく餅の注文があまりこない冬には繕い物をしていた。働き者の姑のおかげで漢陽《ハニャン》の家の暮らしは慎ましく清潔できちんとしていた。夫の故郷の坡州《パジュ》の地にある先祖代々の土地を守りながら、女手一つで暮らしを支えてきた姑は本当に尊敬できる。

家族の少ない家の家事を実家から連れてきた召使のサムウォルと二人でやるというのも、いくら妊娠中の身ではあるというものの遊んでいるようで、餅つくりの手伝いをしようとしたが、姑は絶対に手を出させなかった。

「体に悪い。これもすべて運の悪い女だけがするもの。私もまだ体は十分に働けるのだから、可愛いお前に辛い仕事をさせたくはない。由緒ある両班《ヤンバン》の家だと言っても何になる。背に腹は代えられない、両班《ヤンバン》といっても女が生計を立てるのは庶民となんら違わない。しかしやはり両班《ヤンバン》は両班《ヤンバン》。一人息子が科挙に合格し出世する姿を望んでしまう。そうすれば傾いた家も建て直し、ご先祖様にも顔向けできるというもの。しかし息子は軟弱で何を始めても最後まで続かない、それが残念でたまらない。そこにお前のような学識に富み才気に溢れた嫁が来たのだから、何と喜ばしいこと。お前が優しいことばであの子を諭して勉学に励むようにさせておくれ、そしてこの家門の伝統を受け継いでおくれ」

生計をたてるのに忙しくて息子をきちんと育てられなかったという恨《ハン》が姑にはあった。そのせいか姑は私が夫とともに座って本を読んだり、空いた時間に絵を描いたり、書を書くことに対しては好意的だった。

九月に長男の璿《ソン》が生まれた。初産だったが比較的安産だった。姑と夫の喜びようはたいそうなもので、私も誇らしい気がした。ちょうど江陵《カンヌン》に行く人がいたので息子が生まれたという手紙を持たせた。江陵《カンヌン》の母がどれほど喜ぶだろうか。一度も息子を産むことのできなかった母。女は男の子を産むと待遇が変わるという。姑とパク氏は私のために一日に四度、ご飯を炊き汁を作ってくれた。食事も進み喜びに溢れているので産後の回復も早かった。乳もよく出るので私も赤ん坊も十分に満ち足りていた。璿《ソン》は健康だった。私の体からこんな小さな赤ん坊が飛び出してきたのが不思議で仕方がなかった。女である私の体から男の赤ん坊が出てくるなんて、そして白い皮膚と目元は私に、鼻と唇は夫に半分ずつ似て生まれてきた赤ん坊を見るたびに不思議な気がした。しかし喜んだのもつかの間、赤ん坊は昼と夜が逆になり私を苦しめた。夜泣きをして愚図るのだった。起き出してあやしながら乳を含ませていると、昼間は赤ん坊を可愛がっていた夫がぐっすりと寝入っている。赤ん坊が生まれると生活は一変し、絵や書を描く余暇の時間はもちろん、夫と一緒に書を読み対話を交わす時間もまったくひねり出すことができなくなってしまった。体は疲れ、昼間でも乳を含ませながらこっくりこっくりとしてしまうのが常だった。百日が過ぎてようやく落ち着き、赤ん坊も夜は一、二度起き出すだけでそれ以外はぐっすり眠ってくれた。赤ん坊が夜眠るようになったので自然と母親の体も楽になる。璿《ソン》はまっ白い乳を飲んですくすくと育っていった。赤ん坊の泣き声が聞こえただけで乳房は自然に熱くなり、たらたらと乳が流れでる。母と子どもは目に見えない血で一つにつながっているのだ。母は子どもの生命綱。子どもが腹をすかせていれば体に信号が来るのだ。璿《ソン》がその小さな口で元気に乳を吸う姿を見つめていると、かわいい私の赤ちゃん、ということばが自然に乳と一緒に口からとびだす。牛も犬も豚も、子どもたちは乳房にしがみつき必死に乳を吸う。獣でも人間でも、メスの体に食べ物が入れば白い乳に変わり子どもたちを養うのだ。母の体は子どもにささげるために存在するのだ。母と子。その関係は人間以外の動物でも崇高なものだ。世の中のすべての母は偉大であり、そしてもの悲しく感じられた。豚小屋で乳を吸わせている母豚を見ても涙があふれ同病相憐れむの気持ちになる。子どもを生んだことがなければ知ることのない境地だった。子育てに追われている間に、いつの間にか年末が近づいてきた。数日後には年が変わるというある日、姑とパク氏は餅の注文の少ない冬の季節には繕い物をする。手先の器用な姑に比べてパク氏は不器用だった。もちゴメをとき、臼を回して粉をひくような力仕事はパク氏が長《た》けていた。服地を買ってきたり、干したりするのはパク氏の役目だが、縫い物をするのは姑の役目だった。旧正月を前に注文がたくさん飛び込んできており、私も手伝わなければ約束した期日までに服を仕上げるのは無理だった。幼い頃から刺繍をしていたので針仕事には慣れており、餅を作ることよりは縫い物の方が好きでもあった。

姑も餅を作る仕事はさせなかったが、裁縫を手伝うのを止めはしなかった。むしろ頼みさえした。

「まあ、縫い目がなんて綺麗なこと。私も最近は目が遠くなりよく見えないので、縫い目が綺麗に出来ない。お前がここ袖下と裾まわりを綺麗に縫っておくれ」

裁縫の注文を受けた品をみていると一般の民家のものよりも華やかなものが多かった。パク氏が正直に打ち明けたところによると妓生《キーセン》の服だという。両班《ヤンバン》の家では普通、縫い物担当の召使がいるので注文は多くなく、妓生《キーセン》の服は裁縫代もたっぷりくれるという話だった。

ある日、でき上がった服をもって妓生《キーセン》のところに使いに行ってきたサムウォルが帰ってくると私の顔を見て首をかしげる。

「どうしたの」

璿《ソン》を抱いて乳を与えていた私がたずねる。

「お嬢さん、前に江陵《カンヌン》にいたときにいつも一緒に遊んでいたお友達の名前、何でしたっけ」

「だれ」

「ほら、妓生《キーセン》の娘だと村で噂されていたお嬢さんですよ。背が高く、すらりとしてお澄まし屋で可愛かった。あのお嬢さんがしなしなと歩いていく後姿を見て幼い女の子たちがどれほど真似をしたことか」

「草籠《チョロン》？　お前、草籠《チョロン》を見たの？」

「それが、うーん……」

突然ピンとひらめいた。

「サムウォル、早くおっしゃい。妓生《キーセン》の家で草籠《チョロン》を見たの？」

「妓生《キーセン》たちが集まって踊りの練習をしていたので隠れて見てたんです。そしたら目立って踊りのうまい妓生《キーセン》が目につき、それもどこかで見たような……いくら考えても思いだせなかったんですが、突然思い出したんです。それで練習を終えて戻っていくその妓生《キーセン》の後を追いかけてたずねました。もしかして江陵《カンヌン》が故郷ではないかと。するとツンとして睨《にら》みつけると私の故郷は漢陽《ハニャン》よ、そういうとさっと行ってしまったんです」

「それで顔はよく見たの。草籠《チョロン》だった？」

「顔はそのお嬢さんのようでした。双子じゃない以上、あんなに似ているはずもないし。でもあんなに冷たく知らんぷりをするなんて……」

草籠《チョロン》は漢陽《ハニャン》で生まれて小さいときに北坪《プクピョン》村に引っ越してきたから、江陵《カンヌン》が故郷だとはいえないのかもしれない。

「お嬢さん、お名前もこれで分かりましたから、次は名前を言ってたずねてみます。数日後にはまた行かなければならないので。チョロン、チョロン。忘れないようにしなくちゃ。そう、草籠《チョロン》、草籠《チョロン》、草籠《チョロン》」

「忘れないで必ず尋ねて、北坪《プクピョン》村の友達の仁善《インソン》を知っているか聞いてみるのよ」

数日後、サムウォルがまた使いに行ってきたので聞いた。

「お嬢さん、今日はダメでした。誰もいませんでした。皆でどこかの家の祝宴に行ったとか。あそこの下働きのおばさんに尋ねてみたら、そんな名前の妓生《キーセン》はいないということでした。妓生《キーセン》になると新しく名前をつけるそうです」

そうだ。そこまでは考えが及ばなかった。草籠《チョロン》は幼い頃の名前だから新しくつけた妓名があるはずだ。

「そのおばさんが帰り際に、こんなことをぶつぶつ言ってたんです。踊りの一番うまい妓生《キーセン》が江陵《カンヌン》出身だとか……」

その瞬間、その妓生《キーセン》は草籠《チョロン》に間違いないというおかしな確信がわいた。

「今度はいつ行くの？」

「分かりません。大奥様がご存知です。私は大奥様から持って行けと言われたら持っていくだけなので」

私は数日間、頭を悩ました。一度直接訪ねて行き会ってみようか。しかし嫁に来てから、赤ん坊を産み乳をあげるのに忙しく、一度も外に出たことがないことに気づいた。この広い漢陽《ハニャン》で道に迷いでもしたら。生き馬の目を抜くという漢陽《ハニャン》なのだ。それで私は紙を取り出し手紙を書き始めた。

「うちの召使がそちらで昔の友人にとてもよく似た方を見かけたというので、一筆したためます。私は江陵北坪《カンヌンプクピョン》村出身で、嫁入り前の名前は申《シン》氏の家門の仁善《インソン》と申します。少女の頃から非常に親しくしてきた友がいるのですが名前は草籠《チョロン》といいます。家門が争乱に巻き込まれて今は行方知れずとなりましたが、その友を一度も忘れたことはありません。人違いの錯覚と誤解の仕業かもしれませんが、まちがっていなければどうかお返事をください。今はあなたから服の注文を受けて縫っている寿進坊《スジンバン》の李《イ》氏の家の嫁です。草籠《チョロン》ならばどうか、一度会いたいのです。召使に手紙を持たせてください」

サムウォルを呼んだ。

「また妓生《キーセン》の家に行ってきて」

「服を届ける日ではありませんが」

「今度は私の使いよ。母上に分からないようにすぐに行ってきて。この手紙を、あの時の踊りのうまい妓生《キーセン》に渡して。そして返事をもらってきて。分かったわね？」

「今日は特に寒くて凍り死にそうなのに……」

「急いでいるの。お願い。雪が降りそうだから、暗くなる前に行ってきて」

「はい、分かりました。お嬢さん」

サムウォルを送り出してから、一日中落ち着かなかった。それに申の刻*からは大粒の雪も降り出してきた。夫は今日は特に部屋から出ようともせずに、私の傍から離れようとしない。日は暗くなり、サムウォルのぶつぶつ言う声が大門から聞こえてきた。

「アイゴー、もう。本当によく降ること。死にそうだわ」

私が待っていたというように出て行くと、サムウォルが文句を並べ立てた。

「お嬢さん、足が冷たくて死にそうでしたよ。足元が滑って転んだり。体中ががちがちに凍

* 午後四時。

ってしまいましたよ、ほら」

「うん、ご苦労さんだったね。すぐに台所に回って。それでなくてもお前のためにかまどに火を入れておいたから。本当に寒かっただろう」

私はサムウォルの手をギュッと握って台所につれていく。そして台所の扉を閉めるとすぐにたずねた。

「何と言っていた？」

「人違いのようです」

「手紙は渡した」

「はい、でも、手紙を見ると自分はこんな人は知らないというんです。なんでこんなにつきまとうのかと、二度とこんなことはしないで欲しいと。チマの裾を摑んでさっと後ろを向くと、冬至の冷たい北風のように行ってしまいました。そんなことしたって妓生《キーセン》にすぎないくせに。考えれば考えるほど腹がたって。それで帰り道がもっと寒かったんですよ」

「そう、分かった。ご苦労さん。それでその妓生《キーセン》の妓名は何と言うの？」

「何といったっけ。ブオン、ブオンイ。ブオンイじゃないし、誰かが呼ぶのをチラッと聞いたんですが」

「芙蓉《プヨン》」

「ああ、そうです。お嬢さんは見もしないのによく分かりますね？」

芙蓉《プヨン》、妓名にピッタリの名前だ。花びらが大きく優雅な芙蓉《プヨン》。しかし草籠《チョロン》は芙蓉の花が好きだったかしら。草籠《チョロン》の姿とは何か似合わない名前のような気がする。人違いかしら。世の中には似た人も多いと言うし。がっかりだった。その時、璿《ソン》の泣く声が聞こえてきた。私は乳を触りながらすぐに部屋に入って行った。

連理の木にかけた縄がとけて死ぬのに失敗したときに見たあの幻影は闇の中に隠れていて突然、刺客のように飛び出してくる。ああ、繰り返してみた絶壁の夢。絶壁を越えて到達するあの遠い彼岸。夢の中で私はいつもその彼岸に到達できずに墜落していた……

第十八章　独守空房

紅いノウゼンカズラがからまる土壁を過ぎ俊瑞《ジュンソ》の部屋に行く。真昼に彼に会いにいくというのに恐ろしくはなかった。彼が死に、その遺体が彼の部屋の中に置かれていると人々が言っていた。どうしても会いたかった。俊瑞《ジュンソ》の部屋の前には彼の履物が置かれていた。それを手に取って鼻に近づけてみる。履物は温かった。履物からはよく焼いた餅の匂いがする。扉を開けて中に入ると屛風が立てられていた。その屛風は私がよく描いていた八幅の草虫図の屛風だった。屛風を押しのけて入っていくと俊瑞《ジュンソ》がまっすぐに横たわっていた。私は何の恐怖も抱かずに彼の隣に横たわる。その体は氷のように冷たかった。冷たい体を温めてあげたかった。私は彼の顔をさすり、その体を抱きしめる。ああ、どんなに見たかったことか、こ

の顔を。死んだとはいえ生前そのままの秀麗な姿だった。彼を抱くとその体に温かいぬくもりが広がるのが感じられる。彼の唇に私の熱い唇をあててみる。驚いたことに彼の唇が柔らかく開いた。すべるように舌がその唇の中に吸い込まれていく。俊瑞《ジュンソ》の凍りついた体は徐々にとけ、その頑強な腕が私を抱きしめる。ああ……私の中からはどうしようもない感情が溶岩のような熱い涙となって溶け出し、かすかな呻《うめ》き声が漏れる。どこからか馬の鳴き声が聞こえてくる。彼と私は追っ手を避けて逃げていく。両手はギュッと握り締めているが、足取りは乱れ、石に足をひっかけ倒れてしまう。息がつまる。そして目の前にはあの連理の木が立っている。連理の木の下は断崖絶壁だ。顔も分からない男が後ろから馬に乗って迫ってくる。もう後ろに迫っていた。そしてその連理の木の枝には二人で乗ったブランコが結ばれていた。選択の余地はない。さいわい力いっぱいブランコをこげば向こう岸の岩に無事に着地できる気がした。私たちは一緒にブランコをこぐ。馬の鳴き声が耳元で響き、力いっぱい足を伸ばして空に向かって上がっていく。しかしその瞬間、連理の木に結ばれていた結び目がすっと切れてしまった。二人の体は地獄の入口のような断崖絶壁のはるか下へと落ちていく……

ウァア！　悲鳴をあげて目が覚めた。ここはどこ？　ああ、私は死んでしまったのだろうか。早朝の明かりが部屋の中いっぱいに満ちている。またうなされたんだ。体中に冷や汗をかいている。あまりに生々しい夢に私はもう一度身を縮める。最近になってなぜこんな悪夢にたびたびうなされるのだろう。私の体がそんなに虚弱になってしまったのだろうか。皆、忘れたと思っていたのに……罪悪感のせいか。馬に乗ったあの男は誰だったのだろう。夫だったのだろうか。そして……もう土となってしまった人、ああ、あのあたたかい唇の感触。あの感覚がまだ私の唇に残っていた。私は舌を上下に動かし唇をすぼめて、自分の体を両手で抱きしめてみた。寂しかったのだ。私はそう思おうとした。もう三年も夫と離れて暮らしている。若い身体が寂しかったの。それであんな夢を見たんだわ。

そんな自分の体が限りなく惨めになりそうで振り切って起き上がった。昨日書きかけた草虫図の絵を再び広げてみる。ああ！　これがあの夢に出てきた草虫図だわ。婚礼を前にした玉男《オクナム》に婚礼の贈り物として八幅の草虫図の屏風を作ってあげると約束していたのだ。そのせいであんな夢を見たんだわ。私はそんな言い訳をする。

描きかけの絵はナスと蜂、蝶を描いたものだった。おいしそうなナスを描きながらなぜか知らないうちに体が熱くなってくるようだ。細い茎についたナスの実。そのナスを描きながらしばし夫のことを考えていたことも事実だった。隣の村の青年との婚礼を前にした玉男《オクナム》がナスを見てクッと笑う。

「まあ立派なナスだこと」

そういいながら絵をじっと眺めている。

「それにしても姉さん、最近なぜそんなにナスやキュウリのようなものだけ描いているの。きれいな花を描けば良いのに。それにそっちのナスはなぜ色をつけないの？」

「それは描く人の気持ち次第でしょ。ナスは紫だと考えるから、そんなふうに描かなくてはならないと思うの。あの白色のナスは中が空洞で少し寂しそうに見えない？」
「ああ、姉さんが寂しいのね」
「そうじゃなくて、一人一色。みんなが同じ絵なら見る人も描く人も、絵に何の面白味があるの。私は墨で線を描かないし、茎の線も曲線で描くでしょ。そして花もみんな赤くしないで青色で塗ってみたりする。そうすると私だけの花になるような気がするの。それが私だけの特徴であり、そんなところに愛情が感じられるから、もっと自負心を抱いて描けるのよ」
しかし玉男《オクナム》の話もそのとおりだった。虚しかった、寂しかった。体の寂しさは腹のひもじさとは違った。体のどこかに寂しさがたまる深淵があるのか、寂しいと思うとよりいっそう寂しさが募った。その虚しさをいやすためによりいっそう作品に没頭した。絵を描いている瞬間、字を書いている瞬間は寂しさを忘れることができた。ひもじさを忘れて満足した。三年間、体のひもじさをそんなふうにいやしてきた。女の私がこんなふうだから夫はどれほどだろう。もしかして気持ちが動いて遊び呆けているのではないだろうか。

するとと三年前、夫を冷たく追い出した日のことが思い出された。夫は底抜けのお人好しだった。酒を好み、友を好み、天性で女を好んだ。姑の願いもあり、彼を学問に邁進させようと努力もしてみた。しかし本人に強い意志がなく、一つの意志を長い間貫くことができなかった。家の仕事を手伝ったり、妻のチマの裾にまとわりついてくることもそれ以上甘く見るわけにはいかなった。妻に首ったけで放蕩に走らないだけでも幸いと言えば幸いだった。結婚してから三年間、彼は何も成し遂げることができなかった。妻が夫を教えるというのにも限界があり、下手をすると夫の自尊心を傷つけるのではないかと思い強くは言えなかった。実際に夫が気分を害して酒に溺れて帰ってきたことも何度かあった。酔うと酒癖も悪かった。ただ大声を出すくらいのものではあったが、心の中では、そんな夫をだんだんと疎んじるようになっていった。官職は無理だとしても、もう三十になろうとしているのに母一人に生計を依存しているのも恥ずかしかった。

そんな日々では、婚家で家事の合間に絵や書を書くことも自然としにくくなっていった。姑もときどき気に入らないという顔になっていた。アイゴー、うちの嫁は女だてらに神仙遊びだものね。お前だけ斧の刃が腐ってるのも知らずに絵だけ描けたらいいのかい、亭主は酒樽に溺れろというのかい。姑の言葉には棘《とげ》があった。苦しい家計の中で嫁の書画は金になるものでもなく、夫を内助しているというわけでもないので、姑のことを悪くいうわけにもいかなかった。私は賢い対応をしようと思った。当分の間、家事と育児にだけ専念することにしたのだ。しかしすぐに虚しくなった。人生に嫌気がさしてきた。夫も憎らしくなり、満足できなかった。夜毎、獣のように肌を合わせているからといってそれで夫婦だというものでもない。精神的にも充たしてくれる男だったらどれほど幸せだろうか。私の暗い顔を見て姑が実家に行き休みたいだけ休んでくるがよいと言ってくれた。それが三年前のことだった。一歳になる長男の璿《ソン》を連れて結婚してから初めて夫と実家に里帰りしたのだった。前よりも白髪の増えた母と二人の妹だけの家の中で娘時代の暮らしに戻った私は幸せだった。夫の存在は江陵《カンヌン》ではそんなに大きくなかった。私にはいつも帰ることのできる心のふるさとのような芸の境地があった。実家では誰も何も言わず、気を使う必要もなかった。むしろ退屈した夫が村の酒幕に出入りし、酔って帰って来る日が多くなっていった。

ある日、私は覚悟をきめて夫に切り出した。

「結婚してもう三年が過ぎました。あなたがこのように酒におぼれて漠然と暮らしているのをこれ以上、見るのは嫌です。男に生まれてどうしてそんなに未来に対する抱負もなく軟弱なんですか。学問に精を出し君子の道を悟るか、あるいは世に出てその意を天下に示そうと考えたことはないのですか？」

「私にその思いがないわけがないだろう。男に生まれたんだ。しかしだな、どうも私は根気もないが学問にもあまり興味が湧かないんだ。やはり頭が悪いのかな」

「それは言い訳です。一度でも学問に邁進したことがありましたか。いつまでこんなふうに暮らしていくお考えですか。今は夫であり、父親なのです。そして母上のたった一人しかいない息子でもあるのです。私のことはさておいても母上が気の毒ではありませんか。あなたが六歳のときに未亡人となり、それからは女手一つで苦労しながら家計を支え、ただただあなたが出

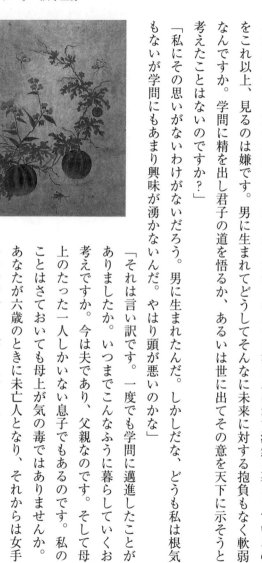

世することだけを願って生きてこられたのではありませんか」

夫が大きな溜息をもらした。

「三年鳴かず飛ばず、と故事に申します。たしかにあなたはこの三年間、鳴くことも飛ぶこともしない鳥でした。しかし私は信じています。これから大きく羽ばたく機会を狙っているということを。一度飛び出せば空高く飛び立つでしょう。一度鳴けば、天下を驚かせることでしょう」

「それで私にどうしろというのだ？」

「男に生まれた以上、一生一代の志を立てて学問に邁進されなくては」

「分かった。私も真剣にやってみる」

「これが最後の機会と考え十年の学問を始めてください。私と離れて心を強く持ち、学問にだけ邁進するのです」

「なんだと、十年？　それは無理だ。十年なんて、人生の楽しい時期はすべて過ぎてしまうではないか。若いときに一緒に過ごすのが人生の楽しみではないか。それが学問の楽しさにはかなわないというのか！」

夫は興奮して言う。

「学問にも時期があるもの。朱子が言っているではありませんか。少年は老い易く、学問は成りがたしと。幼い頃には母上のチマの裾に、今は私のチマの裾にいつまでくるまって暮らすおつもりですか。漢陽《ハニャン》に帰って母上の傍らで一生懸命学問に励んでください。母上もお喜びになられるでしょう。私はここで実家の母と一緒にあなたがその志を成し遂げることを祈りながら、絵でも描いて暮らします。亡くなられた私の父上は二十年近く母上と離れて暮らしながら学問に邁進《まいしん》されました」

妻の言葉の一つ一つがすべて正しいので反発もできずに夫は溜息だけを深く吐き出すのだった。

「あなたは本当に強い女だ。私に学問をしろといいながら、実は自分が学問をしようというのではないのか。あなたは学問をして絵を描き、書を書くのが面白いようだから良いかもしれないが、私はそうではないのだ。それも十年だと、少しまけてくれ、師任堂《サイムダン》の奥様、えっ？」

夫の十八番が出た！　駄々をこねるように、甘えるように笑顔でねだるのだった。

「だめです。十年でもようやく学問を少ししたと言われることでしょう。幼い頃、旦那様はあまりに怠けて過ごしたせいで、十年でも十分ではありません。四書五経*までではできなくても四書三経は到達しなくては」

「いいだろう。そうする」

「数日以内に仕度をして発ってください」

口にした以上、私は断固として押し通した。

「ああ、まったく。あなたという人は。私がそんなに嫌いですか。顔も見たくないと。私は我慢できそうにないのに……」

夫を穴のあくほどじっと見つめた。その気に押されたのか、夫は結局約束した。

「ああ、まったく。十年だと……クソッ、よし分かった一度やってみようじゃないか」

「小指を出して。私との約束を固く守ってくださいね」

私は小指をたてると夫の小指にからませて力を入れた。しかしそんな風に豪語して漢陽《ハニャン》に向かった夫は大関嶺《テグァルリョン》を越えもせずに三度も戻ってきた。

さすがに三度目に彼が戻ってきた日のことだ。夫の前で髪の簪《かんざし》を抜くと髪をすいた。

「こんなに軟弱な旦那様を夫にしたくはありません。私は髪を下ろして尼になります。本来の願いとは違ってあなたを苦しめることになってしまいます。こんな私がさぞかし憎らしいでしょう。これ以上、苦しめたくはありません。どうかこんな私を許してください」

私はハサミを手にして髪の毛をばっさりと切り落とした。黒い髪の毛が肩と床に散らばる。夫は驚いてハサミを取り上げて謝った。

「この出来損ないを許してください。あなたのその固い意志が私を恥ずかしくさせます。分かりました。今度こそは心機一転してあなたに自慢できるように学問を成就します。見ててください。本当にすまない。弁解の余地はありません。一度だけ許してください。すぐに出発します。そして自ら一家を成したと思うまでは戻ってきません」

今、思えば何ときつかったことか。孟子の母のことが頭にあったからだ。孟子が学業の途中で家に帰ってくると、機織《はたおり》をしていた孟子の母は機織機の糸を全部切り刻んで息子の途中放棄をひどく叱ったという話をどこかで読んだ記憶があった。我慢できずに三度も帰ってきてしまった夫が大人げない息子のように思われたのだろうか。しかしそのおかげで夫は悲壮な覚悟で翌日、荷物をまとめて旅立っていった。しかし一晩中、私の心も落ち着かなかった。

「私もまた、いつまでという期限もなくあなたと別れて暮らすのが嬉しいわけはありません。

＊ 儒教の教えを説いた書物。四書は論語、大学、中庸、孟子。五経は易経、書経、詩経、礼記、春秋、三経とは易経、書経、詩経を指す。

あなたのように人情にあふれた優しい人が傍で、私の鋭く傷つきやすい性格を穏やかに包み込んでくださいました。しかしまだ若いのですから一度決断してみましょう。すくすく育っていることの子に恥ずかしくないように。死ぬまで一緒、百年佳約*を誓ったのですから、私たちにはまだこれからも多くの時間が残っています。私も本を読み常にあなたと一緒に勉学に励んでいると思って暮らします」

夫は恥ずかしいということばを限りなく繰り返していた。寒い冬の日に旅立つ夫がかわいそうになり、履いていく履物を胸にぎゅっと抱いて温めてから履かせた。夫はいつまでと決めない別れに胸が痛いようで鼻の先を赤くしていた。そんな夫を見ると私も目頭が熱くなったが、遠く旅立つ人にそんな姿を見せてはいけないとじっと耐えていた。決心が鈍るかと表情も崩さなかった。その代わり手が冷たくならないように、ちょうど良い大きさの石を火鉢で焼いて、手拭で包んでその手に握らせた。

その夫が三年ぶりに来るのだ。玉男《オクナム》の結婚だけでなく、国が母に烈女の碑を立ててくれるというのだ。父の具合が悪くなったときに指を切断して命を助けたことが王様にまで伝わったのだ。それで二つの吉事を見るためにやってくるのだった。

*

梅雨が終わり久しぶりに太陽が顔を出した。これまで書きためた書や絵を取り出し風通しをした。三年間、精進したおかげで結婚前の絵や書よりもはるかに作品に深みが出て、生命力に溢れて見える。大小の屏風や仕切りに仕立てたものを取り出して庭に出す。ときどき親戚に贈り物として差し上げたりしたもののまだ数多く残っていた。絵を見ていると絵を描いた当時の状況が一つ一つ思い浮かんでくる。そんな意味から絵は人生の証言であり記録だった。俊瑞《ジュンソ》と草籠《チョロン》と一緒に過ごしていた時期の山水画も何点かあり、俊瑞《ジュンソ》を想いながら描いた花鳥図や草虫図も何点か出てきた。

夏の暑い日にスイカを切って食べようと板間《マル》にみんなで座っていたときのことだ。召使のマンドク父さんが畑でとってきたスイカを冷たい井戸で冷やしておいたので、マンドク母さんが取りに行った。庭に戻ってきたマンドク母さんの声が聞こえる。

＊　結婚して一生を共にするという約束。

「アイゴー、アイゴー、この鶏の奴。まあまあ、お嬢さんなんてことでしょう」

顔を出してみるとマンドク母さんが庭から鶏を追い払っていた。

「鶏が絵を突いて食べてます」

母と二人の妹がばたばたと土間に飛び降り庭に出て行く。

鶏が草虫図の虫を食べようと突いていたのだ。鳳仙花の下にいる二匹のフンコロガシのうちの一匹の頭を突いたのだ。紙には穴が開いていた。

「アイゴー、馬鹿な鶏」

マンドク母さんの言葉に母が言い返す。

「鶏が馬鹿なんじゃありません。うちの師任堂《サイムダン》の絵が生きている虫よりももっと生き生きと描かれているからですよ。お前の神妙な才能が鶏の目さえ騙《だま》したんだね」

「奥様。本当にそうですね」

「もしかするともう少ししたら猫が来て鼠を捕まえるかもね」

玉男《オクナム》の話に末姫《マルヒ》がたずねた。

と」

「あのスイカに食いついている鼠を見て猫が舌なめずりして飛びつくかも知れないというこ
「どうして」

玉男《オクナム》の話に皆が、そうだ、その通りだとうなずく。

「お前の絵ももう境地に達したようだね」

母が言った。その時、畑に行っていたマンドク父さんが戻ってきた。

「お嬢さん、外にだれかきてますが」

「誰が」

「見慣れぬ輿《こし》です。草堂《チョダン》村の沈判書《シムパンサ》の家のお嬢さんだということですが」

「沈判書《シムパンサ》のところのお嬢さんと言えば、佳然《カヨン》のこと」

「あのお宅にはお嬢さんはお一人しかいませんよ」

「まあ、佳然《カヨン》がめずらしい！」

胸が躍った。大門の前まであわてて出て行くと、果たして輿の中には既婚の婦人の髪型に結い上げた佳然《カヨン》が乗っていた。輿から降りた佳然《カヨン》と私は互いの手を握り締めうれし涙を流した。佳然《カヨン》は見るからにげっそりとやつれた顔をしていた。十五歳で結婚した佳然《カヨン》。そして今は二人とも二十五歳。お下げ髪の頃から十年の歳月が過ぎていた。

「さあ中にはいって」

私が佳然《カヨン》の手を引っ張った。

「この前を通ったので、もしかしたらと思って寄ってみたの。あなたのお母様の烈女碑を立てるという噂に、もしかしたらあなたも来ているのではないかと思って。そうでなければあなたの消息でも聞こうと思って」

中に入り母に挨拶をしてから別堂《ピョルダン》の私の部屋に行く。

「ここに来たのも本当に久しぶりだわ。あなたの家は前と同じね。十年前の風景と全く同じ。私たちはこんなに変わってしまったのに」

佳然《カヨン》が笑った。

「あなたは漢陽《ハニャン》のどこにいるの。私も漢陽《ハニャン》に嫁に行ったのよ。あなたのことがとても気になっていた。漢陽《ハニャン》に嫁に行ったというから、すぐにでも会えると思ったのに。それが砂浜でコメ粒を探すようなものだった。それで、お子さんは何人？」

嬉しさのあまり私は息を切らせて一気にたずねる。佳然《カヨン》は答えるかわりに他の話をした。

「元気そうね。相変わらず書も絵も描いているの？」

「実家に長い間とどまってるの。それで少したくさん書くことができたわ。あなたの顔、顔色があまり良くないわよ。どこか具合でも悪いの？」

　佳然《カヨン》が寂しそうに笑った。

「仁善《インソン》。嫁入りして良かった？」

「あなたは。あなたが嫁に行くときは江陵《カンヌン》中が大騒ぎしたじゃない。領議政《ヨンイジョン》の家に嫁に行くんだと」

「そんなこと何の関係があるの？　数日後にはまた嫁ぎ先に戻らなければならないんだけど、本当に帰りたくない。ご主人とはうまくいってる？　お姑さんと葛藤はないの？　私は本当にあの人たちと何の悪縁なのかと思う。名門家が何だというの。夫というのは放蕩者、放蕩もあんな放蕩はないわ。姑は夫の放蕩は私が冷たいからだって私のせいにして、いちいち辛くあたるの。それで私も。また犬が吠えてる……。くらいに考えて何事もないように、泣きもせずに暮らしているのだけれど、それがもっと憎らしいみたい。同じ家の中にいても私の暮らす別《ピョル》

堂《ダン》は島流しにでもあったよう、寂しく暮らしてるわ。孤独は私の運命みたい」

佳然《カヨン》は話しながら最後に涙をすーっと流した。

「仁善《インソン》、私が間違っているのかしら。私が何を間違えたのかしら。どんどん一人ぼっちになっていく。どこにも私のいる場所がないようで、この気分をどうしたら拭い去ることができるのか……夫も姑も。私のことを幽霊のような女だと、ぞっとするって言うの。私は、子どもも……子どもも死んでしまった。おととしの春に。五歳の男の子だった。その後は赤ん坊もできない。何度も流産して実家に養生しに来たの。私の運命はどうしてこんななのかしら……」

佳然《カヨン》がついに泣き出した。ああ、そうだったんだ。かわいそうな佳然《カヨン》。結い上げた髪の毛には艶がなく、こみ上げてくる悲しさにおえつをあげるたびに首筋の骨が浮かび上がった。

私は佳然《カヨン》の背中を長い間さすっていた。

「それで、小説は書いているの？」

涙をようやく拭いて落ち着きを取り戻した佳然《カヨン》に話題を変えてたずねた。

「何もすることのない一人で過ごす夜。書いては燃やしているものの文集が何冊もできたわ。

夫と姑は私が書き物をするのを死ぬほど嫌がっている。自分の息子の仕官の道を塞いでいるって……でもそうでもして心を表さなくては狂ってしまいそう。胸が張り裂けそうなの」

「そういう時ほど、あなたの文章はより輝いているはず。そんな才能を下さった天に感謝しなくては。世間の女たちのように何もなければどれほど辛いことか」

辛いときほど、その苦痛を忘れるために、よりいっそう絵に打ち込んだ自分の姿を思い出して佳然《カヨン》を慰めた。

「そうね、他の女たちはそれもないものね」

涙をぬぐった佳然《カヨン》が悪戯《いたずら》っぽくたずねる。

「あなたの夫は放蕩はしないでしょ？」

「多分」

「何、どういうこと？」

「学問に励んでもらおうと別々に暮らしているの。でも烈女の碑が立つ頃には来るはず。夫は正直で優しい人だけど平凡なの。少しいらいらする……とにかく憎むことはできない人。夫ではなくて、ほら水辺で遊んでいる息子のように心配で頼りなくて……」

「その程度ならいいじゃない。そういう気持ちになるなら、それも夫婦の情よ。私たちこの部屋で草籠《チョロン》と三人で未来の夫について話をしていたのがつい昨日のようなのに、本当に月日のたつのは早いもの。もしかすると草籠《チョロン》の運命が一番安楽なのかも。縛られるものもなくて……」

「そういえば、草籠《チョロン》の消息は聞いている？　あの家、逆賊とされて一家が滅門されたのは知ってる？」

「知ってるわよ。そうだ。草籠《チョロン》の消息、最初は夫から聞いたの。漢陽《ハニャン》でも有名な気位の高い妓生《キーセン》になったとか。漢陽《ハニャン》の男たちを虜にしてるので有名だとか。私も知らなかったのだけれどそれが世の中は狭いもの。夫が一時、草籠《チョロン》、いやあの有名な芙蓉《プヨン》にすっかり熱をあげていたのよ」

「待って、今、何と言った？　芙蓉《プヨン》？」

　私の胸がどきっとした。

「草籠《チョロン》が妓名を芙蓉《プヨン》にしたんですって。都の権力家の男たちはみんな芙蓉《プヨン》を自分の物にして妾にしようと血眼になっていたという話。うちの夫も一時、あの娘に入れあげて家にまで連れてきて遊んでいたの。そしてそれを偶然見かけた。草籠《チョロン》と私がそんな縁で再会するなんて。もう二年も前の話。あの時、子どもを亡くして正気じゃなかった。それなのに夫が家の中まで妓生《キーセン》を連れ込んで昼間から遊んでいるというので、その女の髪の毛でも引っこ抜いてやろうと思ったの。自分でも知らないうちに酒の宴を開いているところに行き、その酒の膳をひっくり返してやった。それでその膳の前に座っていた草籠《チョロン》と遭遇したの。心は複雑だった。でも昔の友だもの、瞬間、互いに憐憫の情が通じて、その後は二人で抱き合って泣き通しだった。それ以後は私も知らない。芙蓉《プヨン》はうちの夫とは縁を切って姿を隠したって。誰かの妾になったのかもしれない。その後はそれも私のせいだといって夫は酒を飲むたびに怒り出して責めるの」

「草籠《チョロン》、じゃなくて芙蓉《プヨン》が、私のことは言ってなかった？」

「私がたずねると、十九歳の秋に漢陽《ハニャン》に住む李《イ》氏の姓の男に嫁いだと言ってた。自分の兄から聞いたと」

　突然私の頭の中が絡み合った糸玉のようにごちゃごちゃになる。

「なに、兄さんですって。あの子の兄さんが私が漢陽《ハニャン》に嫁いだことを知っていたと」

「そう。ほら名前が俊瑞《ジュンソ》だったかしら。秀でた容貌の草籠《チョロン》の兄さん。その兄さんは金剛山《クムガンサン》に修養に行っていたので家門の滅亡はなんとか免れたみたいだけど。その後には乞食のような様子で奇人となり世の中をさ迷っているといってた。そう言って涙を流していた。二年前かららは消息も途切れていると、死んでしまったのかもしれないと泣いていた。この世にもその命にも人生にも、もともと未練のない人だからって、その気になれば死ぬこともあるだろうって……」

私の体から血が抜けていくように眩暈《めまい》がした。

*

佳然《カヨン》と会ってからというもの、私は収拾のつかない混乱に陥っていた。六年前の冬、召使のサムウォルが届け物をした先で見たという踊りのうまい妓生《キーセン》の芙蓉《プヨン》は草籠《チョロン》だったのだ。しかしあの時になぜ草籠《チョロン》は私の手紙に最後まで知らんぷりをしたのだろうか？　何を恨んでいるのだろう。自分の身の上がそのようになったことを恥ずかしく思ってのことだろうか。そんな自尊心のせいで私との縁を切る草籠《チョロン》ではない。誰よりも草籠《チョロン》の身の上をよく理解していた私だった。そして俊瑞《ジュンソ》……とうてい分からなかった。佳然《カヨン》の話によれば俊瑞《ジュンソ》は私が誰と結婚したのかも知っていたという。それなら結婚式の前に私に送ってきたあの俊瑞《ジュンソ》の手紙は何だったというのか。あの時、俊瑞《ジュンソ》の手紙を持って金剛山《クムガンサン》から来たという人は俊瑞《ジュンソ》が死んだと言っていた。話のとおりに陰暦七月末に死んだとすれば、その二ヵ月後に私が漢陽《ハニャン》の李元秀《イウォンス》と結婚したことを知るはずがない。ましてやおととし佳然《カヨン》が草籠《チョロン》と会ったときに、草籠《チョロン》が俊瑞《ジュンソ》の消息が途切れて二年になると言ったのだとしたら、今から四年前まで俊瑞《ジュンソ》は生きていたということではないか。それなら俊瑞《ジュンソ》はなぜ私にあんな手紙を送ってきたのか。あの手紙を送ったときの心情はいったい何だったのだろう。そして乞食のような有様で奇人となって世の中を放浪していただなんて。胸がつまり横になっても息がつけず、起き上がり座って拳で胸を叩いた。

一番かわいらしい時期の瓚《ソン》のあどけない笑顔も、玉男《オクナム》の婚礼の準備も、書も絵も私の心を落ち着かせることはできなかった。むしろ六年前に草籠《チョロン》に会わなくて良かったという気がした。会っていたら俊瑞《ジュンソ》の消息を六年前に知って苦しんでいたことだろう。佳然《カヨン》にも会わなければよかった……。目をとじる最後の瞬間まで俊瑞《ジュンソ》が死んだと最後まで信じて生きていたなら、どんなに幸福だったろうか。幸福。私は頭を振り、自嘲交じりの笑い声を出す。俊瑞《ジュンソ》の存在が棘《とげ》となり胸に深く突き刺さりはしなかっただろう。いったいどうしてあんな手紙を送って私に結婚を決意させて約束を破らせたのか。俊瑞《ジュンソ》の行方が分かれば今すぐにでも飛んで行き大声で聞いてみたかった。私の知らない複雑な事情があったに違いない。俊瑞《ジュンソ》はそんなにいい加減な男ではないはず。

「おまえ、最近、何かあったのかい？」

板間《マル》にぼんやりと座り込んでいる私に母がたずねた。烈女の碑を立てる作業が始まり、二週間後には完成するという。家門の栄光であり村の誇りとなることだろう。夫の李元秀《イウォンス》ももうすぐ到着するという手紙が人づてに届いた。そしてまたその二週間後には玉男《オクナム》の婚礼の日が迫っている。母は大事を前に忙しかった。しかしいつもなら先頭に立って家のことを指示しているはずの私がぼんやりとしているのを不審に思って問いただしたのだ。

「佳然《カヨン》のせいかい？　そうでなければ佳然《カヨン》からなにか聞いたのかい？」

私は力なくうなずいた。母は娘を哀しそうな眼差しで長い間じっと見つめていた。

「おまえが何でそんなに心を痛めているのかは分からないけど、人生は万事諸行無常なもの。すべては虚しいもの。時々刻々変わっていく。人の心さえも。他人が変わるのは当然のようだろうが、自分自身も変わるもの。そしてそれが悪いということでもない。宇宙万物が変わるのだから、その変化を受け止めて世の真理にあわせて変わることに何の誤りがあろう。むしろ賢明なことだよ」

母の言葉になにかひっかかるものがあり、おかしな感じがした。

「母上、どうして急に私にそんな話をされるのですか。そんなふうにすべてが変わり、無常なものであるならば人は何を頼り、心をどこに置いて生きていくのですか」

私のことばには棘《とげ》があった。母は普段とは違う私らしくない姿に当惑した。

「おまえ、それは……天の意志に従い恥ずかしくなく生きていけば……」

「私もまた『孟子』の天命思想を知らないわけでもなく、順天者存、逆天者亡という言葉も胸に刻んでいます。天の命に従う者は生き、天に逆らうものは死ぬと。しかしそれならその天の意志というのは何ですか。烈婦となり孝婦となるのが天の意志ですか。母上を世の中では烈女だと呼びます。母上、烈女門を立てるというのは母上にとってどのような意味があるのですか？」

「家門の栄光です。お国からこの未熟な両班《ヤンバン》家の女に烈女門を下さるというのですから、申し訳なく思うほどです。しかしお前の父上が生きていてくださることとは比べようもありません」

母は溜息をついた。

「私は烈女でもなく、孝婦でもありません。ただ目の前の人生を最善を尽くして生きていくだけです。しかしこんなにも最善を尽くしている人生の真実とはいったい何なのか……私の人生が私の意志とは違って私を欺瞞するものなら、その人生にどうやって祝杯をあげることができますでしょうか。天をどうやって信じてついていくのですか。人生無常、諸行無常だから、一生を何も考えずに成り行きに任せてデタラメに生きていけということですか？　私はそんなふうには生きたくはありません。宇宙の主人となりたいのです。蟻《あり》や虫のような小さきものたちも自然の理致と機微を把握して生きています。私の人生で私が知らない何かが起きていたのなら、その微細な兆しさえも感知できなかったのだとしたら、それで私の人生を生きていると言えますか？」

私の声は怒りに満ち震え、それは喉を締め付けるような、悲鳴のような叫びだった。

「何のことだい。この母に打ち明けておくれ」

私はそれ以上は何も話さなかった。しかしギュッとかみ締めた唇とは違い、二つの目には大粒の涙があふれてきた。

「母上、もしかして私のせいで他の誰かの人生が壊れてしまったとしたら、その罪をどうなさいますか？」

涙を見せまいと横をむいた。母の顔にも真っ黒な影がさしていく。

＊

夜遅くに母が私を部屋に呼んだ。外では晴れた空に稲妻が輝き、遠くから雷鳴がだんだんと近づいてきた。大雨になりそうだった。母が心配そうな顔で口を開いた。

「最近は絵も描かず、書を書いているところも見ないね」

「何の意味も感じられないので」

「それでも没頭しなさい。天が与えた才能だから。お前は天の意志が何なのか分からないと言ったね。それがまさに天の意志だよ。流芳百世＊という」

私は顔をあげてじっと母を見つめた。

「花のような名前を後世に長く残すこと」

私は馬鹿にするように言った。

「つまらない女の才能です」

＊　香気は百代にわたって流れるということで、素晴らしい名声は永遠に続くということ。

母は席を立ち文箱を開けて深くしまっておいた紙を一枚とりだした。

「お前の運勢だよ。お前が幼いときにお祖父《じい》様がご覧になったものだ、お前が大きくなるにつれてその才能が神妙だとして易と命理学に詳しい人にお前の未来をお尋ねになった、これが必ず当たるとは言えないが。一度見てご覧」

四柱解きは続いていた。

「母上、いったいぜんたい何のことかよく分かりませんが」

「ああ、そうだろう。私も易に関しては門外漢なのでよく分からない。ただし、お前のお祖《じ》父《い》様とお父上から話は聞いた。お前の運勢は天が与えて下さったもので、四通八達、学問や事物の理致に通じるという。女に生まれたのが惜しいほどの才能だという。ただ女の才能がそんなにずば抜けているので配偶者運はない。こんなことを言うのはなんだが、すでに過ぎたことと聞き流すなり、心にとどめるなりそれはお前の好きにおし。その下に坐子入墓という文字があるだろう。配偶者の星に墓が入って座っているということだ。夫が墓に入っているので大きな力にはならず形式的にすぎない。だから満足できないということ。その代わりにお前の才能は花開き、その名前は後世にまで鳴り響くという。吉神は七十歳を過ぎてから、あるいは死後に来るという……。夫はその役割を果たせないが、その代わりに後世に光り輝くような素晴らしい子どもができるという。ただお前の健康はあまりすぐれず、下手をすれば短命になることもあり得るという。これをすべて信じることはないが、よくないことは注意すべきではないかい」

「なぜ急にこんなものを私に見せるのですか？」

「幼い頃からお前の才能がずば抜けていたので密かに心配していた。たぶんそのような心配があのようなことを招いたのかもしれない」

嫌な予感がした。

「何のことですか？」

母は長い間黙っていたが、重い口を開いた。

「許しておくれ。でもすべてお前のためにしたこと……お前を今、苦しめているのは何だい。それがまだ忘れられない……」

私は母の手をぎゅっと握り締めた。

「母上はご存知ですね。金剛山《クムガンサン》に行った人は亡くなったのですか？」

私は穴のあくほどじっと母を見つめた。母は私から視線をはずして言った。

「その生死を私も今は知らない。ただお前が結婚する頃までは生きていた」

その言葉に天地がひっくり返り、雷鳴がとどろいた。

「教えてください。私の知らない何かがあるのですね？　母上は私の秘密をすべてご存知ですね。しかし今は私の知らない秘密があるのですね？　私に隠していることがあるのですね？」

「ああ。すべて話そう。それがお前のためにも良さそうだ。お前が結婚を拒みつづけ、夜毎に月に祈っていた頃のことだ。お前は鄭大監《チョンデカム》の家の庶子である俊瑞《ジュンソ》を恋慕していると、結婚の約束までしたと告白したね。実は私は前から二人が愛し合っているのに気づき、一人でどうしてよいか分からず悩んでいた。しかしそこまでお前が心を奪われてしまったとは知らなかった。でもいくら考えてもそれはありえないことだった。金剛山《クムガンサン》に行ったあのトリョン*が帰ってでも来ようものなら、それ以上お前を家につなぎとめておくことはできなさそうだった。二人の将来は火を見るよりも明らかだ。あのトリョンは出世の道が閉ざされ、それこそ男としては死んだも同然ではないか。それでお前のお父上に話をした。するとお父上はお前の四柱には桃花殺《トファサル》**があり、夫の星に墓がある運命だとおっしゃり、だからそんな運命に出会ったのだと、おっしゃった。そして絶対に止めなくてはならないと、そうしないとお前が早死にしてしまうだろうと。とにかくその結合を防ぐ手立てを探した」

乾いた稲妻と雷鳴が続いていたが雨は降らなかった。台風が来るのか風が強くなってきた。母との話の間、間に竹の葉の触れあう音が大きく聞こえてきた。風に揺れるロウソクの灯りが母子二人の影を伸ばしたり縮めたりしている。母は息が切れるのか、そうでなければ話すのが大変なのかしばし沈黙した。外からありとあらゆる音が聞こえてくる中でも部屋の中は力いっぱいに引いた弓のような緊張に包まれていた。突然灯りが自然に消えた。暗黒天地に竹の葉がふれあう音だけがさらに大きく聞こえる。しばらくの間、不安な沈黙が流れた。灯りをつけることもせずに暗闇の中で母は話を続けた。

「それが……方法は意外とすぐにやって来た。お前が結婚したその年の夏に、父上が外出から家に戻ってくると俊瑞《ジュンソ》が家の外をウロウロしているのをご覧になった。お前に会いに来たということだった。苦労して身なりも惨めな俊瑞《ジュンソ》を父上は一目で誰だか気づいたという。そして俊瑞《ジュンソ》を連れて鏡浦湖《キョンポホ》に行かれたという。そして嘘をついた。漢陽《ハニャン》に嫁《とつ》ぐことが決まったので諦《あきら》めろと。父上は愛する女のための本当の道が何なのか真剣に考えてみろとおっしゃっ

＊　未婚の男子。

＊＊　昔は男女ともに酒色、色情で家を滅ぼすといわれた運勢。

た。俊瑞《ジュンソ》は身なりは疲れて見えたが金剛山《クムガンサン》で道をきわめてきたのか、目つきは輝いていたという。そして最後にお前が約束を破ってそんなことをするはずはないと、むしろ自分を殺して欲しいと言ったという。自分の命はもう何の意味もないと。それでも長い間、目を閉じて考えにふけっていたあげくにお父上に三度たずねたそうだ。結婚が決まったのは本当なのかと。お父上は嘘をつくほかなかった。そして俊瑞《ジュンソ》も最後に決心したように言ったそうだ。自分が死んだと言わない限り、お前は結婚しても幸せになることはできないだろう、だから死んだとお前に告げてくれと言ったという。しかし父上はそれまでお前と俊瑞《ジュンソ》のことを全く知らないことになっていたのでお前のまえでそんな風に言うこともできなかった。そこで方法を考えたお父上が震えている俊瑞《ジュンソ》を酒幕に連れて行ったという。何日も何も食べていないように見えた彼に食事を取らせて酒も一緒に飲み、決心がついたらお前が信じるように手紙を書くようにと頼んだ。結局俊瑞《ジュンソ》は手紙を書き、酒幕に泊まっていた客に金を渡してお前にその手紙を渡させたのだよ。そして翌日、父上が金を少し準備して酒幕に行くと、すでに忽然と旅立った後だったそうだ。私たちを許しておくれ。しかし父母となり、とくに夫の星に墓があるという運命を持って生まれた娘を、出世の道は閉ざされ、生きていても死んだも同然の妓生《キーセン》、妾の息子、逆賊の息子にどうやって嫁がせるの。父上と私は本当に恐かったんだ。

これは必ずしも家門の問題ではなかった。私はお前があの若者と結婚すればその寿命だけ生きられないという気が強くした。互いに過激に求める愛は互いを焼き尽くすもの。下手をすると短命になるかもしれないという、そんな命を削ることをしようとしているお前を止めなくてはという思いだけだった。この秘密は墓の下まで持っていこうと思っていた。それにしてもどうして分かったのだい？」

私はその言葉には答えず、全身を固い石像のようにして座っていた。胸に秘めておいた秘密を明かした母は急に全身を悪寒が走ったように体を震わせていた。私の体からも何かが抜け出し体の中が空っぽになったようだった。母が体を震わせると、約束でもしたように私の体も震える。乾いた稲妻と雷鳴は止み、突然、激烈な風雨が吹き始めた。

筆をとるたびに「荘子」に出てくる牛の角を切りとる白丁*の境地がうらやましい。どんな隙間にも自然に入りこんでいくという刀。私にとって芸に到る道はこのようにおのれを捨てて刀となることだった。厚みの無い刀。自分をなくして得ることのできる道。それには心を飢えさせ、自分の存在を忘却し、竹のように空洞にならなければならない。道はひたすら空っぽなところにだけあるもの……しかし人と人が混じり会う人生で。自分を空にして、自分を無にするということは犠牲のまた他の名前なのかもしれない……ましてや恋人たちの人生にとっては……

第十九章　白丁の刀

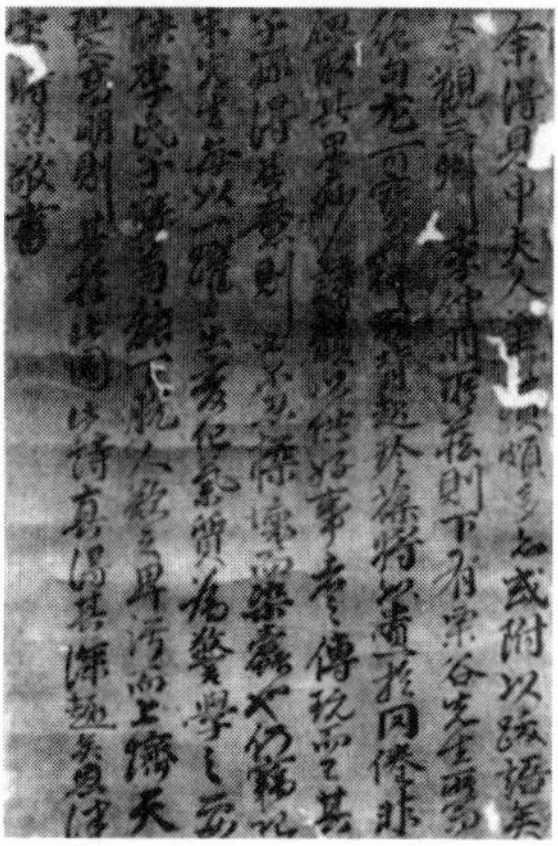

未可動帰橈　　前途は風が強そうだ
前渓風正急　　船をどこにつけようか

唐の詩人、戴幼公の詩を書きながら何枚も紙を破り捨てた。嫁ぎ先の親戚が八幅の草書の屏風を頼んできたのだ。この詩の三行目と四行目になると、なぜか手首に力が入り呼吸が乱れてしまう。流麗と流れる水のように一息に書き下ろすことができない。硯《すずり》に筆を置き、紙

＊　朝鮮王朝時代の最下層の賤民。律令制の中国や高麗時代までの朝鮮では無位無冠の良民を指した。

を向こうに押しやり敷物の布団の上に倒れて横になる。最近はどうしてこんなにイライラするのだろう。お腹の中の赤ん坊にも良くないだろうに、三回目の妊娠だった。母の烈女の碑が立った年のこと、学問に集中してもらおうと離れて暮らしていた夫が三年ぶりに江陵《カンヌン》に来てできた長女の梅窓《メチャン》を、私は漢陽《ハニャン》の嫁ぎ先に戻っておとし産んだ。そしてまた三番目の子を授かったのだ。

あの年のことを思うとしばらくの間、胸が痛かった。俊瑞《ジュンソ》の手紙に関する成り行きを聞き、亡くなった父上が恨めしかった。母上もしばらくの間、憎かった。母は胸に秘めていた真実を吐き出すと病の床についてしまった。あわただしい中で烈女の碑が完成し、玉男《オクナム》が近くの権《クオン》氏の家に嫁いだ。祝い事が重なり二度の祝宴が開かれたが、母と娘は互いに胸を痛め傷ついていた。しばらくの間、私は母上と顔さえ合わせないようにしていた。母に何の罪があるのかとは思うもののどうしようもなかった、自分自身を許せないという思いがそんなふうに表れたのかもしれなかった。俊瑞《ジュンソ》もまた恨めしくてたまらなかった。皆が揃って私を騙し、私の人生を欺瞞したのだ。そんな時に夫と三年ぶりに再会したのだった。おかしなことに別に嬉しくもなかった。あの当時はすべてが憂鬱で切なく感じられた。夫は学問に精進しているようにも見えなかった。しかし私ももうそれ以上彼の学問に期待はしなかった。もしかすると予想していたことなのかもしれなかった。彼をあるがままに受け入れることにした。夫の星に墓があるという四柱の占いが合っているのなら、運命から逃れることはできないのだろう。むしろそれでよかった。母に復讐したかった。将来がない庶子である俊瑞《ジュンソ》を選んだからではなく、両班《ヤンバン》家の息子である李元秀《イウォンス》が夫となってもどうしようもないではないかと。母上、ご覧ください。あなたが選んだ前途九万里の両班《ヤンバン》家の子息ですよと。

玉男《オクナム》の婚礼が終わると、すぐに止める母を残して私はきっぱりと実家を後にした。初めて母の胸に楔《くさび》を刺す親不孝をしたのだ。仕方がなかった。笑顔をなくした姿を母に見せるよりはむしろ、嫁ぎ先に戻り生活のしがらみの中に自分を放置するほうがよいような気がしたのだ。漢陽《ハニャン》の家に戻ってみると、夫は離れて過ごした三年の間に学問の代わりに酒の量だけが増えていた。意志薄弱な上に人が良いので友人も多く、一人息子で育ったせいかにぎやかな席を好んだ。時には服に白粉《おしろい》の匂いをつけて帰ってくることもあった。

私の心にもまたたびたび雨風が起きた。長女の梅窓《メチャン》を産んで家事をしている時にも突然悲鳴を上げたいような衝動に駆られそれを抑えるのに苦労した。生きるというのはこんなことなのか。私がこんな毎日を生きていく代価として俊瑞《ジュンソ》は乞食となり狂人となって放浪しているというのか。これが彼が私のために選んだ人生で、私が選んだ人生なのか。そんな思いが起きた時には気が狂ったように書と絵に没頭した。夜になり体中が疲労でくたくたになり、木の枝のように重くなっても必死に腕を持ち上げて絵を描き、書を書いた。そうやって全身全霊を酷使しなければ気が狂いそうだったからだ。私はだんだんと口数が少なくなっていった。口数が少なくなる代わりに書を書いていた。夜遅くに帰ってきた夫は灯火を消さないと腹をたて、枕を抱いて姑の部屋に行って寝ていた。姑の視線も以前のようではなかった。才気にあふれ経典にも通じた嫁でも自分の夫一人、一人前にできないと。

「才能もよいけれど、そんなことをしてておコメが出てくるのかい。餅が出てくるのかい。絵でも売って金になれば話も違うが。男だったら絵描きになって画院*に出仕して金稼ぎでもするんだろうが。女が余技ですること、うちのような家でできると思っているのかい。そんな余力があればお前の夫に、お前の子どもたちにもっと手をかけ、神経を使っておやり」

姑がある日、気を害したのかきつい言葉を吐いた。余技という言葉が喉に突き刺さった。母上。私はいま余技でしているのではありません。これでもしなくては死んでしまいそうなんです。しかし姑の前だ、唇をギュッとかみ締めた。そして決して家事に手を抜かなかった。

「お母様、私がだからといって何もしないで絵だけ描いているのではないではありませんか。夜の時間をさいて……」

「夜寝る暇を惜しんで、そんなふうに描いていたらお前の体が衰弱してしまい、うちの息子、うちの孫たちの世話をきちんとできないと、そんな風には考えられないのかい？　女の体が女一人の体だと思っているのかい」

そんな姑が親戚の注文をとってきた。絵の値段、書の値段をどのように決めているのかは分からないが、明らかなことは家計の役にはたっているということだった。むしろ胸がすっきりした。

真夜中になるというのに夫はまだ帰ってこない。私は再び起き出して座り筆を握った。前途を吹く風は強くどこに船をつけるというのか……。この詩が胸に迫ってくるのはこの数年間の私の乱れた心情をそのまま映したようだったからだ。心の行き場所を失い本当にこんな風に暮らしていたら、これからどうなるのかと恐ろしかった。

息を整え筆を握り最初の字を書き下ろそうとしていると、夫が音をたてて扉を開けて部屋の中に入ってきた。私は顔も上げずに断固として筆を握り、書いていた草書を最後まで書き下ろした。

＊　朝鮮王朝時代に王の肖像画や王室の行事を記録した部署。図画署。

「やあ、亭主が帰ってきたのに目もくれないのか。だから家に帰って来る気にならないんだ。そうだとも、そうだろう。答えてみろ」

夫の体からは酒の匂いと女の匂いが混ざった妙な匂いがしていた。気を緩めないで最後まで、最後の一字まで書こうとした瞬間、夫が紙を押しのけた。水が流れるような筆体がくずれ最後の文字で墨が黒く固まってしまった。私は真正面から夫をしっかりと見つめた。

「なんだその態度は」

夫が回らない舌で抗議する。

「お酒が過ぎます。お眠《やす》みなさいませ」

「絵や書が亭主になるのか」

「……」

私は黙っていた。

「なぜ黙っているんだ。亭主のことばを無視するのか」

「布団を敷き灯火《あかり》を消しますからお眠《やす》みください」

私が布団を敷こうと立ち上がると夫は文字を書いていた紙を丸めて床に投げ捨てた。我慢できずに思わず一言言う。

「そういうあなたは一点の恥ずかしさもありませんか。嫉妬するようでこれまで何も申しませんでした。この時間まで酒だけ飲んでいたのではないことは存じています」

夫のそんな習慣は三年間離れて暮らしていた頃に生まれたものだった。

「ああ、そうだとも。でもお前も何も言えないはずだ。お前がどんなに寂しい思いをさせたか分かっているか。才能のある女が男にどれほど寂しい思いをさせるかを事前に知っていたら……。お前の心はいつも他にあるではないか。私に錨《いかり》を降ろしたことが一度でもあるのか」

夫は枕を持ち出すと、そんな捨て台詞とともに部屋の扉をどんと音をたてて開けると出て行った。姑の部屋の扉が開き、寝ていた姑の何か小言をいう声が聞こえてきた。夫が出て行くときに開けた扉の外には眉毛のような上弦の月が寂しそうに出ていた。私は肩を震わせた。夫のことばも間違いではないだろう。お前がどんなに寂しい思いをさせたか分かっているか……　ああ、そうだろう。私は扉を閉めることも忘れ、柱によりかかり上弦の月を見ながらそんなことを考えていた。私に錨を降ろしたことがあるか。天に浮かんでいる錨のような形をした上弦の月が胸に突き刺さった。夫の言葉が痛かった。私の心はあの上弦の月のように夫に対して冷たかった。しかしどうしようもなかった。ただ心の中に一人の男を抱いた罪の意識で夫がときどき酒を飲んで他の女を抱いてきても知らん振りをするだけだった。しかしだからといって私の心がそれで休まるわけでもなかった。こんなに人生が空っぽで虚しく寂しいものだとは。どうすればよいのか。天よ、私に知恵をおさずけください。

ときどきふいに人生にこんな影が差すときにできることと言えば書画の世界に逃げ込むことだった。それにしがみつくことだった。しかしそれにも疲れた。幼い頃の安堅《アンギョン》の山水画の模写から始まり、筆を握ってから二十年以上が過ぎた。どれほど精進すれば無何有之郷*の境地に入ることができるのだろう。私は扉を閉めて一人残された部屋の中に座り、荘子の「養生主」篇を開いてみる。

ある白丁が文恵王**のために牛を料理したことがあった。

彼の手の先、肩を寄せたところ、足をふんばったところ、膝をついたところはザクリという音と共に刀が動き、それと共に牛の肉が切り裂かれていく音がする。彼の身のこなしは桑林の舞いのようで、その手さばきは頸首の旋律そのものだった。

文恵王が言った。

「おう、見事だ。その技《わざ》、どのようにしてそのような境地にまで達することができたのじや」

白丁は刀を置き答えた。

「私の求めるところは道であり、技よりも上のものです。私がはじめて牛を料理した時には目にうつるのは牛の姿ばかりでしたが、三年がたち、ようやく牛の姿は目に見えなくなりました。今にいたっては私は心で牛に接するのであり、目で見ることはなくなりました。目を使わなくなると精神の自然な作用だけが残り、天理に従い、牛の体の中にある大きな隙間と、空間に刀をふるい、ただ牛に刃を添わせていくだけです。その技の微妙さでまだ一度も筋や、固い筋肉に刃をあてることはありません。ましてや大きな骨は言うまでもありません。腕の良い白丁は一年に一度、刀を変えるといいますが、それは肉を切っているからです。平凡な白丁たちは一月に一度、刀を代えますが、それは骨を切ってしまうからです。私のこの刀は十九年になりますが数千頭の牛を料理しても、刃は研いだばかりのようです。牛の骨にはそれぞれ隙間があり刃には厚さがありません。厚みのないものを隙間のあるところに入れるだ

＊　「荘子」〈逍遥遊〉。作為のない自然のままの世界。また理想的な心の状態。

＊＊　箕子朝鮮と呼ばれる起源前の初期国家の第十二代王。

けなので刀を動かすのにもいつも余裕があるのです。それで十九年が過ぎても刃こぼれせずに研いだばかりのようなのです。しかしそれでも骨と肉が集まっているところに達すると、私も難しいので気をつけて警戒しながら視線を集中させてゆっくりと手を動かし、刀を微妙に動かします。そうすると肉が骨から剝《は》がれて、地面に土が積もるように積もって行きます。そして刀を手にして立ちあがり、四方を見回し満足な気分に浸ります。最後に刀を拭《ぬぐ》って仕舞います」

文恵王が言った。

「素晴らしい。私は白丁の話を聞いて摂生の道を体得した」

ああ、私の筆はいつ、白丁の刀のようになれるだろうか。今は精進することしか他に方法はない。私は再び墨をする準備をした。

＊

ある日、佳然《カヨン》から人づてに手紙が届いた。あちこちから聞いて手紙を送る。会いたくてたまらないので、時間を教えてくれれば輿《こし》を送るという内容だった。私は姑に事情を話し許しをもらった。姑はすぐに許してくれた。領議政《ヨンイジョン》の嫁が昔からの友だということを喜んだのだ。そばで話を聞いていた夫も口をはさむ。

「領議政《ヨンイジョン》の家の長男なら漢陽《ハニャン》でも札付きの遊び人で有名だぞ。あいつらは遊郭という遊郭は片っ端から手をつけているそうだ。その夫人がお前の故郷の友とはね……かわいそうに。名門家門、権勢のある家の夫だといってもな」

　三日後、輿が家の前に着くと、姑は何種類かの餅を函にいれて贈り物として包んでくれた。北村《プクチョン》の立派な瓦屋根の家の大門のまえで輿を降りると、下女が別堂《ピョルダン》まで案内してくれた。下女は私の身なりを上から下へじろっと見下ろし、権勢家の家の召使らしく尊大な態度をしていた。そのくせアン棟の前を通るときには足音さえも忍ばせ、私にもシッと口に指を当てて静かに通り過ぎるようにと言った。泥棒猫のように別堂《ピョルダン》に潜りこみながら私は佳然《カヨン》の身の上がなぜか分かる気がした。

　夏で暑いというのに、別堂《ピョルダン》の佳然《カヨン》の部屋は扉がきっちりと閉まっていた。部屋に入ると墨の香りが漂っており、佳然《カヨン》は詩を書いていた。しかし恥ずかしいのか慌てて紙を片隅に押しのけて立ち上がった。佳然《カヨン》は少しやつれて見えたが、それでもその目は静かな湖のように澄んでいた。佳然《カヨン》が私の手を摑む。二人は微笑を浮かべたまま互いをじっと見つめた。

「よく来てくれたわね。何年ぶりかしら。ああ、そう言えばあなたもお腹に赤ちゃんがいるのね。何ヵ月？」

佳然《カヨン》が膨れ上がった私のチマを見てたずねた。

「六ヵ月目に入ったところ。あなたも？」

佳然《カヨン》は微笑みながらうなずいた。

「そう。四ヵ月目」

「まあ、良かったわね。つわりは終わったの？」

「私はもともとつわりはないの。子どもが流産してしまう体質のようなの」

佳然《カヨン》の顔が瞬間、暗くなり、また明るくなった。

「それでも私は赤ちゃんがお腹にいる時が一番、心が落ち着くの。体の中に赤ちゃんを抱いている時には生きているという感じがする。それに誰も私に構わないからいいわ。子どものいる獣には手を出さないというじゃない。あなたのこと、ずいぶん思っていたわ。寂しくて本当に会いたかった。最近、どうしてた？」

私は二年前に佳然《カヨン》と会ったことを思い出していた。佳然《カヨン》が無心に口にした話から俊瑞《ジュンソ》の秘密を知ることになり、その後、混乱に陥ったとは言えなかった。

「まあ、なんとか。あなたは？」

「私もなんとかよ」

あまりに久しぶりに会ったので話すことばも見つからなかった。それで持っていった餅の包みを開いた。

「これはうちの姑がお土産にと包んでくれたもの。あなたのお姑さんに見せなくてもいいかしら」

「いい。そんなことしなくても、会いたくないの。そういえば、あなたの姑さんの餅、おいしいと近所で評判だそうね」

その時、外から伽耶琴《カヤグム》の音が聞こえてきた。しばらくすると女たちの嬌声と男たちの笑い声も聞こえてきた。私はびっくりしたが、佳然《カヨン》は何でもないというように函の蓋《ふた》を開けて餅を一つ取り出すと一口で食べてしまった。

「たしかに噂のとおりね。本当に美味しい、あなたも食べて」

佳然《カヨン》は餅を生まれてはじめて見た貧しい少女のように口一杯に何個もほおばった。

「まあ、そんなに食べたら胸につまるわよ。ゆっくり……」

その時、だれかが部屋の扉を開けてさっと入ってきた。

「まあ、誰か来たの？　見慣れない履物が踏み石の上にあるけど」

口一杯に餅を詰め込んでいた佳然《カヨン》の目が驚いたウサギのように大きくなった。餅を飲み込むこともできないまま泣きそうになり、喉につまったのか拳骨で胸を叩いて咳《せき》をした。

「まったく行儀の悪いこと。姑に隠れて一人で食べる餅はそんなに美味しいかい。知らない人が見たらちゃんと食事もさせていないのかと思うじゃないか。これだから私の寿命が縮むのだよ。どなただい？　うちの嫁のお友だちかい？」

佳然《カヨン》をじろっと睨《にら》みつけ一喝していた老婦人が私にむかってたずねた。厳格で一目で意地悪そうに見えるこの老婦人が佳然《カヨン》の姑のようだった。私はさっと立ち上がると礼儀正しくあいさつをした。佳然《カヨン》は本当に胸につかえたのか胸を叩いて空咳をしていた。

「さっさと出て行って水の一杯でも飲んで来なさい。気が利かぬこと」

佳然《カヨン》が飛び出して言った。

「手のかかること、まったく」

老婦人は舌を打って佳然《カヨン》の後ろ姿をにらみつけた。私はどうしてよいか分からず、下を向いて小さくなっていた。老婦人は鋭い目つきで部屋の中をじろっと見回すと、机の上にひっくり返してあった紙を床に広げた。そこには少し前に書いたらしい佳然《カヨン》の文字が並んでいた。

閨房の怨み*

閨閤行人断　閨房から出る門には通り過ぎる人が絶えない
房月影斜　窓の門には斜めに月光がさしている
誰能北下　誰が北の窓の下で
独対後園花　一人裏庭の花を見ているのだろう

老婦人は紙を投げ捨てると舌を打った。

「なんと、下品な……チェッチェッ、こんな詩を書いているなんて」

佳然《カヨン》の寂しい身の上と怨《うら》みが紙の上ににじんでいた。妻を捨ててまっ昼間から家の中で妓《キー》生《セン》遊びをしている佳然《カヨン》の夫という男に怒りが湧いてきた。

* 中国南北朝時代の文学者何遜《かそん》の詩。

老婦人は佳然《カヨン》が部屋に戻るとすぐに立ち上がった。そして両班《ヤンバン》の家の奥様らしく品良く下女を呼びお客用のお膳を整えてくるようにと命じた。

「少しはよくなったの?」

佳然《カヨン》の顔色をうかがいながら私はたずねた。

「この家の人間の顔を見ると腹の中が煮えくりかえるから……。だから何を食べても血や肉になるわけもない」

自分の身の上をときどき嘆いてはいるものの、佳然《カヨン》の暮らす様子を見て私はもう何も言うことができなくなってしまった。

「いくら嫌でもできるだけご機嫌に合わせて愛想笑いをする真似でもしなくちゃ。時には心と体は別々にしてホホハハ言って暮らしていくのも賢明というもの」

「私だって最初はなんとかうまくやろうと死ぬほど努力して暮らした。でも決められた運命があるのか、私の努力ではダメだった。努力すればするほど状況はより悪くなっていった。それでも前よりはだいぶ良くなったのよ。心を空っぽにしたの。いや、私自身を空っぽにしたの。それこそ波に揺られる筏《いかだ》よ。風にもてあそばれるまま、波に揺られるままに生きている。それでも私を見ると、夫も姑もあんなふうにどうしていじめてやろうかといつも考えている……そんなふうだからできるだけ顔を合わせないようにしてるの。才能に長けた女が人をダメにするという話。本当に大嫌いなことばだけど、私のできることといったらこの部屋の中に座って文房四友*と遊ぶことのほかに何があるの？」

佳然《カヨン》の身の上とその心情が私には十分に共感できた。

「あなたには私の身の上が分かるでしょう。私は寂しくて恐いの。お腹の中の赤ん坊、今度こそは無事だろうか。そしてこんな葛《くず》のつるのようにからまった私の人生をどう切り開いていこうか……でもこの気持ちを詩にする才能があるだけでも幸いだと思わなくては。そうだ、赤ん坊はどこで産むの？　産み月は私よりも少し早そうね。江陵《カンヌン》の実家に行って産まない？江陵《カンヌン》だったらもっとたびたび会えるし」

「そうね、それは良い考えだわ。そうできればよいけど」

私は明るく笑って言った。故郷の話が出ると再び娘時代に戻ったようだった。頭の中から途切れなく神妙な文章があふれ出した佳然《カヨン》。佳然《カヨン》は私にいつも新鮮な刺激を与えてくれた。私は佳然《カヨン》の書いた詩をもっと見たかった。佳然《カヨン》は恥ずかしそうにしながらも、壁の隠し戸の

＊紙、筆、墨、硯《すずり》の四つをいう。

中から作った詩と文章を取り出して見せてくれた。私は身震いした。文章は墨で書いたのではなく、血でつづったように哀切の響きに満ち、行間からは佳然《カヨン》のため息が聞こえてきた。幼い頃、佳然《カヨン》の身の上がどれほどうらやましかったことか。しかし今の佳然《カヨン》の何と可哀相なことか。そしてこの辛く苦痛に満ちた日々がむしろ文章をこんなにしなやかにするものなのか。佳然《カヨン》は徹底して自分を現実から隔離して、おのれを空にしたといった。しかしそれはむしろ自意識におぼれているのではないか。私はあなた方のような人間を相手にすることはしませんという傲慢さではないか。現実を必死に否定して忘れようとしてもそれで現実が消えるわけではない。現実との境界さえ意識できずに現実を忘れようとしてもできるわけがない。佳然《カヨン》を見ながら私はむしろ自分の混乱した暮らしが少し整理できたような気がした。心を空っぽにできるだけ空っぽにし現実に惑わされないものの、体は現実により忠実に賢く生きていこうと自らに誓った。

その子は私が自分自身を空にして
ようやく人生に向きあうことができるようになった時
贈り物のように私に届いた
もしかすると天が必要な種をまこうと
「私」という畑を空っぽにしたのかもしれない

第二十章　贈り物

昨日が十五日だったから、今日は十六日、既望*だ。日にちを数えてみる。月の光が煌々《こうこう》と輝き、家の前に広がるソバ畑が白く光っている。まるで陶器のかけらを撒いたように恍惚《こうこつ》としている。蓬坪《ポンピョン》はソバのよくできる山間地域だが、特に家の下には広いソバ畑が広がっており、秋の初めから白いソバの花が咲いていた。

子どもたちを寝かしつけ、自分でも眠ろうとしたがなかなか寝付かれなかった。夫は小さくイビキをかいてぐっすりと寝込んでいる。私は最近になり急にお腹が膨らみ始め、寝つかれない夜が増えてきた。丸いお腹を撫でながら庭に出て行く。チャントクデ**に上がると月夜のソバ畑が良く見えた。チャントクデに置いた座布団に座ると秋風が心地よかった。お腹の赤ちゃんに話しかける、月の光が何と美しいのでしょう。山の中の月光も良いものだね。海に映った月と湖に映った月は違って見える。よく見ておきなさい。今年の大晦日頃に誕生するだろうお腹の中の赤ん坊と話をしていると、何でも赤ん坊と一緒にしているようで本当に久しぶりに落ち着いた平安と喜びを感じる日々だった。二十一歳で最初の子の瓒《ソン》を産んで以来、お腹の子は私には五番目の子どもだった。二番目は母の烈女の碑が建てられた年に、三年間離れて暮らしていた夫と再会してできた長女の梅窓《メチャン》。名前を江陵《カンヌン》の実家の紅梅からとって梅窓《メチャン》とつけた。窓を開けるとしとやかに立っていた紅梅の木。賢く、才能にも恵まれた娘だ。江陵《カンヌン》の実家では母にそっくりだとして「小さな師任堂《サイムダン》」と呼ばれていた。小さくても心根の深い娘で、大きくなったら母の良い友となってくれるだろう。それ以後、二、三年間隔で、赤ん坊を乳から離さなくてはと思う頃になると次の子ができた。二十八歳で産んだ次男の璠《ボン》、三十歳で産んだ次女のハンリョン。姑と夫は子どもができると家の経済状況など考えもせずに無条件に喜んでいた。

＊　満月が過ぎたという意味で、陰暦十六日の夜の月のこと。

＊＊　味噌や醬油などの入ったかめを置いておく台。

私も三十三歳になる。もう二男二女の子どものいる、妻というよりも母というほうがよりふさわしい女人になってしまった。同じ腹から生まれたものの、子どもたちはそれぞれ性格も容貌も才能も違っていた。それぞれの子どもたちは特別な喜びを与えてくれたが、私はもうこのくらいにしたかった。子どもを育てるために使う時間と労力は他のことをする時間を奪ってしまう。合い間に短い時間ができても何の意味もない時間になってしまった。どんなことでも境地に達するにはそんな合い間の短い時間では足りなかった。荘子には「一点の誤りもない秤《はかり》を作る八十代の匠《たくみ》も、その境地に達するまでは秤を作る以外何も目に入らず、その仕事だけしていた」とある。自分にだけ没頭できた江陵《カンヌン》で過ごした日々が懐かしかった。ときどき暇ができても本の一節でも読めれば幸いだった。それでも一日中、早朝と夜の時間は自分自身のために使った。芸の気運を失わないようにしようとしたのだ。集中して自分のしたいことをするときには常におのれの気力を惜しみなく、思う存分に使ってみたかった。それで子を産むのをやめたかった。育児と家事で脈が断たれると再びつなげることが難しい道だった。そのせいか、母のお乳を飲んでいる赤ん坊も、母親が真剣な顔をして本を見たり、書を書いていればおとなしくなった。母の隣で、筆立てから墨のついていない筆を取り出して、字を書く真似をする子もいた。自然と文房四友が子どもたちの玩具となった。上の子どもたちは静かに母の隣に集まって字を書くのを見たり、それを真似て字を書こうとする。家の中は自然と勉強する雰囲気になっていった。璿《ソン》と梅窓《メチャン》に文字を早くから教えたところ、弟妹たちに母から学んだとおりに教えて仲良く遊んでいた。子どもたちはすくすくと健康に育っていった。ああ、子どもを産むのはこれくらいにしたい。しかし私の体ではあるが、どうしようもないのが妊娠だった。赤ん坊を授けてくださる山神婆さんが他の家に行くのを忘れて私のところにだけたびたびやってきて赤ん坊を授けてくださるのだろうか。そんな自分を見ていると子どもができずに苦労していた佳然《カヨン》が思い出された。そして娘を一人産み、それ以上子どもを授からなかった外祖母のことも思い出された。世の中は本当に不公平だ。佳然《カヨン》のことを思うと胸が痛い。そういう面では私は佳然《カヨン》に比べたらどれほど恵まれた女人なのだろうか。

何年か前、佳然《カヨン》と会った時にした約束は守れなかった。私が江陵《カンヌン》の実家に行って産むことができなかったこともあるが、後で聞いた話では佳然《カヨン》はまた赤ん坊を流産したという。おとし実家に行った時に母から佳然《カヨン》の消息を聞いた。佳然《カヨン》は実家に来ているが正気の状態ではないという噂を聞いたという。人々の話によれば佳然《カヨン》の狂気は流産してからで、嫁ぎ先では結局佳然《カヨン》を実家に帰したのだという。実家でも暗く陰気な顔をしたままで、人々を避けて部屋の中に閉じこもっているが、気持ちに起伏が激しく、変わりやすい天気のように明るかったり欝だったりしているという。

私が佳然《カヨン》と最後に会ったのはその頃だった。秋夕《チュソク》前の清明な天気の続く秋の初め、前に比べると傾いた佳然《カヨン》の実家の勢いと家の中の憂いを物語るように、庭には雑草がはびこり窓の障子も黄色く変色していた。別堂《ピョルダン》の板間《マル》に佳然《カヨン》は座っていた。髪もきちんと梳かさず、服も乱れたままの佳然《カヨン》が陽の光の中にぼんやりと座っていた。ねんねこを抱いてぼうっとしたまま……近づいて。佳然《カヨン》！ と呼んでみた。佳然《カヨン》が顔を上げてこちらを見るが誰だか分からないようだった。眩しいという表情で、ただ無心に目を細めて見つめているだけだ。胸に冷たいものが走り、佳然《カヨン》の抱いているねんねこを見た。その中には幼い赤ん坊ではなく、垢《あか》のついた枕が入っていた。

そんな佳然《カヨン》を見てから三日後に悲報が届いた。佳然《カヨン》が首をつったという。佳然《カヨン》が死んだ後も噂は続いた。佳然《カヨン》のつづった詩が数多くあっただろうに、どうしたわけか死後には跡形もなくなっていたというのだ。それを見て人々は佳然《カヨン》が死ぬ前にその痕跡をなくして自ら命を絶ったのだろうと噂した。佳然《カヨン》が気が狂ったふりをしていたのだと噂する人もいた。幼くして神童と言われ、大きな屋敷を構えた士大夫の両班《ヤンバン》家でなに不自由なく育った一人娘。幼いころはどれほど羨ましかったことか。官僚の最高の地位である領議政《ヨンイジョン》の家に嫁入りし江陵《カンヌン》の町全体が大騒ぎをしたものだ。しかし幸薄く孤独に暮らし、才能を花咲かせることもできずに散ってしまった哀しい花。

佳然《カヨン》を思うとくやしくて仕方がないが、一方でありがたいと思う心も大きかった。口にはしなかったが、彼女のずば抜けた才能は常に私に新たな刺激を与えてくれ、他の世界に目を向けさせてくれた。幼い頃、佳然《カヨン》の家にある書籍を読みあさって衝撃を受け、佳然《カヨン》が早くから傾倒していた道家の思想に私も徐々に目を開くようになった。そして同じように才能に恵まれた女人として、薄幸な佳然《カヨン》を見ながら私は自らの人生を振り返り慰めを得たのだった。それで佳然《カヨン》にはありがたく、そして申し訳なかった。しかし仕方がないではないか。いくら胸が痛くても佳然《カヨン》の人生はもう他のところに流れていってしまったのだ。璠《ボン》を生んだあの年。佳然《カヨン》の嫁ぎ先に遊びに行ってきてから私の人生に対する態度は少しずつ変わっていった。佳《カ》然《ヨン》の不幸が私にとって師匠となったのだ。佳然《カヨン》に比べて自分自身の人生が多幸多福だと考えるようになった。人々と交わらず閉鎖的な性格の佳然《カヨン》を鑑《かがみ》として今後はもう少し明るく知恵深く生きていこうと誓ったのだ。姑も夫も考えてみれば心の広い人々だった。問題があるというならもしかすると私にあるのかもしれない。何も知らない夫と姑、子どもたちを傷つけてはいけないと思うようになり、そうするにはよりいっそう強くならなくてはと誓った。彼らにはよりいっそう優しくしながら、自分自身にはよりいっそう厳格にならなくてはと考えたのだ。

すべてをそのまま受け入れようと決心した。夫もあるがままに受け入れた。心を空にして自分自身の人生をあるがままに受け入れると、おかしなことに夫にも他の面が見えてきた。もともとの気質が善良で天真爛漫《てんしんらんまん》な夫が水のように穏やかで温かく思われた。夫の寂しさも理解でき、ありがたかった。そうはいっても心の深いところから夫を尊敬する気持ちが生じることはなく、心の片隅には虚しさもあった。それでそういうときには筆を握った。筆を動かす無我の境地に打ち込めるようにしてくれたのも、もしかすると夫のおかげだといえるかもしれなかった。

その頃、姑がなかなかよい提案をしてきた。分家の話だった。蓬坪《ポンピョン》に買っておいたソバ畑があるが、江陵《カンヌン》の実家も近いのでそこで夫と静かに畑でも耕しながら家族一緒に暮らしてはどうかというのだった。姑にはそれなりの理由があった。夫の酒癖と女遊びをどうにかしてやめさせようと思ったのだ。どちらにしても私にとっては内心嬉しい話だった。

「すべてお前のことを思ってのことなんだよ。左を見ても右を見ても、ソバ畑しかない。近くには酒幕も遊女屋もないから、この機会によく言い聞かせてまた学問に志を立てるようにさせておくれ。大きくなった息子が夜毎、自分の夫人をさし置いて母親の部屋に枕を抱えてやってくるというさまもそうだ。そこに行き、おのれの家族だけで暮らせば、また家族の情もいっそう増すことだろう。私はお前が筆を握っているのを見ると、ときどき怒りが湧いてくる。筆を握っていないで、その分家族にもっと優しくしてやればさらに大きくなって戻ってくるだろうに。そしてお前の若い体からはどんどん子どもが生まれてくる。食べていくだけで疲れ果てている年寄りはもう孫の面倒まで見るのは大変だ。実家のお母さんが近くにいらっしゃるからお前もいろいろと安心だろう」

私は姑の話がありがたく、思わず深く頭をたれていた。表面上は上品そうでいながら、心の中では嫁への怒りを苦虫を嚙《か》み潰《つぶ》したように我慢していた佳然《カヨン》の姑に比べれば本当に正直ないい人だった。

そして心にひっかかっていた母上……漢陽《ハニャン》の嫁ぎ先に戻り長女の梅窓《メチャン》を産んでみてようやく母のことが理解でき切々と思い出された。梅窓《メチャン》を産んだ時は何日も涙が止まらなかった。自分が完璧に母を理解することができたのはあの時ではなかったろうか。論理ではなく、生まれたばかりの娘を見つめながら母が私を産んで見つめただろう、その心情になり、乳をあげながら母も私をこのように育てたのだろうと、妙な感情に陥った。母と娘の関係は夫との関係とも違った。母は生命だった。そして一時は生命のように思われた人、俊瑞《ジュンソ》。いくら私の前途と幸福のためとはいえ、父上の説得にのって偽の手紙を書いて姿を消した俊瑞《ジュンソ》を一時は許すことができなかった。自虐的になり食べ物も食べずに飢え死にしたとしてもそれはすべて彼のせいだ。愛を守ることができずに逃げ出した彼のせいだ。私のせいではない。私は限りなく長い間、自分を合理化しようとした。生きているとしても私にとっては死んだ人間だった。死んだ人間だと思って未練を断ち切り、他の男と結婚したのではないか。どちらにしても私の中ではすでに死んだ男。私の心の中で死んだのなら世の中で生きていても死んでいるも同然。しかし子どもは、分身だった。いや女にとって子どもは自分自身だ。

母に土下座して許しを請いたかった。すぐにでも飛んで行って母の膝もとに倒れ込みたかった。親子の縁を切ることはできないもの。歳月が過ぎてもそれは変わるものではなかった。男女の愛は変わる、人も変わる、すべてがその時々の因縁の調和だ。だからやるせなく思うこともない。母のことばが思い浮かぶ。あの時には理解できなかった話が今は理解できた。ようやく母を以前よりもさらに深く愛するようになった。

そして歳月は私を変えた。歳月が作り出してくれた変化を両手《もろて》をあげて受け止めた。貧しい嫁ぎ先の環境に合わせて不平や不満もなく節制と節約をし、あいついで生まれる子どもたちに母親として体を貸し、愛を注いだ。それでも虚しい隙が生じるのではないかと暇ができれば絵と書、本に没頭した。それだけは譲歩しなかった。作品を作るためというよりは、自分自身のためにそれだけでも許す真似をしたかった。この世の中に間違って出てきてしまったような、いつも遠いところを眺めていたような不安な佳然《カヨン》、私は佳然《カヨン》ではなかった。私は自分のものを守りながら、母としての自分と芸術家としての自分を分けて賢明に生きる生き方が最善の人生だと悟った。本家を出て暮らし始めた蓬坪《ポンピョン》では体は疲れたが心は安らかだった。夫ももともとが善良な人間なので私の気持ちが変わると再び私を大切にして尊重してくれた。すべては平穏だった。蓬坪《ポンピョン》での数年の歳月は水が流れるように流れ、私ももう若くはなかった。

「寝ないで何を考えているんだ。空気も冷たいのに、風邪でもひいたらどうするんだ」

夫がいつの間にかやってきて後ろから古い布団を肩の上にかけてくれた。

「月光がきれいなので。数日すればここを発つんだと考えると少し残念で」

「あなたはよいではないですか。実家のお母さんとしばらくの間、一緒にいられるのだから。とにかく子どもを産むにはあちらの方がいいでしょう。すまないね。うちが貧しくてあなたの実家の世話になることになり……でも良かった。母も生計に追われて赤ん坊を育てる余力もないし、娘たちを皆、嫁に出して一人で寂しく暮らす江陵《カンヌン》の母上はうるさくても孫たちの間で暮らすことを喜ばれるでしょう。どちらの家にとってもいいことです」

「漢陽《ハニャン》の母上にはいつも申し訳なく思っています。母上のように息子がいると威張りもせずに、気持ちよく実家に行かせて下さる姑は朝鮮全土でもめったにいないことでしょう」

「だったらちゃんと言いなさい。いい家に嫁《とつ》いだろう？」

私は夫の胸のうちを汲み取り気分良く答えてあげる。

「はい」

「そうだとも。子どもたちが後から後から生まれ、この子どもたちがゆっくり暮らせるような大きな家を探さねばならないが……漢陽《ハニャン》だ、蓬坪《ポンピョン》だと、子どもたちを連れてあちこち引っ越しさせて申し訳ない。私がしてあげられることといったらあなたの広い実家に子どもたちをときどき行かせてあげることぐらいしかできない……それにしても今度は男の子だろうね。父より優秀な男の子が生まれて欲しいのだが……この子ができた日のことを覚えていますか？」

夫が照れくさそうに笑った。

赤ん坊ができた日のおかしな出来事が思い浮かんだからだ。夫が漢陽《ハニャン》から来るという知らせがあり、今日か明日かと待っていた。それは早春のことだった。梅とサンシュユが散り、陽の当たる南向きの山にはツツジが咲き始めていた。川辺の柳の枝にも水が上がり生き生きとしていた。大地から芽の出る匂いが心地よく薫る春の夜。私の体も熟したような気分だった。三十歳を過ぎていたが、実は雲雨の情、男と女の肉体の情を知るようになったのは三十を過ぎてからだった。春の情、男女の体の交わりには勝てないというが。夫の体が待ち遠しかった。私は少し顔を赤らめた。夫は夜がかなり更けてから到着した。春の夜の夜気に煽られたのか、夫は服を脱ぐ間も惜しいとそのまま私を抱きしめた。私も熱く夫を抱きしめた。その夜、久しぶりに夫婦は雲の上で幸せな夜を満喫した。

私の顔を撫でながら夫がささやく。

「ああ、本当に会いたかった。来る間中、おかしなことに体が熱くなって大変だった。ところであなたは私のことを褒めてくれないといけないよ」

「どうしたのですか」

夫はふふーん、と照れくさそうに笑った。

「いつになく妙にあなたに早く会いたくて早足でやって来たのだけれど、あと少しで大化《テファ》だというところで夜中になってしまった。すると見かけない酒幕が一つあるではないか。一晩泊まっていこうかと考え入っていくとなかなかの美人が出てきて自分が主人だという。お客は私しかいないので女主人は私にまとわりつき、挙句の果てには夜遅くになり部屋の扉を叩くので何かと思ったら、酒の膳をお持ちしました、というんだ。春の夜、眠気も失せてしまったのでお酒でも一杯しましょうと、そう言うんだ。断る間もなく酒膳を手に入ってきた。仕方がないよ。酒を注ぎかわした。すると女が目元に笑みを浮かべるじゃないか。そして自分は若くして子どももなしに夫と死別した後家だといって、最初に見たときから胸がときめいたというんだ。どうかご迷惑にならなければ、自分を抱いて欲しいというんだ。突然のことで驚いたよ。あなたにこんなことを話すのはなんだが、こんなふうに口説かれて断る男はいないいんだよ」

「それで。抱いたんですか？」

　私がわずかに横目で睨んだ。

「それなら褒めてくれとは言わないさ。女は迷っている私の顔を見ると立ち上がって服を一枚ずつ脱いでいったんだ。その瞬間、決心した。数日前からあなたのことが恋しくてたまらなかったが、ここでその情を見ず知らずの女に与えてしまえば、翌日、蓬坪《ポンピョン》に来て、夜、あなたの顔をどうやって見るというのだ。それでぎゅっと目を閉じて、チマの紐をほどいているその女を避けて部屋の扉を開けて外に飛びだしたんだ。外でずいぶん長い間待っていると女が酒の膳を持って出てきて、そのまま自分の部屋にもどって灯りを消した。それでも翌朝、朝食の膳にはいろいろと出してくれた。それで申し訳ないと思い、妻が私をもう何ヵ月も待っている。後で漢陽《ハニャン》に帰る時に事情が許せばまた寄るからと。そう言い訳をして出てきたんだ。するとその女、恨めしそうな顔もせずに奥様に優しくしてあげてください。いいことがあるでしょう。と言うんだ」

「上京する時に寄ると言ったのなら一度、立ち寄ってみればよいですね。私は知らん振りをして目をつぶってあげますから」

「本当かい。いや、私がそんなことするものか。冗談だよ」

そして眠りについたが夜明け頃、おかしな夢を見た。目の前に青い東海《トンヘ》の海が広がっていた。昔、父上と一緒に行った海だろうか。俊瑞《ジュンソ》と一緒に行った海だろうか。穏やかに波が寄せては引いていた。陽の光に輝く海の水は青玉のように美しく輝いていた。そしてその海の底から眩《まぶ》しいほどに白いトンボの羽のような衣を身につけた仙女が浮かび上がってくると、私のところに歩いてきて頭《こうべ》をたれてあいさつした。そして胸に抱いていた大切なものを私の懐に抱かせた。のぞいてみると肌が白玉のように透明な玉のような男の子だった。そしてその男の子の顔がどこかで見たような気がした。その男の子が私を見てニコッと笑う。赤ん坊の笑い声は明るかった。そこで私はビックリして目を覚ました。赤ん坊が幼い頃の俊瑞《ジュンソ》の顔に似ていたからだ。

おかしな夢だった。しかしなぜか胎夢だという確信があった。あの夜の熱い契りで夫の精が私の体に根を下ろしたのだ。しかし翌日、夫に夢の話はしなかった。

夫が漢陽《ハニャン》に戻り、しばらくして妊娠したことに気づいた。しかし奇妙なことに夫は二ヵ月後にまた蓬坪《ポンピョン》の家に来ると私が話を切り出す前にこう言ったのだった。

「子どもができましたね。おっしゃってください」

「どうして分かったんですか?」

「私には何でも分かるんだよ。間違いなく男の子だ。それも非凡な」

夫が注意深く探りをいれてきた。

「実はまたあの大化《テファ》の酒幕に行ってみたんだ。まあまあ、泊まることのできる酒幕はあそこしかないんだから仕方がないじゃないか」

夫は妻の顔色を伺いながら心外だという風に弁明する。

「分かりました。何も言いません。それで？」

私は泰然とした風を装う。

「女主人を見て先日は悪かったと言ったんだ。するとその女は笑いながらこう言うんだ。私は淫欲のせいで誘惑したのではありません。子どものいない薄幸な私は子どものいる未亡人が羨ましくて仕方がないのですが、あの日、ソンビの入ってくるときのご様子が普通ではなかったんです。僭越ですが、私は人生の荒波に会ってこんなふうに酒幕をしていますが、そのせいで人相を見ることができます。あの日も前日の夜の夢も特別なものでした。そこにソンビが入っていらしたんですが、容貌やそこに表れる気運や顔色を見て分かりました。その日に交われば天下一の尊い息子をさずかるということが。私は息子が欲しくてつい、あんなことをしました。しかし過ぎてみればすべてのことにはみな、その主人があるというもの、あの日、ご自宅でお待ちの奥様と交わられたのならば間違いなく優秀な息子さんが生まれることでしょう。と、こう言うんだ。不思議な話だろ。嘘をついているようには見えなかった。だからあの日、じっと我慢して駆けつけて妻の懐に放ったことを思えば、本当によくやったと思うよ。へたをしたら全く関係のない女に素晴らしい宝物をやるところだった。ハハハ」

夫は豪快に笑うと、真面目な顔になって言った。

「そうだ、その子には一度、禍がくると言っていた。虎に襲われる危険があるという。その対策として栗の木をたくさん植えろというんだ」

妊娠の初期からそんなことがあったせいか、赤ん坊の誕生がいつになく待ちどおしかった。おかげでつわりも軽くすみ、妊娠している間、体もこれまでになく楽だった。そして胎教にも格別に気を使うようになった。

*

久しぶりに実家に帰った私は、今や白髪となった母を抱きしめ長い間涙を流した。子どもたちを順々に抱きしめた母は私を見つめ、そのままじっと黙っていた。娘は孫たちよりももっと近い血縁だった。母は孫たちを抱きしめながらも涙顔半分、笑顔半分で私と目を合わせた。息子のように頼りにしていた娘。悪い道に走るのではないかと心配でたまらなかった大切な娘。

「私もお前の父上を追ってすぐにも死にそうだったのに、こんな風に長生きして孫たちを抱きしめている。それで私の大切な娘は健康かい？　なんでそんなに痩《や》せてしまったんだ。婿殿？」

突然おおぜいの家族に囲まれた母がぼうっと立っている婿の手をとる。子どもたちは蓬坪《ポンピョン》の藁葺きの家から、広い瓦屋根の家に来たので大喜びだった。近くに嫁いでいる玉男《オクナム》が餅を作ってきた。姉妹もみんな嫁に行って、老いた母が一人で暮らす実家はガランとしてはいたが故郷の懐はいつでも温かく、すっかりゆったりとした気持ちになれた。そして母もいるし、召使のマンドクの家族もいる、所帯をもったマンドクの妻のプンニョもいるので、子どもたちを預けて少しは絵を描く時間もできそうだった。私の体からは自然と生気があふれてきた。お腹の中の赤ん坊も喜んでいるのが感じられる。

そんなふうに江陵《カンヌン》での暮らしは幸せに続いていった。私も久しぶりにのんびりとした時間を得ることができ、あんなにも望んでいた絵と書を思いっきり書くことができた。そして毎日、午前中には子どもたちを座らせて「千字文」*や「明心宝鑑」**「四字小学」を教えた。それは一石二鳥でもあった。子どもたちを教えながら胎教にもなったからだ。夫は妊娠した私

*　四言古詩二五〇句千字から成る韻文。初学教科書・習字手本として使われた。
**　明の時代に編纂された格言集。孔子、孟子、老子、荘子などのことばを分類して集めている。

を実家に預けて安心したのか、秋夕《チュソク》前に漢陽《ハニャン》に戻っていった。

陰暦の十二月も中旬を過ぎて一段と寒さが厳しくなり。出産の日が近づいてきた。朝、目を覚ますたびに今日は生まれるかと気になった。母とマンドク母さん、そして子どもを二人生んで近くに暮らす妹の玉男《オクナム》が私のお腹を見て互いにお腹の子は男の子だ、いや女の子だと言っていた。

そんな中、今朝もまた奇妙な、そしてなまなましい夢をみた。また青い東海《トンヘ》の海だった。突然、海の真ん中で何かが動き出す。そして次の瞬間、大きな波のような何かがそこから飛び出してきた。それは巨大な龍だった。黒い体に金色の鱗が絢爛たる龍が飛翔するとあっという間に私に向かって飛んできた。驚いて声を上げたが、もう一度見ると今度はその龍が私の寝ている別堂《ピョルダン》に入ってきてとぐろを巻いて座っていた。驚いて目を覚ますと、お腹の中で龍がとぐろを巻いてでもいるように突然お腹が痛み出した。陣痛が始まったのだった。

黒い龍の夢を見て生まれた子はその夢からとって見龍《ヒョンリョン》という名前を得た。白玉のような男の子の胎夢を見て得た赤ん坊だったからか、肌は白くきめ細かく、目鼻立ちがはっきりしていて一度見た人は誰でも口を揃えてほめ称えた。性質も素直だった。子どもは家族の愛を一身に受けて育っていった。なかでも外祖母の李氏《イ》の愛は格別だった。そしてよちよち歩きの一歳の頃からこの子は本好きだった。その頃、長男の璿《ソン》と次男の璠《ボン》は書堂に通っていた。二人が家に帰って来て宿題の千字文や四字小学を声を出して覚えていると、赤ん坊が耳を澄まして聞いている。そしてまだ舌も回らない幼子がその真似をするのだった。その姿が何と愛らしいことか、兄弟も仲間はずれにしないで一つでも多く教えてあげようとした。わざわざ勉強しろと言わなくても自然に学習の雰囲気に浸り、遊びをするように勉強に興味を覚える子どもたちが誇らしくありがたかった。

夫もそんな子どもたちが誇らしいのか、江陵《カンヌン》に来れば子どもたちを膝に座らせて嬉しそうに勉強を教えていた。夫が江陵《カンヌン》に来れば、父親の権威を立てるためにそのような時間を設けて私はわざと席をはずした。子どもたちの記憶に、幼い頃に父親が文字を教えてくれた頼もしい姿が刻み込まれることを願ってのことだ。そんなことでもしないと夫は自分自身に対して自尊心をあまり持てないような人間だった。しばらくの間は子どもたちの教育は自分がすべてすると大きなことを言っていた。しかし子どもたちが書を読んでいて難しいところになると母親に尋ねる様子を見て、すぐにそれさえも飽きてしまった。そのせいか最近になってまた酒の量が増えてきたように感じられる。止めても聞くはずもない。私は何に対しても根気と情熱を感じられない夫が哀れだった。自分には逃げ出す場所があったが夫にはそれもないのだ。しかしどうすることもできない。夫婦でもそれぞれの道を行く他ないのだから。

夫が宴会の席や酒幕で酒を飲んでいる間、私は書を書いた。いつからか絵よりも書を書くことに没頭していた。それは文字を習う子どもたちがいたからだ。それも草書が面白かった。子どもたちは母が書を書こうとすれば傍らに集まって墨をすり、紙を整えてくれた。息をつめて精神を統一した後に、一筆一気に書き下していくと子どもたちも妨害しないように息を殺して音も立てずにじっと座って見つめている。そして筆を置くと手を叩いて誇らしそうな表情になる。子どもたちにはそれがお手本になっているようだった。家でも書堂のように五人の子どもたちを年の順に座らせて各自に合った課題を与えた。そしてそういうときには私も書籍を広げて読んだ。筆と紙も子どもたち全員に与え、子どもたちは渡された筆と紙で一生懸命に字を練習していった。子どもたちの中でも長女の梅窓《メチャン》には絵の素質があった。

夫は漢陽《ハニャン》と江陵《カンヌン》を行き来し、子どもたちは実家ですくすくと育っていった。見龍《ヒョンリョン》も健やかに大きくなり、予想していた以上に非凡な子どもになっていった。見龍《ヒョンリョン》を見るたびにひそかな喜びをかみ締めていた。どうしたわけか見龍《ヒョンリョン》は大きくなるに連れて俊瑞《ジュンソ》にその姿が似てくるようだった。夫の子どもであることは間違いないのだから、姿が俊瑞《ジュンソ》に似るのはいくら考えても不思議だった。胎夢を見たときの赤ん坊の顔に俊瑞《ジュンソ》が思い浮かんだせいだろうか。自分で考えても恥ずかしかった。

いつの間にか見龍《ヒョンリョン》も五歳になり、その賢さは大人も舌を巻くほどだった。兄たちの肩越しに習っただけで千字文と四字小学をすでにすべて覚えていた。そしてそのカエデの葉のような手で字もなかなかうまく書いていた。私は三十七歳になっていた。しかし見龍《ヒョンリョン》も手がかからなくなり心身も安定した頃に、また体に胎気を感じた。私は女である自分の体が呪わしかった。ああ、もうこれで産むのをやめたい……いつまでこの刑罰は続くのだろうか。しかし一方では子どもをはらんでこんなことを考えること自体が罪深いものと感じられた。多福であることを恨むなんて。

六人目の赤ん坊のときは妊娠初期からつわりがひどく、産んだ後もなかなか回復しなかった。妊娠の間に私の体が弱くなったのか、微熱と冷や汗が常に出て力なく横になって過ごす日が多かった。末っ子の見龍《ヒョンリョン》を抱いてあげることもできないのがかわいそうだった。ある日、私が目をつむって横になっていると見龍《ヒョンリョン》がそっと近づいてきて正座をするとその小さな手をそっと私の額にあてて溜息をついてから出て行った。

外から、外祖母と話をする見龍《ヒョンリョン》の声が聞こえる。

「見龍《ヒョンリョン》、これを見てご覧。石榴《ざくろ》が真っ赤になったよ。きれいだろう。お前の目には何に見える?」

「わあ、おばあさま、きれいだ。うーん……これはね、石榴皮裏砕紅珠ですね」

「まあ、それはどんな意味なんだい。おばあさまに教えておくれ」

「うーん。石榴《ざくろ》の皮の中に真っ赤な実がいっぱい砕けているんです」

「まあ。お前の頭でどうやってそんなことを思いつくというのだい。他の家の子どもなら、オムツをして言葉もきちんとできないというのに、うちの孫は、見龍《ヒョンリョン》は天下の神童だね」

普段は慎重な母上の驚いたような声が聞こえ、子どもの頬に口づけをする音も聞こえてきた。子どもはくすぐったいと逃げ出す。私は目をあけて、開いた窓からその光景を眺めて小さく笑った。鋭利ではあるものの、ぴかぴかと光る目と温かい心根をもった愛らしいわが子。明心宝鑑に「宰相の命を直す薬はなく、金があっても子孫の賢明さを買うことはできない」とあるが、これは確かに天の与えてくれた宝物だ。今死んでも構わないという気さえした。おかしなことに最近、死について考えることが多くなった。あまり長生きできないような漠然とした予感があった。

翌年に生まれた六人目の子どもは娘だった。体が弱った後に産んだ子だったので赤ん坊は健康であったが、私は一ヵ月が過ぎても床上げをすることができなかった。おかしなことに赤ん坊を見ても憂鬱になる。赤ん坊が百日を過ぎても私の体は相変わらずで医者も何の病気なのか病名を正確には言えなかった。そんなある日、見龍《ヒョンリョン》がいなくなった。家中が大騒ぎになって探し回ったが子どもの姿は見えなかった。外が暗くなる頃になりようやく見つけたのが裏山にある祖先を祭ってある祠堂の前だった。見龍《ヒョンリョン》は秋の肌寒い空気の中で膝をついて両手を合わせたまま眠っていた。

私のところに連れてこられた見龍《ヒョンリョン》の顔には涙の跡があった。

「六歳の、この幼子が、祠堂のご先祖様に祈ればご先祖様もその祈りを聞いて母上の病気を治してくれるだろうと、一日中膝をついて祈りを捧げていたというのだ。この子のことを思ってでも、強い心で病を追い払わねばなりませんよ」

母が涙を流して言う。

「見龍《ヒョンリョン》、母上のことがそんなに心配だったの」

「母上が亡くなったらどうしようと恐かったんです。息をされているかどうか、いつも心配で」

「母上は死にません」

赤ん坊が泣き出した。

「死なないでください。孝経によれば、母を失い喪に服すときには美しい服を着ても心は落ち着かず、良い音楽を聴いても楽しさを知らず、美味しい食べ物を食べてもまずく感じるそうです。ですから元気でいてください。死なないでください」

見龍《ヒョンリョン》がとうとう泣き出した。六歳の幼子だ。いくらしっかりしているといってもやはり子どもは子どもだ。私は見龍《ヒョンリョン》を胸にしっかり抱きしめた。良くならなくては。起き上がらなくては。お前を見ながらもっと生きなくては。しかし自分の体が自分でもどうしようもなかった。寒さに冷たくなった見龍《ヒョンリョン》の柔らかい体をぎゅっと胸に抱きしめると、私の目にも涙が流れる。

このことがあってから私は必死に元気になろうとした。しかし気持ちはあっても弱ってしまった体はなかなか回復しなかった。

*

そんなある日、母の驚く声が聞こえてきた。

「まあ、なに、山参《サンサム》*?」

マンドク父さんの太い声が庭に響いた。

「はい、確かに。私は人参採りの人たちについて何度か山に行ったことがあります。間違いありません」

「それで、止めはしなかったのかい」

「足の速いことといったら、後姿が見えたと思ったら、もう飛んでいくようにあっという間に消えてしまいました。なにか忍法でも使うのか」

母が籠を手に部屋に入ってきた。

「おかしなこともあるものだ。大門を叩く音がしてマンドク父さんが外に出てみると、僧侶なのか、道師なのか、みすぼらしい身なりの笠をかぶったお方がこの籠を置いて風のように消え去ったそうだよ。これは間違いなく山参《サンサム》だということだ。こんな貴重なものをどうしてうちの前に置いていったのか。礼を言ってもてなし、謝礼もしなければならないのに。知らない人からこんな恩を受けるとは。お前が長い間、床に伏せっていると噂になっているようだ。うちの家に昔世話になった誰かが恩返しのつもりで置いていったのかしら……」

＊　高麗人参。山に自生し、神秘の霊薬と言われるほど薬効が高い。畑で栽培する人参《インサム》とは別種。

誰だろう。僧侶が具合の悪い私に山参《サンサム》を送ってくれるなんて。かなり大きな山参《サンサム》が一本、私は老いた母上に召し上がるようにとすすめた。しかし母は怒ったような声でそれをこばんだ。翌日、母の強い願いに負けてその山参《サンサム》を薬として飲み、そのおかげか、見龍《ヒョンリョン》の祈禱のおかげか、私の体は次第によくなっていった。

そして体が回復すると、再び日々の暮らしが大切に思えてきた。百日間、日陰の花のように母の愛を受けられなかった三女のスリョンも、マンドクの妻のプンニョのお乳を飲んでぽちゃぽちゃとしてきていたが、そんな赤ん坊に申し訳なかった。これまで与えられなかった分だけ愛情を注いだ。

春が来ると漢陽《ハニャン》から夫がやって来た。そして漢陽《ハニャン》の姑の体が弱ってしまい、もうすべての家事を嫁に渡したいと言っているという。ああ、これでここを離れなければならないようだ。嫁ぎ先の家の生計をすべて任されることになり、ついに名実ともに嫁ぎ先に入るのだ。私が生計を担えば、この実家に来ることは難しくなるだろう。それも六人の子どもを率いる大家族だ。母は婿からその話を聞くと、娘との別れを悲しんだが、あらためてこれまでの姑の配慮に心から感謝していた。娘を留める理由もなかった。

「これでお前と生きているうちに会えるかどうかも分からない。私も還暦を過ぎたので今や死神がいつ来るかも分からない命。それでもお前は息子の代わりをしてくれた。もう腰も痛いし、足も痛いし、気運もない。多くはないが、それでも財産を整理するときが来たようだ」

「母上、そんな気弱なことを」

「お前の暮らしが豊かでないのが心にかかる。六人の子どもたちを食べさせていくのもやっとではないか。コメは私が送ってあげよう。そしてこれは私の考えだが、うちの祭祀を見《ヒョン》龍《リョン》に任せるのはどうだろう。お前には長男もいるから……見龍《ヒョンリョン》にそのための財産を分けようと思う」

「ああ、まったく。そんなおかしなことばかりおっしゃる」

私は口ではそう言っても、いつ亡くなるかも分からない老いた母を一人で置いていくことに胸がつぶれる思いがした。もしかするとこれが母と会う最後になるかもしれない。母が亡くなっても九百里の距離、この遠い距離を漢陽《ハニャン》からやって来て臨終に間に合うはずもない。発つ前に近所に暮らす玉男《オクナム》を呼んで母上のことをしっかり頼んだ。

大家族が出発する日、母は周りの止めるのも聞かずに村の外まで出てきて孫たちを一人一人抱きしめて別れを惜しんだ。玉男《オクナム》の家族や召使たち、そして村の人々も別れを惜しみ胸を熱くしていた。私はその間、ずっと複雑な気持ちだった。子どもたちと夫はしばらく歩くと気分が良くなったのか、活気に満ちて笑顔で歩いていく。大家族を率いて大関嶺《テグァルリョン》の峠を越えるのには悪くない季節だった。しかし幼い子どもたちなので、たびたび休まなくてはならなかった。

そういえば大関嶺《テグァルリョン》を越えるたびに家族が増えていった。この峠を越えた日々が絵のように頭の中をよぎる。しかし多分これが生きた母と会う最後になるだろう。この子どもたちを連れて再び、この峠を越えることはないだろうという気がした。今度は娘時代から書きため た絵と書、刺繍などを整理して漢陽《ハニャン》に持っていくことにした。まるで嫁に行ったばかりの新婚の花嫁のように別れに胸を痛め、悲しみを実感していた。岩の上に座って休む間、子どもたちは花を摘んだり、おしゃべりに花を咲かせている。私は胸がつまり、子どもたちに背を向けて江陵《カンヌン》の実家の方を眺めていたが、北坪《プクピョン》村は遠くてもうよく見えなかった。私は立ち上がりつま先立ちになり、手をかざして故郷の村を名残惜しげに眺める。そのとき見龍《ヒョンリョン》が私の傍らにやってきた。

「母上、おばあさまがもう恋しいです。母上もそうでしょう?」

私は見龍《ヒョンリョン》の手を摑んで胸の奥底から熱い溜息を漏らした。溜息とともに切々とした詩が口から漏れる。

慈親鶴髪在臨瀛　身向長安独去情
回首北村時一望　白雲飛下暮山青

老いた母を故郷に残し、一人漢陽《ハニャン》への道を行くこの心
振り返ると北村は遥かかなた、白い雲だけ、あの暮れる山を越えていく

見龍《ヒョンリョン》が私の詩に付いて詠う。

「忘れずに、覚えられますか?」

「はい、慈親鶴髪在臨瀛　身向長安独去情　回首北村時一望　白雲飛下暮山青」

見龍《ヒョンリョン》は一字も間違えずに、一度聞いただけで覚えた。

私は愛情をたっぷり込めた目で見龍《ヒョンリョン》を見つめ、そして、

「そうよ。忘れずに覚えておきなさい」と言った。

*

姑の洪氏《ホン》から生計を任され、私は豊かではないその家計の状況に驚き、よりいっそう胸がつまった。しかしその生計も姑が女手一人でどうにかここまで増やしたものだった。まず家が狭く部屋の数が足りないので、子どもたちにそれぞれ部屋を与えることもできなかった。一番広い部屋は姑に頼んで勉強部屋とした。夫も私もそこで本を読み、絵を描き、そして書を書いた。子どもたちの机もそこに集めておき、小さな書堂のような雰囲気にした。そしてこれまでもそうだったように六人の子どもたちに勉強しろと強制はしなかった。兄弟どうし遊んでいて、誰か一人が勉強を始めれば自然に集まり自分たちで勉強をしていた。分からないところは兄や姉に尋ねる。子どもを産んで育てるのは大変だったが、兄弟仲良く育つ子どもたちを見ていると苦労は終わった気がした。それまでは喧嘩する子どもたちに断固として体罰を与え、行儀が悪くならないように気を使い、七歳になると、とくに子どもたちを甘やかさないようにしてきた。私は子どもたちに最高の価値は友愛だと教え、壁には大きく「躬自厚　而薄責於人　則遠怨矣」（自らに厳しくし、他人の誤りには軽く対すれば、恨みは遠ざかる）という孔子の言葉を書いて貼り付けた。

見龍《ヒョンリョン》の学問は日に日に前進し次男の璠《ボン》の実力を超えた。遠からず四書三経に到達できるだろう。子どもたちの使う筆と墨、紙が、そして三人の息子たちの通う書堂の学費が大変だった。絵を描くのが好きな梅窓《メチャン》は最近、彩色画の味を覚えた。絵の具も画帖もそろえてやらなくては。姑と姑の妹格であるパク氏は、娘にそんなに金をかけてどうするのだとよい顔をしなかったが、梅窓《メチャン》の才能も差別なく伸ばしてやりたかった。それが娘である私を信じて支援してくれた父上の恩に報いる道だと思った。こうして私は年老いた二人の老婦人と夫婦、そして六人の子どもたちに、子守として連れてきた召使のクッスンまで入れた十三人の家族全員の責任を負わなければならなかった。コメは夫の家と実家の両方の田畑で取れる収穫で間に合ったが、生活費にかかる金はままならなかった。夫はたまに土地のある坡州《パジュ》に行き、田畑の管理をしていたが、大金にはならず、私が繕い物をして稼がないと家計はいつも火の車だった。しかし少し前まで、長い間、寝込んでいた私は無理をしてまた体を壊すのではないかと心配だった。それでその代わりに、自ら率先して子どもたちやクッスンにも節約、節制を求め浪費を減らしていった。大きくなった子どもたちの食欲にも気を使い、家族の洗濯物もまた並の量ではなかった。そのため、体は常に疲れきり、一度でよいからぐっすりと眠りたかった。しかし、むしろそんな働きづめの生活のせいか病気になる暇さえなかった。これまでのんびりと暮らしていたと、自分は本当に貧しい家に嫁に来たんだと、一日に何度も実感する日々だった。コメは非常時に備えて毎日一握りずつ取り出して別に保管し、子どもたちには食べ物は残さず食べるように教育した。私もまた腹いっぱいには食べなかった。姑が生涯苦労して貯めたものを簡単に浪費してはいけないというのが、これまで姑が私にしてくれた恩を返す道だった。そんな毎日では自分の時間は持てなかったが、私は気持ちも新たに自らに誓った。こんなふうに大切な生命を作り、子どもたちを一人前の人間に育てることが本当の芸の道であり、母親こそ本物の芸術家なのだと。

ところが翌年の秋に、また妊娠した。七人目の子どもだった。私はがっかりしてしまった。こんなに貧しい暮らしにまた子どもを授かるなんて。そして私も体ががたがたで、天に対して怒りをぶつけたかった。しかし、どうしようもない。子どもは天の意志なのだから……

その頃、坡州《パジュ》で夫の家の田畑を管理していた老人が亡くなった。姑は長男の璿《ソン》と次男の璠《ボン》、次女のハンリョンは漢陽《ハニャン》に置いて、まだ幼い見龍《ヒョンリョン》とスリョン、そしてその二人の面倒を見る長女の梅窓《メチャン》を連れて夫婦二人は坡州《パジュ》に行って暮らすようにと提案した。これまで、漢陽《ハニャン》、江陵《カンヌン》、坡州《パジュ》、蓬坪《ポンピョン》と移り住みながら暮らしてきたので、家を二つに分けるのはたやすく自然なことだった。坡州《パジュ》の家には見龍《ヒョンリョン》が生まれた年に夫が植えた千株の栗の木が家の後ろに見事に並んでいた。栗の木は大きくなり秋になれば収穫もできた。酒幕の女主人の話の通りならば栗の木が見龍《ヒョンリョン》を守ってくれるという。坡州《パジュ》は漢陽《ハニャン》からもあまり遠くないので、孤立感もそれほど大きくはなく、臨津江《イムジンガン》を抱く静かで豊かな土地だった。また近くには徳水《トクス》李氏の祖先が立てた花石亭という東屋《あずまや》もあり、見龍《ヒョンリョン》と夫はたびたびそこに遊びに行っていた。見《ヒョン》龍《リョン》は夫にもとても可愛がられていた。

農繁期になると夫婦は再び坡州《パジュ》に行った。大きくなった二人の息子、瑢《ソン》と璠《ボン》は書堂に通っており科挙の準備もあるので残った。秋が深まると千株植えた栗の木には山のように栗が実った。見龍《ヒョンリョン》は栗の木がうっそうと茂る裏山が大好きだった。それで大人になって自分の号を栗谷《ユルコク》としたのだろう。秋になると夫は見龍《ヒョンリョン》を連れて裏山の栗の森に行き、栗を拾うのを日課とした。

七番目の子どもは男の子だった。三女を産むときに苦労したので、今度の赤ん坊が最後だと思い、格別に産後の養生にも気を使った。

ある日、夫が見龍《ヒョンリョン》とともに嬉しそうに帰ってきた。二人は十五夜の情緒を満喫するために、午後遅くに花石亭に出かけ、夜になって帰ってきたのだった。

夫が見龍《ヒョンリョン》を私の前に立たせる。

「さあ、読んでごらん、母上を喜ばせてあげよう」

見龍《ヒョンリョン》が声を整えて詩を読み始める。

林亭秋已晩　騒客意無窮
遠水連天碧　霜楓向日紅
山吐孤輪月　江含万里風
塞鴻何処去　声断暮雲中

林の中の東屋には秋がすでに深く、詩人の思いは限りない
遠き水は天に届き青く、霜の降りた楓《かえで》は陽の光を受けて赤い
山は孤独な月を吐き出し、川は万里の風を含む
遠くの雁はどこに行くのか、夜の雲の中に消え行く音

「すごいだろう。これが八歳の子どもの作ったものだと信じられるかい？　すごいぞ、さす

がに私の息子だ。今日、花石亭に到着すると日没で、太陽と月が交代するときだった。西には夕焼けが、東には月が昇ろうとしていた。壮観だったよ。その光景があまりにも輝いていたので、私が面白半分に詩を作ってご覧といったら、あっという間にこんな詩が飛び出してきたんだ」

夫は嬉しそうに大声で笑った。子どもはすでに生まれついての詩人だった。句々切々、絞り出すような文章だった。その中でも「山は孤独な月を吐き出し」というのが白眉だった。どうやったらこのような表現を思いつくのか。あの小さな息子の胸にこんなに流麗で哀しい気持ちが積もっていたなんて。私は見龍《ヒョンリョン》がその瞬間には幼い息子に見えなかった。その昔、十五夜に踏橋遊びで姜希孟《カンヒメン》の詩を詠んでいた俊瑞《ジュンソ》の姿が重なる。息子は私の体から生まれたが、私は見龍《ヒョンリョン》を見るたびに胸が熱くなりときめいた。

ある日、本を読みながらうとうとしていた夫が起き上がると私に夢の話をした。

「おかしな夢をみた。白い外套を羽織った髭も髪の毛も真っ白な老人が現れ、見龍《ヒョンリョン》を指差してこの子を大切に育てるようにというのだ。この子はゆくゆくは東方の偉大な儒学者になる子だと。それで名前を新しくつけてやるから変えるようにと、王篇に耳の字がついた珥《イ》とつけるようにと言い、白い紙の上に筆をとり、字を書くと忽然と消えてしまった。実に鮮明

な夢なんだ。字もはっきりしていた。ただの夢ではない気がする。どうだい。私たちの夢も

そうだし見龍《ヒョンリョン》の名前を珥《イ》に変えよう」

「そうしましょう。でもその珥《イ》の字だと耳飾りの珥《イ》の字ではありませんか。何の意味なのか

……しかし夢でそのような啓示があるときには無視する理由もありません。珥《イ》、珥《イ》、慣れて

いないので少しぎこちない気もしますが、うちの男の子たちの名前はみんな一文字なので、

それもぴったりですね」

それで見龍《ヒョンリョン》という児名を珥《イ》に変えた。

恋しい人よ、恋しい人よ。私の体が筆となり、泉のようにたまった恋しさを浸して白く空虚な心の畑に描いていきます。あなたの不在こそ、あなたの現存でした。あなたはおらず、またいつもいます。あなたの存在は香り豊かな墨の香りとしていつまでも私に残っています……

第二十一章　恋しい人

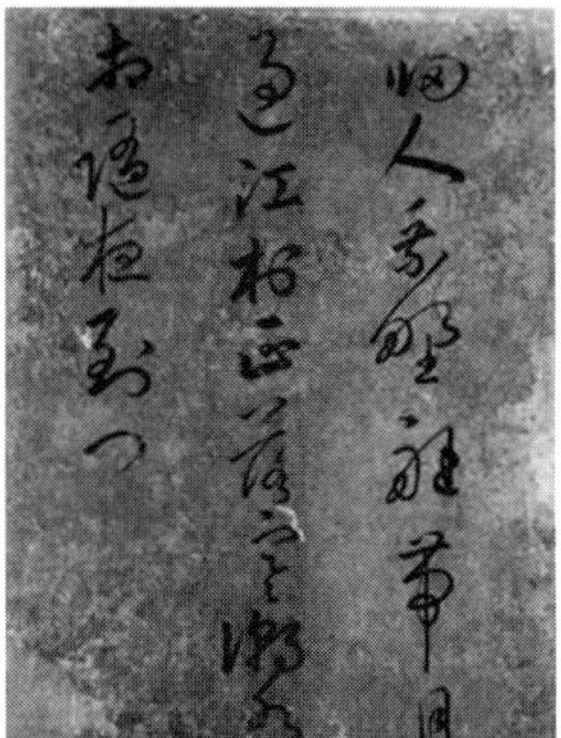

　夫の親戚から草書の屛風六幅の注文を受けた。どんな詩を書けばよいのか久しぶりに悩みながらも楽しい時間に浸っていた。絵はしばらくの間、ほとんど描いていなかった。大家族の家を切り盛りする主婦にはそんな余裕が生まれなかったからだ。数年間、坡州《パジュ》と漢陽《ハニャン》を行き来して暮らした。農繁期には農地を管理するために坡州《パジュ》に行き、農閑期の冬には家族全員で漢陽《ハニャン》の家で過ごした。冬になるとまだ時々、繕い物の注文が入ってくるので姑を助け、合い間、合間には書も楽しんだ。

　気力も情熱も昔とは比べ物にならなかった。それで筆を手にするのは、絵を描くのが楽しくて仕方がない梅窓《メチャン》の絵を見てやるときくらいだった。梅窓《メチャン》の絵の才能は日に日に進歩していた。

不惑の年になって少しおおらかになったのか、絵や書が自分が生きていくうえでの一時の喜びで十分だと思うようになっていた。書や絵で聖賢の列に上れるわけでもなく、女が書集や画集を作って後世に残すというのも見たことも聞いたこともなかったからだ。ただ辛い日々の暮らしの中で書と絵は空虚な心をいやしてくれる恋しい人であり、友だった。それで十分だ。それ以上何を望むというのだ。梅窓《メチャン》を見るときにもそれでかわいそうだとも、幸いだとも思った。芸に向かう情熱は人生と調和を取らなければならないからだ。また一方では梅窓《メチャン》が他の女性とは違ってこの世でなぐさめを得られる友がいるという思いで安心もした。

三男の珥《イ》の学問も兄たちの実力を上回るほどだった。そんな珥《イ》が科挙の試験に合格した。科挙試験を受けた日のことが思い浮かぶ。兄たちが科挙を受けるというので自分の勉強もどの程度になったのか試してみたいといい、兄の璿《ソン》や璠《ボン》と一緒に受けにいったのだ。ところが璿《ソン》と璠《ボン》はともに落第し、一番下の珥《イ》が首席で合格したのだった。三人の息子を試験会場に送り出し、体の不自由な姑と私は井華水《チョンファス》*を汲んで天地神明に強く祈った。三人の息子がみんな

＊　早朝に最初に井戸からくみ上げる水のこと、いろいろな願いごとをするときになどに使う。

合格すればよいが、一人だけならば長男の瑢《ソン》がまず合格しますようにと祈った。璠《ボン》は期待もせず、珥《イ》は早くても遅くても必ず合格する子だと考えていた。

ところが朝出て行った珥《イ》が白馬に乗り日傘をさして、楽工と舞童に囲まれて遊街行列をして帰ってきたではないか。人々が息子が科挙に首席で合格した家だといって見物にやって来た。それも最年少での合格だとは。人々は口の唾が渇くほど賞賛を惜しまなかった。珥《イ》の顔が紅潮している反面、その後ろに付いてくる瑢《ソン》と璠《ボン》は顔には出さなくても心の中ではどれほど傷ついているだろうか。珥《イ》の才能はずば抜けており二人の兄は下手をすると劣等感を抱《いだ》くかもしれない。その昔、姉や妹たちが私に感じたあの感情が、子どもを持った母となった今、手にとるようにはっきりと、子どもたちの胸のうちが読み取れた。私はまず瑢《ソン》と璠《ボン》の手を握りなぐさめ、珥《イ》には一言だけ声をかけた。

「よかったね」

しかし心の中からわき上がる喜びを抑えるのは難しかった。瑢《ソン》と璠《ボン》の視線を避けて私は珥《イ》に向かってそんな心のうちをそっと目で示した。珥《イ》は顔を赤らめると、下を向いて喜びの微笑を浮かべた。そして皆が寝静まった真夜中、私は珥《イ》を呼び出すと家の裏でぎゅっと抱きしめた。

「偉かったね……」

それ以上、ことばにならなかった。

あっという間に珥《イ》は有名になり、そのおかげで私も有名になった。外に出ると人々のささやく声が耳元に聞こえてきた。あの夫人が師任堂申氏《サイムダンシン》だよ。息子が十三歳で科挙に合格したという、あの母にしてこの子ありで、夫人の学識と才能も並々ならぬという。経書という経書、書なら書、絵なら絵、すべて境地に到達しているとか。チマを着せておくにはもったいない人材だということだ。女中君子だよ。女中君子。

*

ある日、家の前に華やかな輿《こし》が一台やって来て止まった。私は子どもたちの服を山ほど洗濯し、乾かしたのを板間《マル》に広げて繕い物をしようとしていた。初めて見る女の召使が家の中に入ってくると、この家が昔から有名な繕い物の洪《ホン》氏の家ですか、とたずねる。この真夏に誰が繕い物を頼むのかと思い、そうだと答えると召使はまたさっと輿に駆けて行って告げた。

「奥様、あっているそうです」

すると輿の中から華やかな服に身を包んだ私と同じくらいの年頃の女人が降りてきた。彼女は輿を担いできた男たちと召使に家の外で待っているようにと言った後、そっと近づいてくると、頭からかぶった長い服の前を開いて顔を現した。女の表情は複雑だった。しかしそんな複雑な心情を負かして、押さえ切れない喜びの表情が現れる。板間《マル》に座っていた私の目にどこか懐かしい、見慣れた女人の姿が現れた。ああ、私は板間《マル》から慌てて飛び降りた。

「まあ、草籠《チョロン》、いや芙蓉《プヨン》」

草籠《チョロン》がうなずいた。私はその手を握り締めた。絹の布のように滑らかな感触が感じられ、瞬間、家事で荒れた私の手と比較した。部屋に入ってから梅窓《メチャン》に五味子《オミジャ》の茶を一杯もってくるようにと命じた。ぎこちない沈黙が流れた。三十年ぶりだった。前には主に草籠《チョロン》が雀のようにおしゃべりをしたものの、いまは草籠《チョロン》は涙を浮かべて私の顔を見つめている。二人はそうやって涙をためて互いをただじっと見つめていた。

「苦労したのね」

草籠《チョロン》が私の荒れた手を見てつぶやいた。草籠《チョロン》は水仕事は全然しないのか依然として娘のときと変わらない白魚のような手をしていた。

「苦労なんて……人生なんてみんなこんなもの。あなたも顔と身なりからしてお元気そうね？」

「あなたの家のこと、知らない人がいないわ。昔は繕い物で有名な家だったけど、いまはあなたの息子が科挙に首席で合格したといって有名。それで子どもは何人？」

「四男三女。あなたは？」

「私は娘が一人と、息子が一人。運命から逃れるのは難しいみたい。家がつぶれて官婢として連れて行かれて妓生《キーセン》になったの。そしていろいろとあって、母親と同じ運命になった。母親から受け継いだ踊りの才能で人生を切り開いたの。うちの旦那様は今は右議政《ウイジョン》をしている大臣よ。妾の身分だけど一生食うに困ることはないから、それでも幸せだと思わなくちゃ」

昔のことを思い出して、聞いてみた。

「ずいぶん前に私が嫁に来たばかりの頃、あなたのいた家の妓生《キーセン》の服をうちの姑が縫っていたの。あの時にうちの召使があなたのことを見かけたと言っていたけど、なぜ知らん振りをしたの？　なぜ私のことを避けたの？　手紙を送ったでしょう。私のことを知らないといったわよね。どうしてだったの？」

草籠《チョロン》が溜息をついた。

「本当のことを言えば、生涯あなたとは会わないつもりだった。でもこんなふうに歳月が流れれば流れるほど昔のことが思い出される。どんなあやまちも許せないことも、生きてきた歳月の中で人生が思いどおりになるものでないことが分かった。だれを恨むのかと、でもあの時はあなたのことを到底許すことができなかった」

「許す、私が何をしたというの……?」

「あなたはうちの兄さんを裏切ったじゃない。愛の印まで交わして将来を約束していたんでしょう。それなのに兄さんを裏切って先に結婚してしまった。私が妓生《キーセン》の家にいる時、兄さんが現れた。死んだような顔で。兄さんは黙っていたけれど私が気づかないと思って? うちの兄さんはそのことで長い間、放浪し、死にそうになったことも何度もあった。わざと狂人のように、乞食のようにして、自分の体を迫害して生きていた。あのとき、私はあなたのことをどうしようもない俗物、両班《ヤンバン》のくずだと思ったのよ」

「それは誤解よ。あの方を長い間待っていた。約束を守らなかったのはむしろあなたの兄さんだった。私も仕方がなかった。今も俊瑞《ジュンソ》兄さんを思えば胸が痛くてたまらない。でもあの当時は死んだとばかり思っていた。それで私もあなたにどうしても会いたかった」

私はこれまでの運命のいたずらを草籠《チョロン》に告げた。

「そう、そうだったの。でも今はそんなことに何の意味があるの? 私たちの人生はただ流れる水のようなもの。水は来た道を戻っていくことはできない」

草籠《チョロン》が私の手をぎゅっと握りしめた。三十年ぶりに会う草籠《チョロン》の顔にも皺《しわ》が見えていた。

「佳然《カヨン》に会ってあなたの話をしているうちに、私も何かおかしいと気づいたの」

私は先ほどから気になっていた質問をすぐには切り出す勇気がなかった。

「それで……俊瑞《ジュンソ》兄さんは……どうしてる?」

「私もこれまでに三度しか会っていない。たぶん生きているわ。兄さんにとって人生はただ風のようなものですもの。長い間、修行を重ねてほとんど道師になっていたわ。最後に会ったのは何年前だったかしら。あの時には放浪する坊主になっていた……」

放浪する坊主……結局彼はこの世の中に戻ることができずに世の外をさ迷っていたのか。生涯、私に対する誤解を抱いたまま、奪われたものの鬱憤を抱いて生きてきたのであろう彼の姿は私の胸に刺さった棘のようだった。一生に一度でもまた会うことが出来ればその誤解を解きたかったのに……それでも今、草籠《チョロン》と会って誤解を解くことができて胸が少しだけ軽くなった。いつかは草籠《チョロン》を通じて彼も真実を知ることがあるだろう。その時、草籠《チョロン》が明るくたずねてきた。昔の草籠《チョロン》の口調に戻っていた。

「ねえ、それで佳然《カヨン》はどうしてる?　全然、消息を聞かないから。昔、あの娘と変な縁で会ったことがあったけど」

草籠《チョロン》がいたずらを見つかったときのような表情で笑った。

「佳然《カヨン》に髪の毛を摑《つか》まれるところだった。いや、摑まれたかな。佳然《カヨン》は元気？　あんな夫と暮らしていたらさぞや苦労も多いはず」

私はためらいながら口にした。

「佳然《カヨン》は……死んだわ。三十歳で……かわいそうな人生」

私は秋の日差しの下で無心に私を見つめていた気のふれた佳然《カヨン》の最後の姿を思い出していた。垢《あか》のついた枕を抱いて、荒れた別堂《ピョルダン》の板間《マル》に座って混沌として日差しを眺めていた佳《カ》然《ヨン》、その姿は秋になると渡り鳥のように必ず脳裏によみがえってきた。話を聞いて草籠《チョロン》が服の紐で流れる涙をぬぐう。

「才能豊かだった佳然《カヨン》がそんなふうに死んでしまうなんて。かわいそうに。なんだかんだ言ってもこんなふうに生きているだけでも幸せよね。歳をとっても私たちときどき会って暮らしていきましょう。私は北村《ブッチョン》にいる。あなたの嫁ぎ先は古くからの両班《ヤンバン》の家のようだけど、あなたも結婚が成功したとは言えないようね。手も荒れているし、顔も血の気がなく疲れた顔をしている。それにこの小さな家にこんなに多くの家族が住んでるなんて大変でしょう。

仁善《インソン》、あなたが気分を害するかどうか心配だけど……私に何かできることがあれば言って。そうだ。あなたまだ絵は描いているの。それなら八幅の屛風を一つお願いするわ。きれいな花草図で描いて。そうでなければ黒い絹に刺繡のほうがいいかしら。値段は私が最高につけるから」

＊

紙の上で最後の筆を止め、筆をおいた。久しぶりに描いた絵だった。草籠《チョロン》が頼んだ花草図ではなかった。名門権力者の妾となった草籠《チョロン》は衣食住の心配なしに富貴を楽しんでいるようだった。悪くない人生だ。草籠《チョロン》らしい人生だった。しかし私の暮らしをかわいそうに思って、恩着せがましく最高の値段を出すから花草図の屛風を描いてくれという草籠《チョロン》に、私の胸は痛んだ。私の荒れた手を見て舌打ちをした草籠《チョロン》。誰もがおのれの目で人生をながめる。自分の人生であれ、他人の人生であれ。私は草籠《チョロン》の白魚のような手が決して羨ましくはなかった。水仕事で手を汚すこともなく主人の体のためだけに奉仕してきた草籠《チョロン》の手が羨ましくはなかった。私の手は貧しい両班家《ヤンバン》に嫁入りし餅を作り、針仕事をして、七人の子どもたちのうんちのついたおしめを洗ってきた手だ。それでも生涯、筆は放さなかった手だった。一生懸命に生きてきたし、恥ずかしいことのない手だった。私は自分の両手を開いて眺めてみる。決してきれいとは言えない手だ。それに右手の甲には薄い傷跡までついている手だ。そういえばその昔、井戸端で三人の少女が鳳仙花で爪を染めたことがあった。あのときには一番美しかった手だった。今は爪も削れ、指も節々が太くなり、黒い墨跡までところどころについている。富貴栄華よりも大切なのは自分を守って生きていくこと、愛する人々に傷を与えないことだ。私はそんなふうに生きていこうと努力してきたし、後悔はない。手にした人生に対するそんな自負心が最近になって特に尊く思われる。絵を売って富貴を得ようとしたこともない。男の心を得ようと化粧をして、体を売る妓生《キーセン》のように、金を得るために絵を華やかにしたり装飾したこともない。絵は私の人生であり、自尊心だった。見て美しいだけの花草図よりもあらゆる生物の生命の物語である草虫図を好んで描いてきたのも生物の生きようとする労苦が見えるからだった。バッタ一匹、鼠一匹も同じように描いたりしなかった。どんなに小さな生物も世界にただ一つの存在だからだ。存在の一つ一つが宇宙の中心だからだ。それが人生に対する私の考えであり、表現だった。水鳥の一羽を描くにも私の感情が入った。水鳥の心情になった。山水画を描いても、陽の光と月の光に輝く自然の表情に私なりの印象と感情を込めようと苦心した。絵にはその瞬間、瞬間の私の人生が切々としてにじんでいた。それで私は注文を受けずに、描きたいときに描いてきたのだ。書は心を修養するために書くというが、絵は私の感情を抑えたり、あるいは自由に羽ばたきたいときに描くものだった。草籠《チョロン》が訪れてからというもの、また心が混乱しだした。ああ、人の心とは一生、常に静かな鏡浦《キョンポ》の湖水のようにはなれない。静かだと思っても波がたつ……それで釈迦は人生を苦海と言ったのか。その波もまた心が作り出すもの。金剛山《クムガンサン》に旅立った俊瑞《ジュンソ》は心の修行をしたいと言っていた。長い間、心を焦がす苦痛で鍛錬したのだろう。僧侶になったと言っていた。俊瑞《ジュンソ》は仏を見つけたのだろうか。得度したのだろうか。自由になれたのだろうか。

少し前に書きあげた絵を眺めた。山水画だった。しかしそれは明鏡止水を前にして描いた写生画ではない。山水を背景にした想像図だった。金剛山《クムガンサン》で修行しているかもしれない俊瑞《ジュンソ》の姿が絶え間なく頭に浮かんでいた。それは描かないではいられなかった絵だった。

一度も行ったことのない金剛山《クムガンサン》を想像して描いた。小川の水が流れ山は幾重にも重なり、岩の傍らには老木が木影を作っている。森には朝もやが濃く立ち込めており、竿柱*は雲の外

＊ サオバシラ、仏堂に飾る旗、竿柱に長い絹の布を垂れ下げている。

にわずかに頭を出している。* 日が沈む頃には道士が一人、木の橋を渡り、幕の中では老いた僧がのんびりと囲碁を打っている。金剛山《クムガンサン》には敬虔で神妙な能力を備えた奇人や道人が多いという話を聞いたことがある。古い小さな庵《いおり》で老いた道人を師として修練をする俊瑞《ジュンソ》の姿が想像できた。庵は古い松の木の下にあり、ようやく雨を避けるほどの小さなもの。日が沈む頃に袋を背負い、布施をもらいに木橋をわたって行く人は俊瑞《ジュンソ》ではないか。

絵が十分に乾くのを待って簞笥の奥深くから真紅の絹の布を取り出しその中に丁寧に包んだ。その真紅の絹の包みはその昔、一時私が夜毎、着替えを包み、夜明けになるとまたほどいていたものだ。その包みを撫でてから再び簞笥の奥深くにしまい鍵をかける。すると急に冷や汗がでて眩暈《めまい》がした。胸がドキドキして痛かった。ああ、また始まった。まだ悪くなってはいけない。しばし息を整えていると、だいぶよくなった。

静かにそっと障子が開いて梅窓《メチャン》が入ってきた。

「母上。紅柿《ホンシ》です。召し上がってください」

梅窓《メチャン》が真っ赤な柿をのせた小盤を置く。誰もいない江陵《カンヌン》の廃屋でも今頃は柿が一人で熟しているだろう。結婚前に一人で最後に訪れたときの寂しい光景が目の前にきのうのことのようによみがえった。三十年も前のことだ。私は夢から覚めたように頭《かぶり》を振った。目の前によく熟した柿があった。娘が柿のへたを取って私が食べるのを待っている。梅窓《メチャン》もう二十歳、婚期を迎えている。大きくなるにつれて才能はもちろん、容貌も私に似てきている。

そのとき、カラン、カラン、カランと……玄琴《コムンゴ》の音が聞こえてきた。末息子の瑀《ウ》が玄琴《コムンゴ》が好きだというので買ってやったところ、時々、親戚の若者が来て玄琴《コムンゴ》を演奏していた。そしてその実力がなかなかのもので瑀《ウ》にもときどき玄琴《コムンゴ》を教えてくれていた。今日はなぜかその親戚の若者の演奏する玄琴《コムンゴ》の音色に胸が締め付けられるようだった。紅柿《ホンシ》を割って口に含むと、その甘い果肉が口の中に溢れ、突然、悲しみが込みあげてきて目頭が熱くなった。窓の韓紙には晩秋の光が悲しく揺れている。しかし私の胸にはあの日のように雨が降っていた。最初に俊瑞《ジュンソ》の玄琴《コムンゴ》の音が雨にのって私の胸を濡らしたあの日のように……あふれた涙のせいか、窓の桟が飴のように溶けて流れていくようだ。考えてみると乙女の頃はゆったりとした玄琴《コムンゴ》の音色に乗せてゆっくりと時が過ぎていき、それ以後の歳月はただただ流されてきたようだった。四十五歳の晩秋がやるせなく流れていくのを私は呆然として見ていた。

＊　申師任堂の山水画は現存しないため後世の蘇世讓がこの絵につけた詩から引用した。

ぐるぐる巻きにした真紅の絹の包み、心の奥の真っ赤な一点。密かな心をどうしたら解き放すことができるだろうか。できることなら、ぱっと解き放してしまいたい。花が咲かなくてはならないのなら……咲かなくては。花が咲いたといっておのれの胸のうちを恥ずかしがるか。私が散ってもいつか花として咲くだろう……

第二十二章　真紅の絹の包み

十九歳で結婚し、二十一歳で最初の子を産み、三十九歳までの二十年間で七人の子を産むというあわただしい歳月が去り不惑を越えると、忙中閑を楽しむ余裕が少しだけ生まれた。しかしそれもしばしのこと、姑が老衰して床につくようになった。ただ一人の嫁である私は心をこめて看病した。ありがたく、そしてかわいそうな方だ。結婚した後、実家の父が亡くなった時には上京を遅らせるのを許してくださり、実家では息子の役割をしているのだからと、父の祭祀のときにも特別な用事がなければ実家に行かせてくださった。実家の母が一人ではお寂しいだろうと長い間、実家で暮らすことも許してくださった、そのおかげで才能を腐らせることもなく、合い間合い間に筆を手にすることもできた。そして姑自身は早くに未

亡人となり、一人息子だけに頼って両班《ヤンバン》家の女人として堂々と恥じることのない生活をたくましく切り開いてきた。妓生《キーセン》や高官夫人たちのトンボの羽のようなきれいな服を縫いながら、本人は滅多なことでは絹の服を身につけなかった、姑としてではなく同じ女人として深い憐憫の情を感じた。そんな気持ちがこれまでの嫁姑の間のささいな葛藤や恨みを消してくれた。そのような憐憫の情がなければ、下《しも》の世話をする休みのない看護に私自身が疲れはてていただろう。看病に全力を尽くすことが姑に対するこの世で最後のお礼だと考えた。姑の洪《ホン》氏は回復できずに目を閉じた。七十歳を超えていたので長生きしたということもできたが心残りも多かった。私たち夫婦は格式を守り儀礼にのっとって、葬儀や祭祀のしきたりを行った。夫は生きている間に母親にきちんとした親孝行を一度もできなかったと悲しんでいた。そしてそんな気持ちに耐えられずに再び酒を口にしているようすだった。行きつけの酒幕ができ、酒の匂いを漂わせて帰ってくることが多くなった。この世にただ一人の母を失った悲しみのせいであろうと最初は知らんふりをして目をつぶっていたが、次第にそれが習慣化していた。酒幕の女主人である未亡人との間が普通でないという噂も聞こえてきた。権《クォン》氏の姓をもつその未亡人は没落した両班《ヤンバン》家の娘だという。性格も明るくさっぱりしていて酒もよく飲み、男たちのご機嫌をとるのもうまいという。情に弱い夫が悲しみのあまり、その未亡人にたやすく情をかけてしまったのかもしれない。しかしおかしなことに嫉妬の気持ちも湧かなかった。歳をとったせいか夫が息子のように見えた。しかし一度はきちんと話しておかなくてはならなかった。

生老病死の人間の一生に最近のように実感の湧かないこともなかった。肉親、そして縁を結び去っていった人々が思い浮かんだ。祖父、祖母、父、そして姑……結局、こんなふうに土に帰るというのに……。人間の体はこんなにも弱く、人生におまけはない。七十歳を越えた実家の母上は元気でいるだろうか。たまに人づてで手紙を送っているだけで、大関嶺《テグァルリョン》を越えることはできなかった。姑を見送ると、おかしなことに実家の母のことがたまらなく恋しくなった。姑には息子がいたが、五人の娘をすべて嫁に出し、一人寂しく老いていく母の姿を思い浮かべると胸がふさがれる思いがした。なんと寂しい運命だろう。無男独女に生まれて、兄弟一人なく一人っきりの寂しい幼少期を過ごし、結婚しても夫と離ればなれで暮らし、その夫さえも若くして亡くして未亡人となり、いまや五人の娘たちもすべて家を離れて一人で死

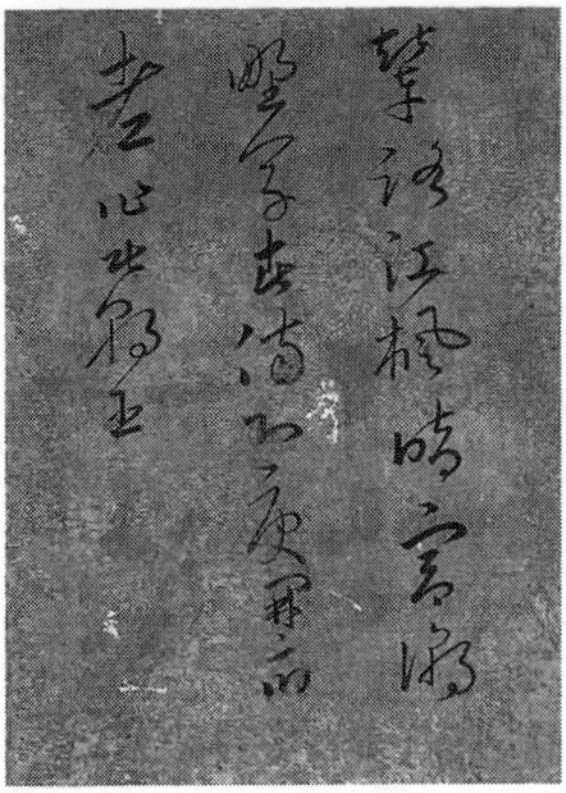

を迎えようとしている母上。どんなに寂しくどれほど恐ろしいだろう。私も中年となり死が近づいてきたことを感じる。いつからだろうか微熱があり、胸が痛くめまいがした。ゆっくり休めばじきによくなるので、床につくほどではないものの心の奥底では気になっていた。医者の話では肺と心臓が弱くなっているというが重病ではないという。今すぐ死んでも大きな心残りはないが、実家の母が亡くなるまでそばで世話をできないことが恨《ハン》として残りそうだった。息子のように信じて頼りにしてくれたのに、臨終の床にさえ間に合わない親不孝な娘になってしまうかもしれない。

しかし四十七年の歳月にそんなに悲しいことばかりあったわけではない。悪いことがあれば、よいこともあるもの。それが人生だった。姑の葬儀を終えてほどなくして夫が従五品の位である水運判官に任命されたのだ。水運判官とは地方から租税として差し出される穀物を船に載せて運ぶ仕事をする官吏だった。夫の年齢は五十歳。遅咲きの幸運に喜んだものの、息子の晴れ姿を見ずに逝った姑の洪《ホン》氏を思うと胸が痛んだ。姑こそ誰よりも喜んだであろうに。

夫は喜んでその官職についた。遅咲きの末端の官職ではあったが天職とみえ、夫の顔には生気があふれた。何日も、ときには一ヵ月も家を離れて船に乗らなければならない苦労の多い仕事ではあったが、党派争いに巻き込まれないように上役の顔色をうかがって神経をすり減らすこともないので、人がよく気の弱い夫にとっては最適の仕事だった。その仕事で禄をもらい、家の暮らしぶりも少しずつ潤い始めた。ちょうど三清洞《サムチョンドン》に手ごろな家が出たので引っ越すことにした。引っ越しを目前にして久しぶりに気持ちに余裕ができたものの、青く澄んだ空に真っ黒なカラスが羽ばたくような暗闇がときどき通り過ぎていった。たまに目の前が真っ黒になる眩暈《めまい》がしたのだ。悪い予感がした。体がずいぶん弱ってきたのだろうか、元気もない。ようやく暮らしにも余裕が生まれたと思ったら今度は体に異常がきたのだ。元気がないので何の意欲も湧かないのだ。でもそんな無欲は心身に平和をもたらした。

*

三清洞《サムチョンドン》に引っ越してしばらくして、夫と二人の息子は任務を遂行しに地方に旅立った。寒食*を過ぎ、苗を植えた花と野菜がすくすく育ち、庭に新たに植えた牡丹の木にも蕾《つぼみ》が膨ら

* 冬至から百五日目

み始め、なかには咲いているものさえあった。そんなに大きくはなくても清潔な南向きの家。この家が気に入っていた。子どもたちも皆、大きくなって末息子の瑀《ウ》も十歳だ。二十三歳の長女、梅窓《メチャン》が家の中の家事と妹弟たちの面倒を見ている。長男の璿《ソン》と梅窓《メチャン》が適齢期なのにまだ結婚できずにいるのが一番気にかかっていた。

生活の苦労から抜け出して久しぶりにのんびりとした時間ができたので、絵画や書を少ししようかと思ったものの、長時間は体がもたず、最近では書き溜めておいた作品を取り出して手を加えたり整理することで日々を過ごしている。幼い頃から書きためた絵は梅窓《メチャン》のためにもよい教本になるだろう。梅窓《メチャン》だけでなく、十歳になる末っ子の瑀《ウ》も芸に対する感性を生まれついてもっているようだった。まだ幼いが玄琴《コムンゴ》に興味を抱いているだけでなく、時には演奏の真似をすることもあった。一番上の姉の梅窓《メチャン》についてその横で姉の真似をして絵を描いているのを見ればその才能が芽吹いている気がした。子どもたちがその才能を花開かせるまで私の未来はあるだろうか……歳月は待ってはくれない。実家に置いておいた作品も全部持ってきたが、紛失してしまったものも多かった。絵を見ていると、その中にこれまでの歳月が見えてくる。一番古い絵は「西湖志《ピョルダン》」という名前をつけた梅花を描いた習作だった。実家で一番最初に春を知らせてくれる別堂の裏庭の紅梅の木。百年を超えるその木が思い出される。私が死んだ後にも、あの木はいつまでも生き続けるのだろう。七歳のときに描いた安堅《アンギョン》の山水画を模写した絵があったが紛失してしまい、それが一番残念だった。外祖父が生前、お客が来ると自慢の種にしていたものだが、いつの間にかなくなってしまい、いつ失くしたのか記憶にもない。

草虫図、花鳥図、花草魚、山水画をそれぞれ取り出して見ていると、その絵を描いたときの自分の姿が見えてくる。鏡浦湖《キョンポホ》に出て鴛鴦《おしどり》のつがいを描いたときの湖の光、父と行った海の印象を描いた月下湖水図。そうだ、あの日の夜に初潮を見たのだった。どれほど驚いたことか。佳然《カヨン》と草籠《チョロン》と一緒に鳳仙花の汁で爪を染めた、その鳳仙花の花も絵に描いた。スイカを食べている鼠を描いたときには、スイカが美味しかったのか、鼠は私が近づいても気付かなかったほどだ。花に木に実に、野菜の葉に落ちていたあの陽の光を見てどれほど幸せだったことか。しかし美しい花を見れば見るほど、その裏面の暗さはより深くなる。姿はそのまま絵にすることができるが、美しい花から感じられる悲哀までは描くことができなかった。その方法を説明してくれる人もおらず、幼い頃に見て覚えた画帳でそれを身につける術もなかった。それで色彩の彩度と形態を少しずつ変えてみた。花の木の枝を曲げ、絵として単純ではない画家の心情を描こうとし、常識とは違う色を塗ることで特別な感情を表現しようとした。彩色画を描くときも黒い墨で線を描かない無骨法をとった。しかし今になってようやく絵が少しずつ見えてきた。絵を描く人の心が絵を通じて感じられるが、それは説明できない理性と知恵だった。生きてみなければ、歳をとらなければ、分からないこと、ある程度の歳月をついやさなければ理解できない理致のようなものとでも言おうか。絵を見るとその時代の自分の喜怒哀楽が溶け込んでいるようだった。この絵を描いた日は草虫図を描きながら哀しく、花鳥図を描いて憂鬱だったのだろう。私にまだ時間が十分に残っていれば私の絵はこれからまたどんな境地に達するのだろうか。いったいどれだけの時間が残っているのだろうか。ああ、縁起でもない、なんでそんなことばかり思うのだろう。私は首を振り、今度は書を取り出した。

幼いころに書いたものはほとんどがなくなっていた。楷書と篆書《てんしょ》が少し見えたが、だんぜん草書が多かった。人々は私の書いた草書を見て驚いたものだ。女性が書いたものには見えないというのだ。気概と力に溢れていて、書いた人を知らなければ確実に男性の書体だと思うという。よく考えてみればそうかもしれない。外見は女性らしく弱々しくても私は自分が非常に強いということをよく知っている。普段は意地を張ることもしないが、一度決めたらその意地と頑固さは誰も手が出せなかった。大人しい女だったらとっくの昔に筆を置いていただろう。

そして黒い絹に刺繡をした作品が出てきた。古いものは少し虫がついて穴も見えていた。梅窓《メチャン》の婚礼用に使えるか、心配になる。姉や妹の婚礼祝いにずいぶん使ってしまい、残っている刺繡はあまり多くない。

そのすべてを大きな箱に入れて青い絹の布で包んで風通しの良い壁の棚にしまった。この青い絹の包みは梅窓《メチャン》に預けよう。次に大切にしまっておいた鍵を取り出し、簞笥の奥深くから真紅の絹の布で包んだ箱を取り出した。周囲の様子をうかがう。戸を閉めて外に出て回りを見回す。梅窓《メチャン》が弟や妹たちを連れて近所の祝いの宴に行き家の中は静まり返っていた。この真紅の絹の包みはほとんど開いたことがなかった。胸の痛む思い出が包みを開けると毒蛇のように飛び出してきて嚙み付き離さない気がしてびくびくしていた時期があった。しかし歳月は毒蛇の毒も治療できるほどの強い薬だった。しばらく前に一度開いてみたが、それほど辛くはなかった。流れていった人生の欠片《かけら》だった。

真紅の絹布の包みをほどくと俊瑞《ジュンソ》と草籠《チョロン》と一緒に行った場所を描いた山水画と草虫図、そして夜毎描いた恋しい人の肖像画、連理の木の絵も出てきた。一緒にブランコに乗る乙女と若者の絵も出てきた。一つ一つ、その日付を言えるほどに鮮明な記憶が、絵と一緒にあふれ出てくる。ああ、こんな時代があったのだ。数枚の絵は散漫だった。恋に耐えられずもう絵は描かないとハサミで手を刺し、その手が回復する前に絵を描きたくてたまらずに描いたものだった。一番最後の絵は三年前に描いた金剛山《クムガンサン》の山水画だった。金剛山《クムガンサン》の風景の中に一人の男がいた。夕陽の中を僧侶の袋を背負って木橋を渡り、どこかに旅立つ僧侶だ。身分の枠から飛び出さずには自由になれなかったその魂は、今や山鳥のように自由だろう。空を飛びまわり世の中のすべてを見下ろし、あざ笑うかのように、どこへでも好きな所に飛んでいくことのできる鳥。最初に会った日。俊瑞《ジュンソ》のカササギ凧が烏竹《からすたけ》の上にかかったことが思い出された。今、縛られるものもなく、縁も断ち切り空を自由に飛びまわるカササギになったのだろうか。

陰暦十二月の長い夜、俊瑞《ジュンソ》のために刺繍をした福袋と枕袋、座布団も出てきた。そして古い玉色のチマが出てきた。狼に出会った日に着ていたチマだった。俊瑞《ジュンソ》を思って書いた詩も見えた。顔が赤らんだ。絶対誰にも見られてはならない詩だった。そして俊瑞《ジュンソ》の手紙。紙は黄色く変色していたが、十六歳の気概あふれる若者の字は力強く、そして優しさに満ちあふれていた。あの時、俊瑞《ジュンソ》は十六歳。今の珥《イ》の年齢だ。もう一度詩に目を通すと胸が熱くなった。

其陰　日は実に暗く
其雷　ごろごろと雷の音が聞こえてくる
寤言不寐　目を覚まし、床に座り、眠気も来ず
願言則懐　考えれば恋しさのみが深まる

そして最後の手紙が出てきた。涙でにじんだ俊瑞《ジュンソ》の最後の手紙、その手紙を書いたときの心情を思う。ついに愛する女性に会いに来たというのに、その女性は他の男と結婚するという。そんな話を聞いたときの心情はどうだったろう。かわいそうな人……長い歳月の後にようやくその心情を理解できた。私よりもずっと苦しかったであろう。二人は運命のいたずらによってあれ以来一度も会うこともできずに生涯を閉じることになるかもしれない。俊瑞《ジュンソ》もいつかはその人生の暗闇に運命の歯車が狂ってしまったことを知るだろう。そして私を心に抱いて生きてきたのだろうか。気がつくと目から涙が落ちていた。紙の上に落ちた涙をさっと手で拭った。

真紅の絹の包みをふたたび結んでつぶやく。ああ、これが私の四十八年間の人生の影だ。

本当に一生懸命に生きてきた。才能豊かで聡明で心根の深い申氏《シン》家門の次女と人々に刻印され、そこから抜け出さないように生きてきた。夫と姑に逆らわず女人としての人生に順応して七人の子どもを育てる間は辛い歳月だった。そして今、最年少の科挙首席合格者の母として息子を持つ女たちの羨望の的となった。世の中の人々は知らない。私の人生は何の苦痛も葛藤もなく順調に続いてきたと思うだろう。柔らかさが結局は強さに勝つという、柔能制剛という単語を、一日に何度もかみ締めながら生きてきたことを。私によって多くの人々が傷つかないようにと、萩の木の枝のようにおのれの体をかがめて、その傷に耐えながら生きてきた歳月だった。しかしその傷がなければまた、生きてこられなかった歳月でもあった。絵は、書は、そんな私の傷を食べて育ってきたのだ。傷が深ければ深いほど私は絵を欲した。それらは私の恋人だった。そしてそのおかげで私の前に横たわる人生をきちんと生きてこられたのだ。矛盾だった。そう、矛盾していた。それが人生ではないか。矛盾を抱かなければ人生ではない。不平はなかった。

しかし、この包みをどうしよう。私の体が消え去るとき、一時の私の体の欲望につながるこの品も消滅させなくては。一つ残らず燃やしてしまおう。私はいつか燃やしてしまおうと決めてふたたび簞笥《たんす》の奥深くに包みをしまった。でもあの方にはいつかありがとうの一言が言いたかった……。

手紙でも書いて草籠《チョロン》に預けておけば、一度は妹の所を訪れるのではないだろうか。机に近づいて紙を取り出して広げる。しかし墨をすり、筆を湿らせたあと、紙の上に筆を走らせようとしても頭のなかは真っ白になってしまい手がブルブルと震えた。ことばに、文字に、何の意味があるだろう。どんなことばも正確ではない気がした。長い間、筆を虚空に震わせたものの、結局、紙に下ろすことはなかった。震える筆の先からは黒い涙の粒のような墨が数滴落ち、紙の上に点がみっつ。それは文字よりももっと痛切な文字だった。私は手にした筆を硯《すずり》の上におろす。ことばは、文字は、無用なのだ、もういい。鳥のように自由な魂をもった人は、私が何も言わなくてもちゃんと分かるだろうから……

代わりに筆をふたたび手にすると、夫に手紙を書き始めた。

旦那様　前　上書
お変わりないでしょうか。璿《ソン》と珥《イ》も無事に過ごしておりますでしょうか。船酔いでご苦労なさっていないか心配です。こちらの家族も少し広い新居に移り住み、新しい家にもなれて過ごしております。家族の中から三人も抜けてしまうと家の中が実にがらんとしております。

最近、私は余った時間は静かに休みながら過ごしております。何よりも健康が大切だと考えてのことです。しかしあまり良い状態だとは申し上げられません。かといって心配されるほどのことでもありません。ただ昔のようではないということです。私ももう四十八歳ですので若くはありません。あなたに十九歳で初めてお目にかかり、結婚して一家をなしてからもう三十年の月日がたちました。振り返ってみると遠いかなたのことのようですが、あなたのいない今、じっと思い起こしてみると、この歳月、ここまで生きて来られたのも、すべてあなたの恩徳の賜物です。あなたは大切なお方です。考えてみますと、私よりも三歳も年長の、兄のようなあなたに対して私は冷たく、きつく、冷淡に接したことも多かったと存じます。あなたのその純粋で、まっすぐ、正直な性向がなかったら私自身耐えがたかったのではないかと思います。常に心からありがたく思っておりました。気もちを表現することにうとく、優しくできずにそのまま過ごしてしまったことを今ここに正直に申し上げます。あなたが私を美しく、尊く、聡明で、純情な女だと信じて愛してくださったことに感謝いたします。あなたがそのように信じてくださったからこそ私はそのような人生を歩むことができたのです。いいえ、そのように生きようと努力してまいりました。しかし私はあまりに未熟で、不完全な人間であり女であったと告白します。あなたに心をすべて捧げることもできず、芸術をするといって他の世界をさ迷っている私を、傍らで見守りながらどれほどお寂しかったことでしょう。それでも常に山のように、何も言わずに私を見守ってくださったあなたに頭《こうべ》を垂れて感謝いたします。

あなたとお会いし、尊い七人の子どもたちを授かり、実家にも親孝行をして過ごすことができました。女としての人生がこれほど幸福で自由だったのですから、私はおのれの人生に感謝するのみです。このような手紙を書くこともまた非常に恥ずかしい限りです。私がどれほどこれから生きるかは分かりませんが、生きている間はこの心変わらずにあなたのおそばにおります。

どうか客地でもお体を大切になさり無事にお勤めを遂行されますことをお祈り申し上げます。お帰りになる頃には私が植えた庭の花々が満開になりお迎えすることでしょう。私も花のような笑顔であなたをお迎えいたします。あなたと二人の息子たちのお帰りを幸せな気持ちでお待ち申しております。

書きながら途中で涙があふれてきた。紙の上の墨がにじんだがそのまま書き進めた。そのとき、部屋の扉が開き梅窓《メチャン》の声が聞こえてきた。

「母上、ただいま戻りました」

涙を流して泣きながら手紙を書いている私を見て梅窓《メチャン》は困ったように静かにそっと扉をしめた。

ああ！　絶壁を越え
無何有之郷だ

第二十三章　火花

　真紅の絹の包みを抱えて庭に出た。五月の日差しが眩しかった。庭にはありとあらゆる春の花々が咲いていている。庭の端に植えてある牡丹の花はニコニコと輝くような笑みを浮かべていた。特別なことがない限り三、四日後には夫が帰ってくる。一ヵ月近くを地方で過ごしてきたのだから、どれほど家が恋しいことだろう。今回、初めて父についていった璿《ソン》と珥《イ》はいろいろな世の中の様子を見てきただろうか。十六歳、好奇心旺盛な珥《イ》は旅行中にまた、何を見て、何を悟ったのだろう。そして璿《ソン》は帰ってきたら仲人を探して嫁探しをしなくては……。嫁をもらって家事を任せれば私は静かに……。ああ、どうして何かと言えば静かに眠るように逝きたいとそればかり思うのだろう。まだしなくてはならないことが山ほどあるというの

に。昔、母上が私は短命かもしれないとおっしゃっていた。そういうことを単純に信じてしまうわけではないが、昨夜眠っている時に胸がひどく痛み、咳も出た。夜なので暗くて見えなかったが、朝起きてみると咳をした際に口を塞《ふさ》いだ手布には血がたくさんついていた。いっそのこと、夜、眠るように静かに目をつぶり、そのまま朝、目覚めなければよいのにとも思った。長い間、病の床につくのは嫌だった。しかし遠くはないという予感もする。

朝、梅窓《メチャン》に入浴用のお湯を沸かすようにといっておいた。端午は過ぎたものの、端午の時に使った菖蒲が残っていたので菖蒲湯で髪をすすいでていねいに体を拭いた。十六歳の端午の日のことが思い出された。部屋に入って鏡台の前に座り、長い間、鏡を見ながら髪を梳かす。耳の下と額に白髪が何本か見える。髪には自信があったのに。豊かで潤いのある黒檀のような髪だったのに……今や量も減り、弾力もなくなってしまった。目元の皺《しわ》と口の横の八字の皺。力なく垂れ下がった目元。四十八年の歳月の間に肉体に加えられた過酷な負担で疲れきった女の顔が鏡の中にあった。あの端午の日の黒々として艶やかなお下げ髪の乙女はどこに行ってしまったのだろう。鏡を見て自分自身もほれぼれとした堂々として自信満々だったあの若さはどこに行ってしまったのだろう。私は服を着替える。きれいな服に着替えて焼紙の儀式を行いたかった。

二人の息子は書堂に行き、娘のハンリョンはスリョンを連れて友人の家に遊びに行き、家の中には召使と梅窓《メチャン》しか残っていなかった。梅窓《メチャン》を呼んで召使と一緒に市場に行き、数日後に戻る父と兄弟のための食材を買ってくるように指示した。そして皆を送り出すと、家の中はしんと静まり返った。窓や扉を開いたままにすると部屋の中にも春の日差しが差し込んでくる。庭の花草は日差しを受けてより鮮やかになり、同時にその影もまた濃くなる。その光と影が共存する花と葉を描きたいという思いが膨らんできた。ああ、あれこそが生だ。影は光をより明るくし、光は影をより深くする。しかしそのすべてが一つの色であり、空だ。色即是空だ。陽の光に満ちた庭にはありとあらゆる花草の影が揺れていた。くらくらした。目を閉じる。閉じた目の上を日差しが戯れ、赤色を帯びた影が目の中で揺れていた。

真紅の絹の包みを持ち火鉢の前に行く。火鉢は梅窓《メチャン》が私のために漢方薬を煎じようと部屋の前に持ってきたものだった。炭に火をつけて扇でそよそよと風を送り込むと、乾燥した五月の風であっという間に真っ赤な火がついた。瞬間、炭の匂いが鼻をつき眩暈《めまい》が押し寄せる。目を開けると満開の牡丹の花々が見えた。なんと艶やかできれいなこと。風炉の火花も花のように咲いている。真紅の包みの結びをほどくと布が大きな花びらのように広がった。再び胸が痛む。それでもきれいに燃やしてしまわねば、そう決めたのだから、地面に中味をすべて広げる。

最初に目についたのは一番上にのっていた俊瑞《ジュンソ》の詩と手紙だった。火花はそれをぺろっとおいしそうに飲み込んだ。そして彼を思いながら書いた詩を取り出し、一枚ずつ炎にくべた。紙は実によく燃え、あっというまに灰になった。灰は薄い灰色の木綿糸のようだった。俊瑞《ジュンソ》と一緒に行ったところの山水画と、彼が金剛山《クムガンサン》に旅立った後に描いた、つがいをなくした水鳥や鳥の絵も灰にした。今度は人物画を数点、一枚ずつ炎の上にのせると、彼の目、鼻、口があらゆる表情をしながら消えて行く。まるで笑っているようでもあり、泣いているようでもあり、怒っているようでもあった。耐え切れないほどの恋しさを胸にその顔を描いた夜が過ぎていく。そうして、一つ一つの歳月を燃やしていった。突然、風が吹いてきて、人物画の三、四枚が庭の端に飛んでいった。つかもうと立ち上がった瞬間、眩暈《めまい》が押し寄せてきたのでそのままにした。今度はチマを手にとった。火が盛んなときに、まずはこれから燃やさなくては。

古びた玉色のチマは狼と出会った日に着ていたものだ。狼の血がついたそのチマに、その日の夜、家に帰ってから絵を描いたものだ。血の跡が大きかったので、紅色の絵の具で咲き誇る牡丹の花びらを描いたのだった。三十年が過ぎ、牡丹の花びらは虫がついて穴があき、色がすこし黒ずんでいるが、それでもほとんど描いた当時のままだった。風に吹かれて大きく揺れる満開の牡丹の花びらと、三十年前にチマに描いた牡丹の花が交互に見える。今こうやって牡丹の花の前で生の痕跡を燃やすために、このチマに多くの花の中からわざわざ牡丹を選んで描いたのだろうか。不思議な話だ。私はチマを手にして鼻に近づけてみた。わずかではあるが、生臭い血の匂いがするようだった。私はしばし迷った末に火花が激しく燃えあがる風炉の炭の山にチマをのせる。炎は飢えた獣の舌のようにペロペロと絹のチマを飲み込んでいく。髪の毛が燃えるように、肉が燃えるように、絹の燃える匂いに吐きそうだと思った瞬間、胸の奥から何かが吹き上がってきた。炎のついたチマを取り出し口を塞ぐ。牛の血のような真っ赤な血の塊がチマについた。喀血だった。

私は慌てた。その時、風が吹き紙がまた飛んでいった。紙は火魔に食べられまいと必死に逃げ出す幼い白ウサギのように風に乗って飛んでゆく。瞬間、私はそれらを燃やしたことを悔やんだ。あれもまた、私の影だったのに。ああ、燃やしたくない。私の魂を自由にしておきたい。そしてはっとした。いや、最後まで全部燃やさなくては……あの欲望の欠片《かけら》を……。紙をつかんで立ち上がると胸が燃えるような感じがした。私は息を止めてその熱い炎のような苦痛が消え去るのを目を閉じて待っていた。すると全身が灰になるように白く透明に軽くなった気がした。ようやく目を開けると目の前で牡丹の花々が顔をよせては談笑しあっていた。

第二十四章　真実

珥《イ》は最近元気がない。精神的な支えだった母上をなくした今、頼るところといえば書籍しかなかった。それなのにいつからか文字が目に入ってこなくなっていた、このように気持ちが荒れているのだから大科に受かったとしても何の意味があるだろう。十三歳で初試に一番で合格した珥《イ》の人生は、堂々と陽の当たる道をまっすぐに歩いていくものとみなが思い期待していた。しかし十六歳の、少年でも大人でもない微妙な年齢の珥《イ》は、最近、生きることに迷っていた。母上をなくして、突然人間の一生とは何か、虚しくなってしまったのだ。母上が生きていればその膝で泣きたいような心情だった。珥《イ》にとって母上は渇きを癒してくれる甘い泉のような、混乱した頭を冷やす清涼な松風のような存在だった。数年前の秋の日がぼ

んやりと思い出される。

　あれは立秋もすぎて秋風が肌寒くなってきた頃だった。空気も透明で軽く感じられ、久しぶりに家の中も静かだった。親戚の還暦の宴があり、祖母と一緒に暮らす親戚のパク氏を連れて、父が兄弟たちと朝早く出かけたからだ。珥《イ》だけは数日前から吐き気と下痢に見舞われて食べ物を口にすることができずに家に残っていた。母は台所で粥《かゆ》を炊いていた。ぐつぐつ粥を煮る音が聞こえるだけで家の中はしんと静まり返っていた。母の看病のおかげですこし元気になった気がした。珥《イ》は横になっていたが、母を喜ばせようと床から起き出した。そして書籍を取り出すと朗々とした声で読み始めた。母が粥の器を持って入ってくる。まだ寝ていなくては……口ではそう言いながらも母は珥《イ》を愛おしそうにみつめた。最近になって声変わりしはじめ、鼻の下が黒くなりはじめた珥《イ》を眺める母の視線は淡いものだった。珥《イ》もまた母を見つめるときには胸の奥から湧き上がる喜びをそっと抑えなければならなかった。常にそばにいるのに恋しそうな目をしている二人は、母子以上の美しい縁で結ばれているのに違いなかった。家の中に二人だけになると珥《イ》はさらに大胆に甘え、喜びの眼差しを母に向けた。たくさんの子どもたちに対して母は決して偏愛をするようなことはなかった。十三歳で科挙を受けて一番で合格し、鶏の群れの中の鶴のように世の中にその存在を知らせはしたものの、珥《イ》もまた兄弟の中で偉そうにしたことはなかった。二人は密かな恋慕の感情を表すことのできない恋人のように、心だけで、眼差しだけで互いの心を読み取っていた。粥を食べた後に母と一緒に板間《マル》に出てきて座り、家の前の松の木を眺めた。

「もう少し休まないと、もう勉強を始めたのかい？」

「母上、今日はもう体が打って変わったようで、完全に治ったようです」

「それでもやはり、もう少し寝ていなくては」

粥を食べて体全体に精気が行き渡ったのか、温かい生気が感じられた。珥《イ》は柔らかい秋の日差しが気分良く感じられ、視線を離さずにずっと松の木を見ていた。

「母上、あの松の木の枝をご覧ください。風が見えます。枝をさらさらと揺らす風とは何でしょう。どこから来たのでしょう？」

母は珥《イ》を見つめてから、風に揺れる松の木の枝を眺めた。

「そうだね。私も幼い日に竹の葉を揺らす風の音を聞きながら、風の存在に興味を抱いたことがあった。花を描くときにも風に揺れる花の木を描いた。枝を風の動きに合わせて柔らかな曲線で描いたものです」

「空は果てしなく、手でつかめない虚空ですが……どうしてその色は青色で、また時々刻々とその色が変わるのでしょう……実に妙です。不思議なものです。どうしてでしょう？」

「事物が天地の気運と絶えまなく共感しているからです……すべてが宇宙の精気の調和ではないでしょうか」

「科挙試験の勉強はそういうことを解くものではありません。母上、学問とは科挙のためだけにするものなのか、何を目標とすべきなのか悩んでいます」

　いつからか心の中に湧いていた悩みを口にした。

「珥《イ》、お前の年齢は十三歳。幼いといえば幼いが、男ならば人生の目標をたてる歳です。母はお前にまず、学問は目的をもって勉強するようにと言いました。科挙の試験だけを目的にしろとは言っていません。学問は競争が目的ではなく、絶え間なく学んで、人となることが目的なのです。分かっていますね。お前はすでに科挙の初試に首席で及第したとはいえ、この先も一生学んでいかなくてはなりません。何をするにしても、基本は目標を大きく、そして固く立てなければならないということです。孟子も志を立てる、立志の重要性を繰り返し言っているではありませんか。どうせ目標をたてるならば、いっそのこと聖人になりなさい。すべての人間が善人なので皆、聖人になれると言いましたね。それならば遠大な目標をたてて、爪の垢ほども自分に対して言い訳をしてはなりません。分かりましたね、珥《イ》。普通の人間でもそうすれば聖人になれるということを肝に命じなさい。母はそれが不可能ではないということを知りました。生まれついての容貌と身体、そして体力と気質を変えることは難しいもの、しかし心の能力、立志で、愚かなことを賢く、乱れたものを正しくはできるのです。それが人間の本性なのです。だから勉強すれば、その道に到達できないわけがありません。それこそが人生の完成なのです。だからお前も目標をしっかりと立てなさい」

「母上、科挙の試験を受けてみて心が揺れ動きます」

「学問の道が本流であり、科挙は支流にすぎません。大きな目標を学問だとすれば支流をあちこち歩きまわっても、それで道を失うことはありません」

珥《イ》はうなずいた。そしてさらにちょっと考える風にしながら言う。

「最近、私の中にまた別の欲望が溢れています」

「それは何だい」

「聖賢たちの学問を勉強しながら、一方で時どき文章に対する欲求が生まれます。まだ文章をたやすく作ったりしてはいけませんよね？」

「文章を書きたいのかい。本を書きたいということですか？」

「はい、私が気になるのは宇宙の原理であり、そのようなことを本で……」

「もう少し学問をしてからにしなさい。梁の国の武帝の皇太子、蕭綱は立志と立身は慎重にし、文章はその次に自由に放蕩してから書くものだといっています。宇宙を放蕩に論じることができるようになったときにようやくお前だけの文章を書くことができるでしょう」

「ああ、母上。ここしばらくの間、暗く混乱していた心が整理できたようです」

珥《イ》が明るく笑った。母が珥《イ》の手を握る。右の手の甲にかすかな傷のある母の手はごつごつしていた。

優しく強い母上、私が堂々と文章を書くことができるようになれば、いつか母上の人生について書いてみたい。しかし母が世を去るしばらく前に母の真紅の絹の包みの存在を知り、そして母が突然他界した後、珥《イ》は地獄のような想像に体を震わせなければならなかった。もしかするとそれはくらくらとした夢のようなものなのかもしれない。昼間はそれでも丹誠に本を読んでいるものの、夜になると時に夢精で布団を汚す自分に対する自戒感。それと同じような感情が最近母に対してふいに湧き上がった。それが羞恥なのか、怒りなのか、嫉妬なのか、悲しみなのか、珥《イ》は混乱していた。

あんな絵を描いた母の生涯にはいったい何があったのだろうか。あんなにしとやかで、上品で、厳格な母にどんな曲折があったというのか。たまらなく寂しかったのだろうか。真実は、生々しい真実は、果たして何か。最近はすべてを投げだして金剛山《クムガンサン》に行ってしまいたかった。生の裏面を見たかった。

そしてある日突然、真紅の絹の包みの中にあった男の肖像画を思い出した。どこかで見た気がしたのだ。どこで見たのだろう。もしかして……突然珥《イ》の体に戦慄が走った。

第二十五章　遺品

梅雨も過ぎ、暑さも過ぎ、朝夕は涼しくなり、母が亡くなってから数ヵ月が過ぎた。父は任務につくため平安道《ピョンアンド》に旅立ち、季節はずれの蝉の声が聞こえるだけで家の中はしんとしていた。家の中には誰もいないと思っていたが、珥《イ》の本を読む声だけがときどき朗々と断続的に聞こえてきた。梅窓《メチャン》は少し前から聞こえてくる珥《イ》の声を聞きほっとしていた。皆が悲しみに浸っている顔をしていたが、季節を騙すことはできないように時間がたつと少しずつ落ち着いてきたようだった。しかし珥《イ》は違っていた。何か大きな悩みがあるような顔で夜遅くに一人で庭を歩き回っていた。月光を浴びた幼い白玉のような彼の横顔に表れた深い苦悩の影は濃かった。内心思い当たることがないわけではなかったが梅窓《メチャン》は見て見ぬ振りをしていた。

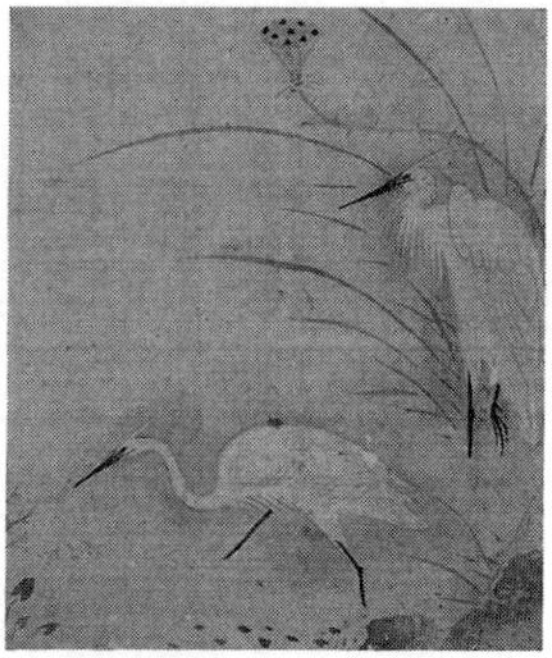

梅窓《メチャン》自身も乱れた思いが表に出ないようにむしろ珥《イ》を避けてさえいる。時々珥《イ》を座らせて虚心坦懐に話をしてみたい気もした。しかし糸口を探すよりもそのままにしておくほうがよいこともあるものだ。

真昼が熟す頃、誰かが訪ねて来たという知らせがあった。大門の前に輿《こし》をつけて入ってきた人は歳はとっているもののまだまだ美しい婦人だった。どこかで見た顔だった。一緒に連れてきた下女に待っているようにというとその婦人は低い声で告げた。

「右議政《ウイジョン》の家から来ました」

それでようやく梅窓《メチャン》はあわてて渡り石の上に降り、どうぞ中にお入りくださいと言った。数年前に母を尋ねてきた、母の娘時代の友人だった。あのとき五味子《オミジャ》の茶をだした時に顔を見た記憶があった。それに誰にも話していないが、二週間前にそのお宅から送られてきた品のせいで、内心、心を痛めていたところだった。婦人は周囲を見回してから中に入ると梅窓《メチャン》も暑い日ではあったが扉を閉める。座につくとしばし沈黙が流れた。

「連絡してくれればよかったのに……それで安らかに逝かれたの」

「はい、眠るように亡くなりました。それで遺言もありませんでした」

婦人はうなずくと梅窓《メチャン》をじっと見つめた。

「姿かたちや声が母上、そっくりだこと。母上を前にしているようだわ……」

婦人の声にも涙が混じっている。梅窓《メチャン》は何も言えずにただ頭を下げた。

「どうぞお楽になさってください」

「自然になればそうしましょう。それで、あれはどうしました？」

「そのまま持っています。当惑してしまい、私の浅い考えではどうしてよいか分かりませんでした。それでなくても一度、お尋ねしようかと思っておりました」

二週間前に右議政《ウイジョン》の家の第二夫人の使いだといって母に渡してくれと密封した封筒を受け取った。梅窓《メチャン》は母がこの五月に亡くなったと話したが、相手は品物を受け取る母がすでにこの世の人ではないことを知らないようすだった。それもそのはず知らせなかったのだから。

「ずいぶん悩みました。しかし私の物ではないし。それで……」

「母を理解できないのではないかと恐くて……。母とその品のことを……しかし私は母を愛しているので」

梅窓《メチャン》はこれまで秘めていた疑惑と悲しみが一度にあふれてきて胸が一杯になった。封筒にしっかりと密封されていた品は黒いメドプ*だった。絹糸に見えたが髪の毛で作られたメドプだった。梅窓《メチャン》は壁の扉を開けてその封筒を取り出した。

「お返ししなくてはならないようで……」

「主《あるじ》を失くした品に何の意味があるでしょう」

婦人が悲しそうに言った。

「人の生涯は終わり、一時は二人の心を結びつけ、百年佳約を結んだ同心結だけが残ったのだから、人生はなんと……」

婦人は何か言おうか、言うまいか迷っていたが、結局、沈黙を守った。

「私の母は……どんな方だったんですか」

梅窓《メチャン》は決心したような眼差しを婦人に向けた。

「自由な人でした。それだけ強い人でもありました」

そのことばを聴くと梅窓《メチャン》は母の内密な人生の糸口が解けたような気がした。梅窓《メチャン》は立ちあがって壁の中から鍵のついた木箱を取り出し、中から真紅の絹の包みを取りだした。不思議そうに見ている婦人の前で結び目をほどく。燃え残った絵と燃えることのなかった元のままの絵、そして書が出てきた。燃え残った絹のチマと山水画、連理の木の絵とブランコに乗っている絵、乙女と若者が馬に乗って絶壁を飛んでいる絵はまったく燃えていなかった。

「この絵はその昔、娘時代に見たことがある。絵というのは特に士大夫の家では四君子や墨人画の様式だけだと思っているけど、あなたの母上は閉じ込められた女人の夢と想像を自由に画幅の上に広げていったのよ」

婦人は何枚もの絵を見ていたが、人物画にその手が止まった。そして大きく溜息をついた。

「この春に母上に私が会おうと言ったことがあった。今になって思えば、その少し後に亡くなったようね。あのときが最後になるとは思わなかった。実は数年前から一年に、一、二度くらいは会っていたけど、いつからか二人の間が疎遠になっていた。たぶん私のせい……。私はあなたの母上の前で常に堂々とできない罪悪感に生涯しいたげられてきた。生まれついての生い立ちも生い立ちだけど、どんなことでもあなたの母上にはかなわないという思いで辛かったの。あなたの母上の前ではそうしないようにしていたけれど、自ら惨めに思うのはどうしようもできなかった。二人とももって生まれた才能を殺すことはできなかった。そうは言っても何の役にもたたない女の才能。私はそれでも踊りの才能でこんなふうにでも運命を切り開くことができて幸せだと思ってきた。でも私の誇っていた一時の才能や美貌もこの高価な絹の服も皆、あなたの母上の荒れた手と木綿の服に勝つことはできなかった。それで

＊　飾り結びの紐。

もそれなりに大きなことを言えたのは他でもない私の兄との縁のおかげだった。何人もの男たちを点々として妓生《キーセン》の妾《めかけ》として暮らすのも、心の中に慕う男がありながら表面上は両班家《ヤンバン》の立派な良妻賢母で暮らすのも、何が違うんだとあなたの母上のことをあざ笑った。心の片すみに兄の不幸な人生はあなたの母上のせいだという怨《うら》みがあった。母上は何も言わなかったけれど自然に二人の間は疎遠になっていった。私は実に器の小さい女でした」

婦人は額の汗をぬぐい服の紐で目頭を押さえる。梅窓《メチャン》はむしろこんなふうに率直で、さばさばした婦人の人となりにすっと心が開いていく気がした。

「この春に私が伝えたのは兄のことだった。女子どもは知らないことだけど、兄は長い間追われている身だった。王宮の前や四大門のまわりには兄の容貌の書かれた手配書が貼ってあり、議禁府《ウィグムブ》*に追われていた。出世の道が閉ざされた庶子たちを集めて山の中で火田を耕して一緒に暮らし、本を読んだり、絵をかいたりして教養を楽しむ、そんな集まりをしようとしていたのだけど、お国は良からぬことをたくらんでいると考えたのでしょう。それでその根源から絶とうとしたらしく、特に兄は今はばらばらになった集まりの頭《かしら》だったという罪名で都のあちこちに手配書が貼られていた。母上もそのことは知らないようすだった。外を出歩くことのない女子どもには世の中のことが分かるはずもない。それがついに兄が捕まったという話が聞こえてきた。すぐに首をはねられるだろうという噂とともに。私は密かに手をまわして監獄の看守を買収し、死ぬ前に一度、兄の顔を見ようとした。それで処刑の前に一度だけ会えることになり、あなたの母上も一緒にと思い連絡した。母上は非常に驚いていた。そして、そしてあなたの母上はきっぱりと拒絶したの。実に強い人だと思ったわ。約束した時間はどんどん迫ってきて説得しても無駄だった。そしてあの方の知っている仁善《インソン》はすでにずいぶん昔に死んでしまったというの。兄のことはあふれ出る恨みの泉だった。懐かしさ、会いたさの溢れた泉だった。その泉に筆を湿らせて生きてきた。今になって見たくはない。死んでいても生きていてもすでに私の心の中では同じこと。そんな恨みでもなければ、筆を濡らして絵を描いてこなかったなら、どうやって普通の暮らしができただろうか。そう言っていた。そう言うと真夜中に一人で颯《さっ》と帰って行った。その姿が私が見たあなたの母上の最後の姿だった」

梅窓《メチャン》はこの春、夜遅くに母が魂の抜けたような顔でどこからか帰ってきた姿を記憶していた。そしてその後、母は次第に気力が失せてそのまま寝ついてしまったのだった。胸がふさ

＊　朝鮮王朝で王命によって大罪人の取調べと刑務を行った役所。

がれてことばが出なくなった婦人は前に置かれた封筒をしばらく撫でてから封筒の中の品を取り出した。小さくて頑丈なメドプだった。それを手で撫でながら言う。

「でも結局、次の日、兄に会うことはできなかった。約束した時間に面会に行ったものの、すでに処刑された後だった。反逆罪だといって厳重に処罰するようにという王様の厳しい命令で予定よりも早く処刑が執行されたとか。でも密かに買収した看守が兄の遺品だけは保管しておいて渡してくれた。遺品と言っても兄が身につけていたぼろぼろの服が全部だったけど。逆賊を処断するのだから遺言を残せるわけもないし、そんな死では墓も作れない。私がただ一人の妹として祭祀だけでもするだけ。持ってきた遺品を眺めては兄のことを思って泣き暮らした。ところがある日、上着の袖の奥、目につかない脇の下に布をつけ加えた部分があるのを見つけた……」

　婦人は服の紐で再び目頭を押さえる。

「これはその中から出てきたもの。兄は生涯、これを肌身離さずに服の奥深くに秘めて過ごしていたのね。ぼろぼろの服の奥深いところ。他人の目につかないところに。かわいそうな兄。生涯、風のように放浪して過ごし、一人の女人を胸に秘めていた兄。その人生がじつに切なくて。それを見てすぐにあなたの母上に送らなかったのは、最後に見たあの強い姿により腹が立ったから。二度と会いたくなかった。でもどちらにしても私の物でもない。母上に渡すのがむしろ復讐することになるだろうという気になったこともある。それを見て涙を流すあなたの母上の姿を思い浮かべて私の怒りも少しは収まる気がした。兄の恨みも少しは解けるだろうと思った。しかし使いから母上が亡くなったという話を聞いてがっかりしてしまった。でも時間が過ぎれば過ぎるほど二人の縁が切なく、そしてあなたの母上を理解できるようにもなった。あなたの母上は、兄との縁だけでなく私にとってもただ一人の大切な友だったから……」

婦人の両目から玉のような涙があふれ出した。目の前の真紅の絹の包みを抱きしめると婦人は泣き崩れた。

「アイゴー、仁善《インソン》」

梅窓《メチャン》も胸がつまった。閉じた扉ごしに蟬の鳴き声だけが遠くに聞こえてきた。涙をいっぱいためた目で見ると扉が歪んで見える。部屋の中の空気も熱さにとろりと熟していた。床の上には同心結だけが丸く置かれている。声を殺してむせび泣く婦人を見ながら梅窓《メチャン》は井戸の中に沈めてある冷たいスイカでも出そうと思いついた。部屋の扉を開けて板間《マル》に出た梅窓《メチャン》は立ち尽くしてしまう。そこには目に涙をためた珥《イ》が立っていた。

第二十六章　黎明

右議政《ウイジョン》の第二夫人が来てから梅窓《メチャン》は母についていろいろと考えるようになった。成人した同じ女性として同病相憐れむという思いが深くなる一方で、芸術家としての母の内面の片鱗がにじんでいる真紅の絹の包みの存在が理解できる気がした。しかし家門や女人としての徳目から見れば、恥部だと糾弾されることでもあった。簡単に持ち出してはいけない。母上は母上の欲望と恨みと夢を、紙の上に密かに絵筆で描いていた。母は現実世界では表に出せないような絵を画幅の上で蘇らせた。真紅の布に包んだ、そんな絵があったからこそ、青い包みの絵が存在したのだろう。母は梅窓《メチャン》に青い絹の布で包んだ絵を残した。その絵は恐ろしいほどに節制された古拙な美しさを放つ絵だった。それは師匠としての母が梅窓《メチャン》に残した遺品

だった。そして焼け残った真紅の絹の布の中の絵は母の本心だった。母となる以前の一人の女人の心だ。それらの絵から梅窓《メチャン》は限りない自由を感じた。たとえ女人としての暮らしが閉じ込められたものだったとしても、画面の中では限りなく人生が広がっていくような慰めと希望があった。様式にとらわれずに、おのれの心の中に生じた風景を描いても美しい絵になるという新しい発見。しかしそれはあくまでも母のように芸の道を歩きたい梅窓《メチャン》の立場ならではのことだった。それが父や、特に母を愛していた息子の立場ならばまた違うだろう。家門や体面を最優先とするなら問題は違ってくる。珥《イ》が苦しんでいるのもそんな理由ではないだろうか。そんな意味で真紅の絹の包みは危険だ。真紅の絹の包みの存在を知っただけで梅窓《メチャン》は十分だった。それで珥《イ》と話そうと決め、包みを持って珥《イ》の部屋をおとずれた。真紅の絹の布を前にした珥《イ》の目が光る。

「珥《イ》、いくら考えても私はこれをどうすればよいか分からない。誰にも話してはいないが、なぜかお前にだけは話さなければならないような気がする。もしかして察しているかしれないが、母上の残したもの」

珥《イ》は震える手で包みを開ける、燃え残った絵が出てくると、珥《イ》の顔が困惑に包まれる。

「母上が倒れた日、あの日は市場に行っていたのだけど、なんだか胸騒ぎがして不安だった。

それで後のことは召使に任せて私が一足先に家に戻ったの。庭に足を踏み入れると母上が喀血して牡丹の花の下に倒れていた。庭の火鉢の周辺には灰が積もっていて、絵や書を書いた紙が散らばっていた。火鉢の炭火はほとんど消えていて、焼け残った絹のチマが地面に丸くなって落ちていた。本当に奇妙な光景だった。なぜか分からないけど恐かった。母上は意識はなかったものの静かに寝ているようだった。母上をそのままそっと寝かせておき、急いで燃え残った品々と飛び散っている紙を集めて再び真紅の絹の布に包んだ。そして誰にも分からないところに隠したの。なぜかそうしなくてはならないような気がしたの。ちょうどその時、召使が帰って来たので母上を部屋に運んでもらった。母上が目を覚ませば、あの真紅の絹の包みの中のものをどうすればよいか尋ねようと思っていた。ところが母上は一度も目を覚まさずにそのまま息を引き取ってしまった。これをどうすればよいか。母上は燃やしてしまおうとしていたのか。その意中はよく分からない。お前が一度見てみて。お前の明断な判断が必要なの。青い絹の箱は私が保管するけど、やはりこれはなくしたほうがよいわよね……」

珥《イ》は落ち着いて包みの中のものを見ていった。

姉の長い説明は不要だった。もえ残った絹のチマが最初に出てきた。チマの裾の部分が燃えており、チマの真ん中あたりには牡丹の花が描かれていた。そして燃え残った何枚かの書と燃えていないきれいな絵もでてきた。古いものなのか紙が黄色く変色していた。一番下に最も最近のものなのか、色の変わっていない山水画が入っていた。そしてその下に燃え残った紙の上に書かれた詩が見えた。前の句は燃えてしまったのか後ろの句だけが残っており、珥《イ》はそれを読んだ。そして胸が震えた。変な気分だった。珥《イ》は頭を振った。母の密かな心の断片を盗み見たようで、紙を握った手の先が震えた。紙の先から細かい灰が珥《イ》の白い服に落ちてきた。

夜夜祈向月　　夜毎月に向かい祈るこの心
願得見生前　　死ぬ前に一度会えますことを

珥《イ》はその灰をじっと凝視するだけで何も言わなかった。

「家門や子孫の誤解をなくすためには燃やさなくてはならないわね」

梅窓《メチャン》が再びたずねる。

珥《イ》は目を閉じた。母の生前に見た数枚の絵。その中の男の肖像画。その肖像画の主人公が道に貼られていた罪人の顔だったことに気づいたときに感じた恐怖。母上に対するある種の裏切られたという感情。人生の虚無と永遠の真実に対する疑問。そんなことが後から後から波のように心に押し寄せてきた時間を思い出した。この夏、母上の古い友人だった右議政《ウイジョン》の第二夫人と姉の梅窓《メチャン》の話を偶然に耳にして謎が解けた。梅窓《メチャン》が母の真紅の絹の包みを持っているることを知ったものの、珥《イ》はそれ以上未練を持ちたくはなかった。梅窓《メチャン》とは秘密を共有した人間同志のひそやかな目つきだけで通じていたが、その問題について話をしたことはなかった。梅窓《メチャン》が大きな溜息をつきながら、話す。

「おまえ、いつか母上の一生を記録したいと言ったわね。これをあえて記録する必要はないけど。誤解を承知で言えば、私はこれが母上の本物の人生だったという思いがする」

珥《イ》が思いがけないことを口にした。

「金剛山《クムガンサン》に行こうと思う」

梅窓《メチャン》は驚いて珥《イ》の顔をみつめる。

「すべてのことを根源から考えてみたいんだ。だから姉さんがしばらくの間、それは密かに保管しておいてくれよ。まだ、まだ燃やさないで。母上の意志が理解できれば、その時、燃やしても遅くはないから。そして母上のことを記録するのは僕の筆が宇宙を自由に逍遥できるとき、そして僕の心が完全に自由なときに書かなくてはならないと思う。そうでなければ母上の人生について書くことの意味も理由もない気がする」

梅窓《メチャン》は注意深く真紅の絹の包みを再び縛った。

梅窓《メチャン》は母の真紅の絹の包みを預かることにした。燃やしてしまうべきか……母上の意志は果たしてどうだったのだろうか。十六歳の珥《イ》はいつか母上の意志を知る日がくるだろう。その時まで。その時まで。まだ、まだ今は……珥《イ》と梅窓《メチャン》は母をまだそんなに早くは送ってしまいたくなかった。

＊

梅窓《メチャン》は弟の姿が小さくなるまで後姿をいつまでも見送っていた。家の中で兄弟姉妹と別れのあいさつをして、父に拝礼をした後、珥《イ》は東の空が明るくなる頃に荷物をもって大門を出て行った。大門の前で姉と弟の目があった。多くのことばを秘めた二人の眼差しが虚空でしばらくかみ合った。先に視線をはずした珥《イ》がぎこちない微笑を浮かべる。梅窓《メチャン》はしばらく前に画具商から求めた、最上級のイタチの尾でできた筆を風呂敷包みの中に入れてやった。金《クム》剛山《ガンサン》に行って、修養をして心身を鍛錬しても筆は必要になるかもしれない。いつかは母上の生き方について書き留めたいということばを聞いたせいか。そうでなくても心が落ち着かないときには筆を動かしてみるのもよいというのが梅窓《メチャン》の考えだった。それが絵であろうとも、書であろうとも。梅窓《メチャン》の視野の中から珥《イ》の後姿がだんだんと小さくなっていった。珥《イ》の行く手の東の空が赤く染まり、珥《イ》は黎明の中に消えていった。

訳者あとがき

　この小説に登場する人物は一人を除いてすべて実在の人物がモデルとなっています。主人公の申師任堂《シンサイムダン》、息子の栗谷李珥《ユルゴクイイ》はもちろんのこと、主人公の娘時代からの友人である佳然《カヨン》と草籠《チョロン》にもモデルがいます。佳然《カヨン》は朝鮮王朝時代の詩人許蘭雪軒《ホナンソロン》がモデルです。彼女も申師任《シンサイム》堂《ダン》と同じ江陵《カンヌン》の出身で、申師任堂《シンサイムダン》の生家である烏竹軒《オジュッコン》と、許蘭雪軒《ホナンソロン》と弟の許筠《ホギョン》の生家跡は同じ江陵《カンヌン》市内にあり、車で十分もかからない距離です。二人の生きた時代はわずかに違い、申師任堂《シンサイムダン》は一五五一年に亡くなり、その十二年後の一五六三年に許蘭雪軒《ホナンソロン》が生まれています。二人が娘時代を過ごしたのが山と海に囲まれた江陵《カンヌン》であったことは確かで、ほぼ同じ景色を見て育ったと言えます。もう一人の友人、草籠《チョロン》のモデルは朝鮮一の名妓《キーセン》と言われた黄真伊《ファンジニ》です。彼女もまた詩人でした。この三人の女性が娘時代に出会っていたらどうなっていただろうか。著者は想像を膨らませました。

著者は、フランス留学中に最初の小説を書いてから、主に女性の細やかな心理を繊細に描写する恋愛小説を得意としてきました。二〇〇二年に李箱文学賞を受賞した「うなぎのシチュー」も、二〇〇五年に東仁文学賞を受賞した「ワタリガニの墓」も、どちらも都会に暮らす現代女性を主人公にしています。また美術に関する造詣も深く、ゴッホの絵画に関する小説を書いているほか、新聞にコラムを連載しています。そして著者がはじめて手がけた時代小説がこの「師任堂《サイムダン》の真紅の絹の包み」です。

小説の時代背景は朝鮮王朝時代ですが、女流芸術家の苦悩、女性に対する社会の軋轢は時代が変わっても、国が変わっても同じなのではないでしょうか。娘時代の自由な魂を持った芸術家は、結婚し妻となり、母となることで変わっていきます。

私は自分のものを守りながら、母としての自分と芸術家としての自分を分けて賢明に生きる生き方が最善の人生だと悟った（359頁）

この主人公の生き方に読者は共感してくださるでしょうか。

蛇足ではありますが、ただ一人の架空の人物、それはもちろん主人公の娘時代の密かな恋人、俊瑞《ジュンソ》です。

最後に、この本の日本での出版に際し多大な支援をいただいた韓国文学翻訳院と海外事業チームの李善行《イソネン》さん、出版の道を開いて下さり、いろいろとご教示くださった二日市壮さん、そして国書刊行会の佐藤今朝夫社長と編集の田中聡一郎さんに深く感謝いたします。

キム・ミョンスン（金明順）

クォン・ジエ（權志羿、Kwon Ji-ye）
1960年　慶尚北道慶州市生まれ。
1983年　梨花女子大学英文科卒業
2000年　フランス国立パリ第7大学東洋学部博士取得。
1997年　『La Plume』で文壇デビュー。
短編小説『夢見るマリオネット』『消えた魔女』（短編小説）
長編小説『師任堂の真紅の絹の包み』（本書、2016）『誘惑1～5』（2011～2012）『4月の魚』（2010）『真紅の絹の包み』（2008）『美しい地獄1・2』（2004）
短編小説集『パズル』（2009）『ワタリガニの墓』（2005）『爆笑』（2003）『夢見るマリオネット』（2002）
絵画小説集『愛するか狂うか』（2010）『37歳で星になった男』（2012）
エッセー『クォン・ジエのパリ、パリ、パリ』（2004）『ハッピーホリック』（2007）
2002年李箱文学賞、2005年東仁文学賞受賞

訳者
キム・ミョンスン（金 明順）
1957年、東京生まれ。韓国・梨花女子大学教育心理学科卒業。韓国外国語大学通翻訳大学院韓日科修士号取得。大学院卒業後、韓国外国語大学通翻訳大学院韓日科講師、ＫＢＳワールドラジオ、ＮＨＫ－ＢＳ「アジアニュース」などで放送作家、翻訳、通訳として活躍中。2006年から韓国国際交流基金の季刊誌「ＫＯＲＥＡＮＡ」で短編小説を翻訳中。訳書に『韓国哲学の系譜』日本評論社、『ノリゲ――伝統韓服の風雅』東方出版など。

師任堂《さいむだん》の真紅《しんく》の絹《きぬ》の包《つつ》み

2019年7月10日　初版第1刷発行

著　者　クォン・ジエ（Kwon Ji-ye）
訳　者　キム・ミョンスン（金明順）
発行者　佐藤今朝夫
発行所　株式会社 国書刊行会
〒174-0056 東京都板橋区志村1-13-15
TEL 03(5970)7421　FAX 03(5970)7427
http://www.kokusho.co.jp
印　刷　㈱エーヴィスシステムズ
製　本　㈱ブックアート

本書は韓国文学翻訳院の助成を受けて出版されています。

ISBN978-4-336-06358-8